CALIFORNIA GIRLS

DU MÊME AUTEUR

ANTHOLOGIE DES APPARITIONS, Flammarion, 2004.
NADA EXIST, Flammarion, 2007.
L'HYPER JUSTINE, Flammarion, 2009 (prix de Flore).
JAYNE MANSFIELD 1967, Grasset, 2011 (prix Femina).
113 ÉTUDES DE LITTÉRATURE ROMANTIQUE, Flammarion, 2013.
EVA, Stock, 2015.

SIMON LIBERATI

CALIFORNIA GIRLS

roman

BERNARD GRASSET
PARIS

Collection « Ceci n'est pas un fait divers »
dirigée par Jérôme Béglé

California Girls est une chanson de Mike Love et Brian Wilson enregistrée par les Beach Boys en 1965.

Photo de la jaquette : © akg-images/Album/M. G. M.

ISBN 978-2-246-79869-9

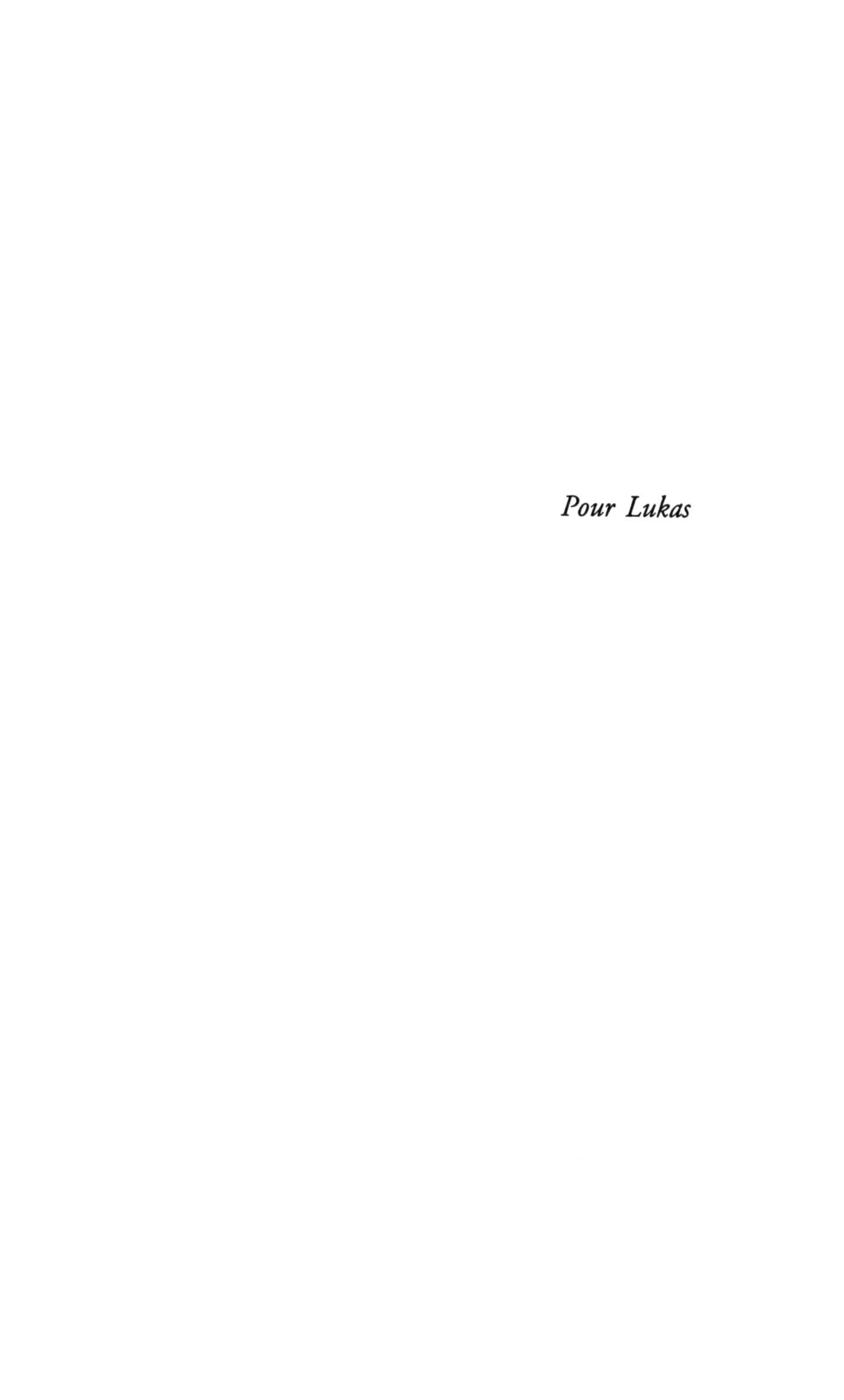

Pour Lukas

I

La mort de Gary Hinman racontée par Sadie ressemblait à une cérémonie bouddhiste, un truc marrant… Elle en avait parlé à Leslie à cause du dentifrice qu'elles venaient de voler dans une épicerie avant d'aller faire les poubelles.

Le jour du meurtre, Sadie avait essayé de réparer avec de la pâte mentholée la joue de Gary qui était fendue d'un coup de sabre. Un remède qu'elle avait appris chez les girl-scouts.

— Gary n'arrêtait pas de pleurer et ça faisait couler le dentifrice.

Elles rirent toutes les deux comme des gamines. Leslie était mineure, Sadie avait vingt et un ans depuis trois mois et un jour. Pour les flics et les commerçants de la vallée elles étaient les « sorcières de Manson », du nom de leur gourou. Du menu fretin hippie, des délinquantes primaires qu'il aurait fallu doucher, épouiller et placer en maison de correction. Elles étaient fières de leur mauvaise réputation comme des couronnes de fleurs perlées qu'elles volaient dans les cimetières ou de leurs patchworks frangés de cheveux humains.

Allongée sur la large banquette crevée de la vieille Ford, la tête posée sur les longues cuisses de Leslie qui lui tressait des nattes d'Indienne, Sadie jouait à monter et à descendre la manivelle de la vitre avec ses pieds nus. Quand la vitre se baissait on respirait l'air brûlant venu des poubelles du supermarché et on entendait les grognements de Katie qui continuait toute seule de fouiller un dernier container. Elle était complètement défoncée.

Le soleil brouillait le pare-brise poussiéreux.

— Il s'est mis à faire des prières bouddhistes et ça agaçait Bobby. C'est pour ça qu'on a arrêté de le torturer avec le tournevis et qu'on l'a tué.

— Tu l'as fait ?

— Ouais c'était jouissif ! Un gros orgasme !

Sadie mentait comme elle respirait avec des petites aspirations d'animal. En mentant elle se sentait mieux. Elle ne voulait pas dire la vérité : qu'elle avait piqué Gary une seule fois et qu'elle s'était dégonflée, au point que Bobby lui avait ordonné d'aller dans la cuisine pendant qu'il l'achevait.

Elle était restée les genoux tremblants, figée, à regarder les assiettes où collaient les fourchettes.

— Ça a duré combien de temps ?

— Deux jours...

Leslie pouffa :

— Vous l'avez tué pendant deux jours ?

— Non, on l'a gardé. Il était blessé, il n'arrêtait pas de pleurer parce que Bobby le secouait pour qu'il lui donne son fric. Et puis à la fin il l'a tué et on a écrit un truc politique avec son sang sur le mur.

— Bobby m'a dit qu'il avait trempé sa main dans le sang et qu'il l'avait imprimée sur la porte.

— Oui et puis, deux jours après, il est revenu pour aller chercher la Fiat de Gary et il a essayé de l'effacer. Mais c'était rentré dans le mur.

— Dans la porte ou dans le mur ?

Sadie regarda ses orteils sans répondre à Leslie.

— C'est pour ça que les flics l'ont arrêté ?

Sadie n'écoutait plus, elle beugla :

— Les flics sont des porcs. Ils ont tellement la trouille des négros qu'ils nous laissent faire le travail à leur place…

Bluffée, Leslie continua de tripoter les mèches brunes de Sadie qui pensa à sa mère. Depuis six ans qu'elle était morte, il arrivait souvent qu'elle lui manque. Elle enfonça le nez dans le jean de Leslie en respirant sa chaleur.

Sa voix étouffée par le tissu chuinta entre les longues jambes de Leslie :

— Moi j'ai un plan pour faire libérer Bobby.

— Raconte !

À ce moment, la tête de Katie, sale et ébouriffée, apparut derrière le carreau de la portière. Elle brandissait un chou qui n'avait pas l'air très frais mais qui rejoindrait tout de même les autres bons légumes de Dieu dans le coffre de la Ford.

L'opération fouille-poubelles était un succès, la Famille Manson allait se régaler ce soir.

Les couleurs de feutrine rouge plissaient sur le dos du motard. Tordu par un pli, un diable fumeur de joint ressemblait à Popeye avec sa pipe. Le nom du club était cousu en demi-cercle au-dessus de l'emblème. Un S dessinait le symbole d'un serpent, un A avait l'allure de ces puits artésiens abandonnés qui dansent dans la chaleur du désert, un T figurait une potence, sur un autre A, froissé, le sommet pointait comme l'ogive de la fusée *Apollo*, puis un N figurait un deuxième serpent, couché, aplati, écrasé à coups de botte près d'un troisième serpent : S.

— Hé Danny !

— Ouais ?

— Tu te rappelles quand tu as tué le serpent et que Charlie l'a ressuscité ?

— Ouais, et alors ?

— Il est sur ton dos, maintenant.

Sherry ferma les yeux et les rouvrit, la lumière du couchant se décomposait en ronds concentriques aux couleurs de l'arc-en-ciel.

Le soleil avait baissé, les ombres mauves des rochers se mêlaient aux verts et aux gris sombres des hauteurs désertiques. L'énorme étendue urbaine de Los Angeles, pourtant présente partout autour, ne se voyait nulle part. Les baraques de bois du ranch ébranlées par les saisons semblaient un décor d'un autre âge, une ville fantôme de western. L'endroit se trouvait à quelques kilomètres au nord d'Hollywood, à Simi Valley, un canyon perdu dans le quartier de Chatsworth, trois cents mètres sous l'autoroute 118 invisible derrière les broussailles. La propriété s'appelait Spahn Ranch et servait de repère à un groupe disparate de hippies, de motards en rupture de gang, de fillettes en fugue, de cow-boys et de figurants professionnels. Tous frayaient là, certains plus terrifiants que d'autres, en vase clos comme dans une réserve indienne. C'était le royaume de Charles Manson, alias Charlie pour ses disciples… mais *Life magazine* et le monde entier l'ignoraient encore. En ce vendredi 8 août 1969, le ranch restait préservé, secret, tel un versant infernal du paradis terrestre. À part les visiteurs de Charlie et un petit groupe de touristes qui avait loué les chevaux pour une promenade, les seuls intrus de l'après-midi avaient été les mouches et une voiture de pompiers qui, par cette canicule, guettait les éventuels départs de feu.

On entendit un cheval hennir. Danny lâcha la roue du chopper et se tourna vers Sherry assise par terre, jambes écartées, les pieds nus en éventail. Il sortit une langue rouge sous sa moustache.

Derrière lui pointait la tête d'un autre motard, un de ses copains dont Sherry ne savait pas le nom. La tête de l'inconnu dansait dans le soleil entre les deux rétroviseurs taillés en croix de Malte. Ses épaules larges et dorées étaient nues, son crâne chauve brillait de sueur et une couronne de cheveux sales s'effrangeait en longs filaments de couleur paille. Sur son blouson, posé à terre près de la moto, une inscription bien visible : STRAIGHT SATANS. Un second diable en feutrine, frère du premier, fumait son pétard tranquille, vautré dans la poussière. Sherry se renversa sur le dos et remua les jambes en l'air. L'entrejambe plus foncé de son jean suggérait l'idée d'une fente. Danny se tourna vers son copain :

— Dis donc, Bob !

— Ouais.

— Tu veux pas prendre ton pied avec la petite mignonne ?

— Ouais.

— Vas-y ! elle attend que ça.

— Et toi ?

— Moi il faut que je cause à Randy.

— C'est qui, Randy ?

— Un cow-boy.

Le motard chauve se releva, dépliant de longues jambes, et regarda tour à tour Sherry et Danny, toujours accroupi près de sa moto. Le tube du pot d'échappement courait le long du carter d'huile en remontant vers le haut. Derrière les rayons de la roue comme dans le viseur d'un fusil, à la queue leu leu jusqu'à la fille couchée par terre, s'alignaient, réduites à la taille d'une maquette par la perspective, les baraques de bois du vieux décor de western. Devant les bâtiments qui paraissaient de plus en plus vermoulus à mesure que le soleil rasant les éclairaient, se trouvaient des voitures, des épaves, un tracteur de semi-remorque et quelques motos désossées. Sherry se redressa pour se rasseoir, masquant à Bob la vue d'une enseigne en bois peint où était écrit LONGHORN SALOON. Sherry était brune avec de gros sourcils, un visage poussiéreux et des dents très blanches. Bob lui donnait seize ou dix-sept ans. Elle avait un regard noir, brillant de fièvre. Elle se mit à rire d'un rire crispant. Danny se redressa à son tour, il était à peine plus grand debout qu'accroupi. Sherry leva les yeux vers lui :

— Je peux pas, Danny…

— Tu peux pas quoi ?

— Je peux pas coucher avec Bob.

— Pourquoi ?

— Vous êtes pas assez morts.

— Arrête tes conneries.

— Si… Charlie a dit que vous, les Satans et tous les autres cousins motards de la vallée, vous étiez pas assez morts.

— Il a dit ça quand ?

— Hier, c'est à cause de 86 George… Il veut reprendre son sabre de pirate à Charlie.

George Knoll, alias « 86 George », était le président du club de motards Straight Satans. Danny se tourna vers Bob dont le visage avait pâli. Bob cracha par terre à quelques centimètres du pied nu de Sherry qui le regardait toujours en souriant.

— Danny, je comprends rien à ce que raconte cette petite pute.

— T'inquiète, c'est Charlie qui lui a interdit de s'occuper de nous. Pour elle, Charlie c'est Dieu, enfin non… Jésus.

— Je m'en fous, de Jésus, je laisse personne me menacer.

— Mais non, t'as pas compris… Quand la petite dit que t'es « mort », elle veut dire un truc comme… comme…

— Comme quoi ?

— Euh comme « vivant »… Euh, c'est ça, quand t'es mort pour eux, eh bien… t'es plus vivant que les autres.

Bob regarda Danny.

— Je comprends rien, c'est louche.

Soudain en alerte, il se tourna vers la route derrière la boîte aux lettres cabossée où étaient écrites au pinceau des lettres en partie effacées : SP HN R NCH. Un point jaunâtre dansait sur la colline, une vieille bagnole qu'il connaissait bien.

Sherry se gratta la peau sous son jean au niveau du pubis et lança à Bob :

— Tu vois, il faut que tu perdes ton ego.

— Que je perde quoi ?

— Ton ego.

Bob regarda Sherry, puis Danny. Il allait dire à Danny un truc sensé quand le bruit d'un moteur lui fit à nouveau tourner la tête. La vieille Ford Fairlane 1959 couleur vanille-caramel s'arrêta près d'eux en écrasant les gravillons. À l'avant, Leslie, Katie et Sadie, tout aussi sales que Sherry, affichaient le même sourire. À l'arrière, la banquette avait été enlevée et remplacée par de grandes caisses. Les filles y avaient entassé des provisions, certaines étaient encore sous plastique mais paraissaient gâtées. Plusieurs choux flétris aux feuilles pendantes remuaient, peut-être à cause d'une souris. Sadie ouvrit la portière, libérant une odeur de comestibles avariés, Sherry monta et se serra près d'elle sur la banquette avant. Bob remarqua que la carrosserie rouillait sous la peinture et formait des boursouflures lépreuses. La Ford repartit en soulevant de la poussière et alla s'échouer cent mètres plus bas près du saloon.

Le mobil-home transformé en bureau était plongé dans l'ombre. George Spahn, le propriétaire, un vieil homme de taille gigantesque, se balançait doucement sur une chaise à bascule. La température approchait 45 degrés, il y avait des mouches partout, de grosses mouches à chevaux excitées par l'odeur de crottin chaud qu'arrivait à peine à corrompre la fumée de la marijuana. Le vieux portait des lunettes de soleil cul-de-bouteille vertes, il étirait ses longues jambes sur un tapis poussiéreux et ses mains tordues comme des griffes serraient sur son ventre un chihuahua couleur sable. À ses pieds, près d'un Stetson crème, se tenait une fille rousse vêtue d'une vieille liquette rouge retroussée sur ses jambes nues. Squeaky, c'était le nom de la rousse, chantait doucement une comptine tout en cirant les bottes du vieux. Depuis près de trente ans que George Spahn campait dans les bureaux de son ranch, Squeaky était sans conteste la plus gentille petite amie qui l'ait jamais honoré de sa présence. Leurs soixante ans d'écart ne la gênaient pas, elle faisait le ménage, la cuisine et s'occupait bien de lui. Il adorait son odeur de rousse, son corps d'adolescente et son rire aigu qui lui avait valu le surnom de « Squeaky ».

Six ans plus tard, en 1975, un an après la mort de George Spahn, sur les photos prises par le FBI parce qu'elle a tenté d'assassiner le président Gerald Ford, Lynette Fromme, alias Squeaky, n'a pas changé, elle a toujours cet air d'oisillon tombé du nid, que certaines filles minces à peau blanche conservent longtemps.

Un bruit fit tourner la tête du vieux vers la gauche du mobil-home, du côté de l'entrée. Quelqu'un s'était hissé sur les marches de bois grinçantes de la véranda.

— C'est Shorty, je reconnais le fer de ses bottes, écoute : tinc tinc… dit George de sa grosse voix d'aveugle.

Squeaky leva les yeux vers lui.

— Shorty est un salaud, il te vole ton fric.

— Chut !

Au moins deux hommes et une femme s'étaient assis sur les marches pour faire salon, suivant une vieille habitude qui datait d'avant l'arrivée de Charlie Manson et de sa bande, une époque où les cow-boys régnaient encore en maîtres. Squeaky reconnut la voix de l'ancienne petite amie de George Spahn, Ruby Pearl, une ex-vedette de cirque qui vivait avec un nouveau bonhomme dans une maison bien propre à Van Nuys. Depuis que George était devenu aveugle, c'était Ruby qui dirigeait le ranch, achetait les chevaux, encaissait l'argent des touristes, se prenait pour la patronne. En plus de celles de Shorty et de Ruby, Squeaky reconnut la voix de Randy Starr, un vieux beau moustachu surnommé « le pendu » parce qu'il avait monté un numéro de pendu au Monty Montana Wild West Show avec un nain de cent treize centimètres et un bœuf à trois yeux. Squeaky tendait l'oreille, elle voulait pouvoir tout raconter à Charlie. Moucharder les cow-boys entrait dans ses attributions, en plus de coucher avec George et de s'occuper de son ménage.

Ruby et Shorty parlaient de l'ex-femme de Randy, une Indienne nommée Windy, qui dressait les chevaux mais nourrissait aussi d'autres ambitions. Windy avait acheté un vieux camion pour monter une boîte de transport. Le malheur voulait que le camion fût tout de suite tombé en panne. Windy avait envoyé Randy demander à Charlie s'il pouvait l'aider. Au début, Charlie avait bien démêlé l'affaire, mais il ne s'était pas contenté de faire réparer le semi-remorque par un de ses gamins qui s'y connaissait en mécanique. Il avait utilisé pour des cambriolages un van que Windy avait eu la gentillesse de lui prêter en échange de son aide. Les flics avaient interpellé Windy un samedi pendant qu'elle faisait des courses. Aussitôt relâchée, Windy avait foncé au ranch pour râler. Le ton était monté et Manson avait cassé la mâchoire de Windy qui avait fait deux semaines d'hôpital. Elle en était sortie deux jours plus tôt. Cet incident, ajouté à d'autres, avait contribué à pourrir les relations entre les cow-boys et les hippies.

Comme nombre de cow-boys, Shorty avait une voix forte, aussi quand il gueula qu'il avait l'intention de mettre Charlie Manson et sa bande hors du ranch à coups de botte dans le cul, tout le monde l'entendit à des dizaines de mètres à la ronde.

George s'était assoupi, il se réveilla à cause des beuglements de Shorty, il bougea ses pieds mais il ne sentait plus les cuisses tièdes de Squeaky autour de ses bottes. Forte par ce temps de grande chaleur, l'odeur de la rousse s'était dissipée. Il la reniflait néanmoins dans la pièce, quelque part. Il l'appela mais elle ne répondit pas tout de suite. Il l'entendit qui grattait du papier, accroupie par terre dans la pénombre.

— Qu'est-ce que tu fiches, ma petite chatte ?

— Je fais un dessin, papa, un portrait de Charlie.

— Encore ?

— Oui, mais celui-là il va être plus beau que les autres.

— As-tu fini de cirer mes bottes ?

— Oui papa, j'en ai ciré une.

— Et l'autre ?

— Tout à l'heure.

George soupira. À quatre-vingts ans, il croyait avoir tout vu en matière de femmes. Mais Squeaky était la plus gentille et la plus bizarre de toutes. Il lui arrivait souvent d'oublier une tâche en route, la vaisselle ou les pois chiches sur le feu, pour se mettre à chanter ou alors à dessiner par terre dans un coin du bureau. Elle lui rappelait sa fille quand elle avait cinq ans. Par moments il se demandait si elle était normale.

Sournoisement, Squeaky s'était rapprochée de la porte du bureau pour espionner les cow-boys. La feuille du journal qu'elle gribouillait s'éclaira dans les stries du store et le dessin apparut. Il représentait un homme avec des cheveux longs et épais comme des spaghettis bleus, les mains dressées vers le ciel. Sa clarté intérieure irradiait sur l'univers, ici représenté par un lapin, un coyote, un cactus et plusieurs figures sommairement humaines. Un autobus et une mitraillette étaient posés par terre à côté d'un second cactus. L'irradiation mystique de l'homme aux cheveux bleus était représentée par des arcs concentriques à la façon d'ondes radar. Squeaky ne s'était pas servie des illustrations du journal, mais par hasard la tête d'un bonhomme sur une photo arrivait juste en bas des cheveux de Charlie, comme s'il voulait se blottir contre lui. D'après le titre de l'article, le type nommé Gary Hinman, un prof de musique bouddhiste, était mort torturé et poignardé deux semaines plus tôt dans sa maison de Topanga. Squeaky s'amusa à grossir les lèvres du type en photo puis le coloria en bleu et finit par lui dessiner des cheveux en tire-bouchon comme un nègre. Une fois son coloriage achevé, elle leva la tête et vit celle de

George avec ses grosses lunettes d'aveugle qui se balançait devant la télévision éteinte. Elle s'approcha pour lui faire un smack, en même temps qu'un bruit de moto couvrait les voix des autres. Le vieux fourra sa grande main poilue entre ses jambes nues sous sa liquette et elle se laissa faire en chantonnant.

Les trois filles nues se tenaient blotties dans une cavité sous un grand rocher plat en forme d'huître. Surnommé « la crique », l'endroit situé au fond du canyon, à deux cents mètres en dessous du ranch, était humide et profond. Une flaque d'eau noire reflétait le ciel. Abritées par le rocher comme des femmes préhistoriques dans leur caverne, les filles chantonnaient la même comptine que Squeaky tout en s'absorbant dans un travail artisanal. La plus brune de poil, nommée Gypsy, était accroupie sur un ouvrage qu'elle tressait. C'était une veste ou plutôt un gilet de motard fait d'une sorte de patchwork de la plus haute qualité, un vrai chef-d'œuvre de tressage, de miroirs et de débris aux épaules frangées de longues touffes de cheveux humains. Dans la Famille, on appelait cette tenue de sorcier la « veste de cérémonie ». Bien sûr, elle était destinée à Charlie.

Un petit enfant nu, encore maladroit sur ses jambes, s'approcha du vêtement pour jouer avec la parure de cheveux. La fille de gauche se mit à frapper sur un tambourin qu'elle tenait dans la fourche de ses cuisses. Saisi par le rythme, l'enfant commença à danser sur ses jambes rondes. Le soleil filtrait à travers les feuilles, dessinant des volutes orange.

Deux autres filles, habillées, elles, se laissèrent glisser sur le sentier de sable et de cailloux qui dévalait la crique. C'était Leslie et Snake. Snake venait d'avoir quinze ans mais les hommes lui en donnaient plus, à cause de son gros cul. Leslie s'approcha des trois filles nues pendant que Snake dansait avec l'enfant, s'amusant à le faire tourner sur lui-même.

Leslie s'accroupit et se faufila près des trois autres en prenant garde à ne pas se cogner la tête. Toutes les filles de la Famille se plaisaient sous ce rocher, parce qu'il était près du siège de Charlie, un autre caillou, plus petit, où il avait l'habitude de s'asseoir pour leur enseigner la bonne parole. Les ondes restaient, elles étaient positives, comme tout ce qui émanait de Charlie.

Leslie s'adressa à celle qui jouait du tambourin :

— Avec Sadie on a trouvé un plan pour faire libérer Bobby.

La fille au tambourin ne réagit pas autant qu'elle aurait dû, pourtant elle était enceinte de Bobby qui risquait la chambre à gaz pour le meurtre de Gary Hinman. Leslie s'appuya sur Gypsy qui en profita pour l'attraper par la main en souriant et entreprit d'embrasser sa paume et l'intérieur de tous ses doigts en attaquant par l'index.

— On va saigner un autre cochon, comme ça les flics accuseront les nègres et ils seront forcés de libérer Bobby.

Les yeux pleins d'amour de Gypsy lui disaient que c'était là une idée merveilleuse. L'enfant se mit à pleurer, Snake avait fini par le faire tomber. Pour l'imiter, car c'était un rite dans la Famille d'imiter tout ce que faisaient les enfants, Snake fit semblant de pleurer. Sous l'emprise d'un même automatisme, toutes les filles se mirent à sangloter. Leurs yeux étaient pleins d'une même joie surhumaine qui contredisait leurs larmes.

Assis sur les marches du mobil-home, les cowboys regardaient les choppers de Danny et de son copain Bob. Randy Starr, avec ses moustaches de vieux beau et son harnachement de figurant de western, venait d'expliquer à Danny qu'il ne savait pas ce qu'était devenu l'essieu de Harley-Davidson dont il se servait pour lester son fil à linge. On le lui avait piqué ; un motard sans doute, même si Randy ne le dit pas clairement à Danny pour éviter de le vexer. C'est pour ça qu'il séchait ses caleçons sur le fil du vieux George. Les employés du ranch avaient de meilleurs rapports avec les membres du moto club qu'avec les hippies, même si les cowboys se doutaient que les motards leur revendaient de la drogue et des armes en échange des filles. Il y avait des orgies tous les samedis soir dans le Longhorn Saloon.

— On est vendredi, les gars, qu'est-ce que vous foutez ici ? Vous êtes venus tirer un coup ?

C'était Ruby qui parlait. Souriante et nerveuse sous sa teinture carotte elle s'acharnait à se comporter comme un jeune cow-boy. Bizarre pour une femme de cinquante-sept ans qui, dans une autre vie, avait été dresseuse de chiens dans un cirque. Ruby avait commencé de travailler au ranch quand son caniche royal, Tinker Toy, était mort en 1961. La photo du toutou illustrait un article de journal qui était accroché au-dessus du bureau de George à côté de la photo de sa première femme et de ses cinq filles.

— Ça fait toujours du bien de tirer un coup, non, Ruby ?

Danny demanda ça en rigolant.

— Je sais pas, mon bonhomme est paresseux en ce moment... mais vous, vous n'êtes pas dégoûtés, les filles de Charlie...

Le géant de deux mètres qu'on appelait Shorty la coupa de sa grosse voix caverneuse :

— Elles ont toutes la chtouille !

Ruby rougit comme une collégienne alors que Randy, le cow-boy à moustache, rigolait de la blague de Shorty. Bob, l'autre motard, bougea sur la selle de son chopper, un drôle de mouvement du buste en va-et-vient.

— C'est ce que je lui dis tout le temps, m'ame, à Al... Al, c'est un copain à nous... il se gratte depuis une semaine ! Je crois bien que c'est pire que des morpions. C'est au moins des gambas, m'ame, hihi !

Ruby regarda le copain de Danny sans daigner lui répondre.

— C'est quoi ton nom de famille, Danny ?

— DeCarlo, Danny DeCarlo.

— C'est italien ça ?

— Oui.

— Mon second mari, le catcheur, il était italien, il s'appelait Molinaro.

— Ah ouais ?

— Un queutard comme toi. Comment ça va avec ta femme ?

— Comme ci, comme ça.

— Tu devrais pas laisser ton gamin traîner avec les hippies.

Shorty en profita pour lâcher son venin :

— J'en ai vu une qui taillait une pipe à un mioche.

— Arrête, Shorty, tu me répugnes !

— Ouais, n'empêche que je l'ai vue. La brune qui fait du strip-tease.

— La brune ? Sadie, Susie ou Susan qu'elle s'appelle. On dirait la baby-sitter de ma nièce.

Shorty contempla ses bottes.

— Dis à ta nièce de se méfier. La strip-teaseuse c'est une vraie dingue. Les flics m'ont dit qu'elle avait un casier.

— Tu fréquentes les flics maintenant ?

— J'ai accompagné Windy à Van Nuys pour qu'elle porte plainte mais ils m'ont fait comprendre que Manson était protégé.

Shorty regarda Danny et son copain.

— Manson, c'est un indic, il balance tout le monde à son officier de probation. Vous devriez faire gaffe !

Le cow-boy à moustache fit claquer son dentier dans sa bouche :

— C'est toi qui ferais bien de te méfier, Manson ne t'a pas à la bonne depuis que tu le traites d'indic. C'est un vrai serpent, j'ai entendu dire qu'il avait descendu un nègre dans le dos, pas plus tard que la semaine dernière.

Un coup de klaxon résonna sur la route de Santa Susana, derrière le mobil-home. Ruby se leva et arrangea ce qui pouvait encore l'être dans ses cheveux rouges. Son bonhomme venait la chercher, comme tous les soirs depuis un an, depuis que ce voyou de Manson et sa secte s'étaient installés dans son ancien chez-elle. Quand elle avait débarqué au printemps 1962, le ranch était un fossile du passé, un passé récent, comme toujours aux environs d'Hollywood, un décor de cinéma qui ne datait pas de la ruée vers l'or mais des années 1910. Il avait appartenu à Bill Hart, une des premières stars du western. Howard Hughes y avait tourné *The Outlaw* avec Jane Russell en 1942, puis Spahn l'avait racheté à la fin des années 1940, loué à la télé pour la série *Bonanza*. Les derniers temps, sous l'influence de Ruby, une femme de tête, l'activité touristique avait pris le dessus, cours d'équitation, promenades à cheval avec les cow-boys et maintenant avec les filles hippies qui, à force de coucher avec tous les gars, avaient fini par s'introduire partout, jusque dans les étables. Ruby était dégoûtée de voir passer ces gamines, cul à l'air sur les plus beaux étalons. En six mois cette bande de pouilleux avait mité le ranch qu'elle s'était acharnée à retaper. Des carcasses de voitures, des morceaux de camions tronçonnés, des tipis faisaient ressembler l'endroit à une décharge. Impossible de savoir combien ils étaient là-dedans, une trentaine à peu près, des filles en majorité, toutes plus jeunes et plus sales les unes que les autres. Elle se baladaient à poil avec leur bébé sous le bras et laissaient tous les hommes les baiser. Il y avait jusqu'à cinquante ou soixante bonhommes certains samedis à l'heure de pointe, des hippies, des motards, des traîne-savates, des flics, des obsédés, des voyous. Des bagarres éclataient sans arrêt, sans compter les activités illégales : deal de drogue, trafic d'armes ou de voitures volées.

Le vieux George fermait les yeux parce que les petites étaient gentilles avec lui. On pouvait le comprendre, il avait besoin de compagnie, aveugle comme il était. En plus, Manson savait y faire, il n'arrêtait pas de lui offrir des cadeaux : une télé par-ci, une chemise molletonnée par-là... Un coq en pâte, George... Ruby contourna le Longhorn Saloon, souvenir d'Howard Hughes, une façade en trompe l'œil qui cachait une structure de bois et la grande pièce où ils faisaient toutes leurs saloperies. Elle entendait les filles chanter en préparant le dîner.

Sur la véranda, une gamine assise sur un vieux canapé épluchait des choux. Ruby eut pitié de l'adolescente dont elle aurait pu être la grand-mère.

— Ça va comme tu veux, Sherry ?

Sherry ne répondit pas, c'est à peine si elle leva les yeux sur Ruby. Elle méprisait les adultes et plus encore les employés du ranch. Alertée par la voix de Ruby, une des sorcières de Manson sortit sur la véranda pour surveiller ce qui se passait. Ruby détourna la tête pour ne pas la saluer car celle-là, cette Sadie Mae Glutz – quel nom ! – dont Shorty venait de parler, elle ne l'aimait pas. Sadie s'approcha du montant de la véranda en matant insolemment le compagnon de Ruby qui attendait dans la voiture un peu plus loin. Une chienne cambrée de première, rien qu'à la manière dont elle touchait ses cheveux, n'importe quelle femme comprenait à qui elle avait affaire.

Sadie s'était changée après l'opération fouille-poubelles, elle portait une robe de daim sans culotte au ras des fesses qui dégageait complètement des jambes de danseuse et des pieds nus sales. Ses yeux légèrement globuleux étaient d'une couleur si foncée qu'avec ses cheveux lisses et épais on aurait dit une métisse indienne. Sa peau blanche, presque verte, contrastait fortement avec toute cette encre. Relevant le bras pour se toucher une fois de plus les cheveux, elle dégagea une aisselle poilue, très noire. Ruby monta dans la voiture et claqua la portière, elle avait hâte de rentrer prendre un bain dans sa grande baignoire moderne et d'oublier jusqu'à demain la poussière, le crottin, les cinglées.

La voiture démarra, remonta le talus sableux et fila sur la route de Santa Susana en direction de Chatsworth. Le soleil couchant éclairait les collines sauvages comme dans un western en cinémascope. Sadie se retourna vers Sherry :

— Tu sais où est passé Charlie ?

— Il est avec la nouvelle.

— Je vois le genre…

En disant ça, la bouche de Sadie se tordit dans le coin et elle souffla. Un rictus marrant qui lui donnait l'air d'un gamin vicieux.

Toutes les filles de la Famille connaissaient les méthodes d'endoctrinement de Charlie.

Le lit grinçait. La petite levait la croupe en criant.

— Wahou hou...

Une voix d'homme, nasale, se promena dans la pièce en désordre, on aurait dit qu'elle sortait des murs et rampait le long des parois :

— Imagine que je suis ton père... tu as envie de baiser avec ton père ?

La petite arrêta de gémir et leva l'oreille comme un chiot. Derrière, le type faisait des bruits de succion, il lui bouffait le cul.

— Dis-le, allez...

— Papa ?

— Plus fort...

— Papa !!

— Dis son nom... Comment il s'appelle, ton père ?

La petite essaya de se retourner mais un bras d'homme tatoué d'une figure de femme la repoussa. Une claque sur les fesses et le corps à corps recommença. Les fesses de la jeune fille faisaient des vagues blanches lorsque les cuisses sèches de l'homme la heurtaient.

— Dis son nom… Comment il s'appelle…

— Euh, Schram, comme moi…

— Schram comment ?

— Ben… Schram tout court…

— Ferme les yeux ! C'est Schram qui te baise là. Comment tu l'appelais quand t'étais gosse ? T'avais bien un petit nom pour lui.

— Popy.

— Vas-y, dis-le.

— Popy…

— Plus fort.

— Popy, oh Popy…

La petite leva la tête parce qu'il lui tirait les cheveux. Elle ouvrit les yeux. Sur le mur en tête de lit un artiste amateur avait dessiné un type en train de baiser une fille en levrette. La fille du dessin avait des couettes et se retournait vers le type qui ouvrait la bouche l'air super excité et naïf en même temps. Stephanie fit pareil que la fille du dessin, mais elle reçut une claque.

— Ferme les yeux.

— Ok, Charlie.

Stephanie ferma les yeux. Et soudain elle se sentit glisser comme sur une piste de ski.

Ils étaient arrivés au ranch en fin de matinée et voilà déjà trois fois que Charlie tirait sa crampe. En tout, ils avaient fait l'amour dix ou douze fois en vingt-quatre heures depuis qu'elle s'était fait ramasser en stop à Big Sur dans un vieux camion de glacier. Quand il ne baisait pas, Charlie parlait ou chantait. Il chantait bien et sa musique ne ressemblait à rien de ce qu'elle avait entendu jusque-là. Charlie était un génie. Petit, chétif, mais incroyablement vivant. C'était l'homme le plus vivant qu'elle avait jamais rencontré, un dur, il avait fait de la prison, mais aussi un artiste. Il s'exprimait merveilleusement. Il lui avait parlé d'elle, il lui avait dit qu'elle était l'idéal de la race aryenne, visiblement il aimait bien les Allemandes. Avec son cul germanique elle allait l'aider à reproduire une race de surhommes. Il voulait plein d'enfants, des centaines d'enfants pour les emmener dans un royaume souterrain dont il connaissait l'entrée, un royaume dont elle serait la reine, la mère nourricière, un peu comme les fourmis. Il aimait les animaux, il lui avait aussi parlé des serpents et surtout des coyotes qu'il estimait plus que tous les hommes passés, présents et à venir. En une heure, Stephanie avait trouvé un sens à sa vie. Ce type était comme les dieux des légendes anciennes ou bien le capitaine de l'arche de Noé, il lui avait insufflé l'énergie qu'elle attendait depuis toujours. Ce qu'elle cherchait en faisant du stop et en faisant l'amour, elle l'avait trouvé.

À force de taper sur l'écrou avec la massette que lui avait dénichée Shorty, Danny avait réussi à dévoiler sa roue arrière, assez pour pouvoir rentrer chez lui, à Venice. Le perron du mobil-home s'était vidé. Les cow-boys étaient partis s'occuper des chevaux qui hennissaient pour saluer la fin du jour. Danny ruisselait. La chaleur était toujours aussi intense, 37, 38 degrés au moins. On aurait dit que les grands esprits indiens des collines alentour chauffaient le vieux ranch pour faire cuire leur dîner. À mesure que la nuit tombait, ça sentait de plus en plus fort la cuisine, les poubelles, l'encens et la marijuana. Les filles avaient allumé des loupiotes, on entendait des chants qui venaient d'une autre partie du ranch, un folk song monotone. Danny sauta en selle et rua sur le kick. Une fois, deux fois… À l'instant où le moteur démarrait en pétaradant, le phare éclaira des sihouettes qui remontaient de la crique. Trois filles à poil et deux habillées, un enfant et un grand type blond qui le tenait par la main. L'enfant courut vers

Bob et Danny qui l'attrapa dans ses bras. Il aimait bien son gosse qu'il laissait en garde à la Famille depuis qu'il s'était fâché avec la mère. Le petit garçon remuait ses jambes dans l'air et Danny l'assit sur son réservoir. Il démarra et s'amusa à tourner en rond sur le terre-plein du ranch. Le gosse fronça les sourcils soudain, sérieux comme un flic, puis il éclata de rire, en bougeant ses petites jambes autour du réservoir orné d'une croix gammée. Tous les hippies commencèrent à sortir des baraquements, ils étaient de plus en plus nombreux à faire cercle autour du chopper. Vingt ou vingt-cinq silhouettes indistinctes, des filles en majorité mais aussi des garçons. Certains étaient nus, d'autres portaient des jeans qui auraient pu tenir debout sans eux, tant ils étaient crasseux. L'obscurité faisait ressortir leurs dents blanches et leurs yeux exorbités par la maigreur. Imitant l'enfant, ils s'étaient tous mis à rire, et regardaient le chopper tourner sur place. Par leur nombre, ils faisaient penser à une meute d'animaux ou aux figurants d'un film que Bob avait vu à Noël : *Night of the Living Dead.* Le grand type blond s'approcha de Bob, il avait les cheveux fins comme une fille et portait une salopette de garagiste trop large.

— Salut.

— Salut.

Le type se collait contre lui. Bob le repoussa.

— Hé, te tiens pas si près là.

— On est frères, mon pote.

— Non, t'es pas mon frère !

Le type ricana. Il semblait faire exprès d'avoir l'air débile. Bob se dit qu'il avait pris du STP, une mescaline synthétique. La saloperie que leur avaient vendue les Hells Angels de Long Beach la semaine dernière.

Bob aperçut dans la main du tordu une baïonnette de trente centimètres, toute rouillée. Il allait lui balancer un coup de botte quand Danny approcha avec le gamin toujours assis sur le réservoir de son chopper.

— Tiens Clem, récupère le gamin.

Le visage fin du jeune hippie changea soudain d'expression. L'air doux et souriant, il prit le fils de Danny dans ses bras sans lâcher la baïonnette qui semblait presque aussi longue que le petit enfant. Bob remarqua que les mains du dénommé Clem étaient sales, pleines de taches brunes. Du sang ou de la merde. Danny, qui s'en fichait, s'amusa à faire des signes à son gamin, pendant que Bob démarrait sa moto. Quand le moteur gronda, Bob se retourna vers Danny.

— T'as vu le couteau ?

— Ouais, ils stockent de plus en plus d'armes. Ils se préparent à la fin du monde. Ils sont persuadés que les nègres vont bientôt massacrer les blancs.

— C'est pas si con…

— Ouisch, la petite dont je t'ai parlé, elle m'a raconté qu'ils ont une planque dans le désert, au nord, du côté de Goler Wash.

— Goler Wash, connais pas.

— C'est près de Ballarat, dans les Panamint. Il paraît que là-bas c'est un vrai arsenal, ils ont même une mitrailleuse. Charlie leur fait croire qu'il y a un passage dans le désert, près de leur bicoque, un gouffre qui ouvre sur une autre dimension.

— Ce Charlie m'a l'air d'un sacré bobardeur...

— Tiens le voilà justement, tu vas pouvoir lui en toucher un mot...

La foule indistincte s'ouvrit et un homme plus âgé s'approcha d'eux, le visage éclairé par un gros joint qu'il venait d'allumer avec une torche de papier graissé. Il mesurait à peine un mètre cinquante-quatre et pesait une quarantaine de kilos. Il annonçait au moins trente ans. Une chemise à jabot pourpre et un pantalon de velours uni violet, des fripes plus chic que les autres, mettaient en valeur un petit corps nerveux, noueux, agile. Son menton très fort était bien rasé et de longs cheveux noirs et épais lui descendaient jusqu'aux épaules. Il avait des yeux très foncés, intenses, un peu trop écartés par rapport à son visage émacié. Deux morceaux de charbon noirs dont semblaient jaillir les petites étincelles du joint. Bob remarqua un tatouage de taulard sur son bras qui représentait très naïvement une figure de femme.

— C'est toi, Bob Rinehard ?

Bob hocha la tête. Charlie lui tendit le joint qu'il attrapa entre deux doigts brûlés par les centaines de moteurs qu'il avait tripotés.

— Tu vas dire à Al que je suis prêt à parler avec lui.

— Al veut son fric et il en a marre d'attendre, Charlie.

— S'il en a marre, qu'il vienne me parler. Je prendrai sa colère et je lui rendrai de l'amour. Je ne suis pas Bobby, Bobby est libre…

— Bobby n'est plus libre, il est en taule et pour longtemps, tu le sais très bien. Il devait mille dollars aux Satans et tu ne veux pas nous les rendre alors que c'est un homme à toi et que tes gars achètent des armes et de la came aux Angels de Long Beach, avec de l'argent frais. Et ça Al le sait…

— Bobby, c'est Bobby, et moi, c'est moi. Tu dois savoir que je ne mens jamais.

Charlie récupéra le joint des mains de Bob et se tourna vers les autres hippies qui étaient restés derrière lui.

— Ouisch, Sherry, Capistrano… Venez les filles, il y a deux motards orphelins de leur colère qui ont besoin d'amour.

Les filles s'approchèrent en riant. Danny refusa le joint et fit rugir les gaz d'échappement. Les yeux fixes comme des zombies, les filles restaient à distance, éclairées par les phares. La plus âgée, celle qu'on appelait Capistrano, une blonde de dix-sept ans aux yeux couleur d'aube claire, tenait encore un couteau de cuisine à la main, un vrai coupe-chou de trente centimètres. Elle souriait. Danny embraya et avança d'un mètre, forçant Charlie à reculer.

— On va parler à Al, Charlie, on va lui dire que tu es de bonne foi et que tu veux discuter avec lui.

— Tu ne restes pas avec nous, Donkey ?

« Donkey » était le petit nom que les filles avaient donné à Danny à cause de la taille de son pénis. Une manière pour Charlie de lui rappeler ce que Danny lui devait et qu'il pouvait lui réclamer en paiement des filles...

— Non, Charlie. Je reviendrai plus tard.

— Ramenez vos potes, un de ces soirs on fera une petite fête.

Charlie souriait à Bob et Danny mais son sourire n'incitait pas à la convivialité. Danny, qui commençait à bien le connaître, voyait qu'il était à cran ce soir, en butte à une de ces crises de paranoïa, de plus en plus fréquentes depuis un mois. Autour de lui, comme par transmission de pensée, la Famille entière devenait nerveuse. Les filles ressemblaient dans le crépuscule à de jeunes louves affamées. Quand Charlie reprit la parole, sa voix avait changé, elle était devenue grinçante et son visage avait rétréci dans la masse de ses cheveux comme une tête jivaro.

— Il faut que les Satans choisissent leur camp. Tous les cochons nous harcèlent. En plus de Bobby, j'ai deux de mes sœurs qui dorment en taule ce soir.

— Ouais j'ai appris ça, Charlie...

Bob coupa la parole à Danny :

— On y va ?

— On y va... Salut Charlie.

Manson ne répondit pas. Il avait oublié les motards et les filles autour de lui. Son regard courait sur les collines alentour qui se détachaient en ombres chinoises devant le ciel presque éteint. L'air libre du crépuscule et le reveil des animaux nocturnes le fascinaient. Autour de lui, tous les hippies l'observaient, attendant la bonne parole, les filles souriaient, ouvertes et disposes. Quand les feux rouges des deux motos disparurent dans les collines avec un vrombissement magnifié par l'écho, et à ce moment-là seulement, il se retourna vers ses disciples.

— Les chiens ont mangé ?

Au ranch, les chiens dînaient avant tout le monde, c'était la règle.

Le saloon était peint en noir, de l'entrée on ne voyait rien, sauf, sur le mur du fond, un morceau de fresque naïve dessinée à la peinture fluorescente. Ce barbouillage d'enfant attardé donnait à la grande pièce sombre une allure de nursery diabolique. Le saloon servait à la fois de salle à manger et de local à orgie. À son arrivée en janvier 1969, Manson avait voulu en faire une boîte de nuit clandestine, mais le Helter Skelter club, comme il l'avait surnommé, avait été aussitôt fermé par George Spahn sur les conseils du shérif de Chatsworth. La décoration était restée en place. Le plafond était tapissé d'immenses toiles de parachute orange. À gauche, un bar éclairé de loupiotes ouvrait sur une cuisine aménagée de matériel de camping. Au sol dans la pénombre, les filles avaient disposé bon nombre de matelas et de coussins et de couvertures indiennes. La coutume pour les membres de la Famille et leurs invités, était de dîner par terre en rond tous les soirs à la nuit tombée, peu importait l'heure, les heures n'existaient pas pour Charlie, elles étaient des conventions, le présent seul comptait. Le repas de ce soir-là se composait de riz complet et de légumes ramassés dans les poubelles agrémentés pour le dessert de pralines en sachet familial, des sucreries dont Charlie était friand au même titre que les barres chocolatées, le lait concentré ou les bonbons à la gélatine. Le dîner était arrosé de sodas. Jamais de viande, Charlie était végétarien et interdisait aussi l'alcool, il trouvait que picoler affaiblissait et rendait trop confiant. Comme il disait toujours : « les coyotes ne boivent pas d'alcool » et les coyotes occupaient pour Charlie le sommet de la chaîne des êtres vivants. En bas, il mettait sa vieille mère, une ancienne délinquante alcoolique.

Monté sur une estrade qui servait parfois de scène pour les concerts, Charlie partageait avec sa favorite du moment le matelas d'honneur, décoré d'un poncho et de coussins en patchwork frangés de cheveux humains. La petite Stephanie Schram avait échangé les vêtements qu'elle portait en arrivant pour une robe à franges qui sentait le moisi. Affamée, fourbue par des ébats sexuels répétés, le ventre brûlant, elle écoutait Charlie lui raconter comment Linda, qu'on surnommait aussi « Yana la sorcière », une autre fille arrivée juste avant elle dans la Famille avec un bébé sous le bras, avait apporté cinq mille dollars en espèces qu'elle avait volés à un de ses meilleurs amis pour payer son écot. Charlie ne lui demandait rien directement mais la petite comprit le message. La loi de la Famille voulait qu'un nouvel arrivant abandonne tout ce qu'il possédait à la communauté. Juste histoire de montrer qu'on n'était pas là seulement pour prendre son pied et taper de la came. La petite avait donné sa carte de crédit, en même temps que ses papiers d'identité, le contenu de son sac et tout ce qui l'attachait au monde ordinaire et à ses conventions réductrices de liberté mais elle se sentait encore redevable, et Charlie, tout en l'interrogeant sur ses parents, essayait de savoir si elle ne pouvait pas trouver un cadeau d'entrée plus conséquent, de l'argent épargné ou à défaut une voiture. En vue de la guerre à venir contre les nègres, Charlie voulait former une division blindée avec ses dune-buggies à l'imitation du maréchal Rommel et il était très gourmand de moteurs à essence et de pièces détachées. Pendant qu'il mangeait en faisant des bruits d'animal, Stephanie sentait monter chez lui une énergie qui l'électrisait. Elle qui n'aimait pas prêter ses affaires avait abandonné en quelques heures tout son égoïsme. Soudain, Charlie se dressa sur ses jambes et la laissa seule sur son matelas. Elle se sentit perdue comme une enfant mais les filles autour se rapprochèrent. Une brune très douce monta sur la scène, la prit dans ses bras et se mit à lui caresser la tête en souriant. Stephanie surveillait du coin de l'œil la dénommée Linda la sorcière, une petite blonde à hanches larges à qui elle trouva l'air sournois. Elle la vit flatter la jambe de Charlie quand il passa près d'elle.

— Pourquoi on l'appelle « la sorcière » ?

La fille brune lui tressait une mèche tout en serrant ses seins chauds contre son dos. Se penchant pour lui répondre, elle hasarda au passage un petit coup de langue dans son oreille.

— Mmm… parce qu'elle arrive à visualiser à l'avance les légumes qu'on va trouver dans les poubelles quand on va faire les courses. Hier elle a vu un chou-fleur eh ben on en a trouvé deux dans un container du mall.

Stephanie n'était pas convaincue mais elle retint son commentaire.

Charlie alla vers le bar et s'accroupit près de Squeaky, une de ses compagnes historiques, la plus fervente. Heureuse de ce privilège, la rousse se poussa aussitôt pour lui laisser le meilleur coussin et commença à lui masser les pieds. Charlie ferma ses grands yeux noirs et sourit comme un enfant pour masquer sa colère. Mais Squeaky savait, sans qu'il parle. Depuis tous ces mois passés à faire l'amour ensemble, à tout partager et à vivre au même rythme biologique, ils avaient développé des liens instinctifs, non verbaux, pareils à ceux d'une horde d'animaux sauvages. Fermant les yeux à son tour, Squeaky voyait les néons des prisons qu'elle ne connaissait pas, elle qui avait été élevée dans une famille bourgeoise. Les ondes lui avaient transmis le monde intérieur de Charlie, sa force, sa colère et ses angoisses. Plus que jamais ce soir-là, il sentait que l'univers était en mouvement sans qu'il soit vraiment au centre du cosmos. Habitué dès la prime adolescence à la vie monotone et violente de ceux que la société enferme, Charlie n'arrivait toujours pas à s'adapter aux évolutions constantes, douces et menteuses du monde libre. Aujourd'hui, la colère qu'il nourrissait et qu'ils partageaient tous avec lui, aiguillée par l'approche de la lune noire, était montée très haut. Les cochons leur avaient déclaré une guerre sans merci. L'arrestation de deux filles pour une affaire minable de cartes de crédit volées les avait déshabillés de deux des plus anciennes disciples, des « mères » dans le langage de la Famille. Ce malheur s'ajoutait aux autres soucis de la communauté à commencer par les Black Panthers. Charlie était persuadé d'avoir tué l'un d'entre eux la semaine précédente lors d'un deal raté avec Tex. Il y avait aussi bien sûr l'inculpation de Bobby, sans parler de la tension grandissante avec les Straight Satans et, pour finir, des manigances de Shorty et des cow-boys que Squeaky venait de raconter à Charlie en lui resservant du riz complet agrémenté d'un chou trop fort que le Sprite n'arrivait pas à faire passer ; toutes ces embrouilles resserraient leurs liens et rendaient imminent le combat révolutionnaire qu'ils allaient devoir mener contre un monde confus et agressif ignorant l'amour et la pureté.

Le Sprite ne passant vraiment pas, Charlie dégagea ses pieds des mains de Squeaky et alla péter un coup au fond du saloon. Au passage, il monta la musique. Le tourne-disque hi-fi offert par le Beach Boy Dennis Wilson jouait comme tous les soirs le double-album blanc des Beatles et les morceaux favoris de la Famille : *Revolution 9*, *Piggies* ou *Sexy Sadie*. Il regarda la fresque que Squeaky et Mary avaient peinte à la Day-Glo au fond du saloon, touchant de la main les membres de la Famille figurés par des sihouettes peu reconnaissables dont certaines ressemblaient à des pommes frites, alignées devant l'ange de l'Apocalypse, une sorte d'oiseau en robe blanche venu ouvrir pour eux le puits d'abîme, un trou situé non loin d'un cactus… Le cactus et l'ange dessinés par Squeaky valaient mieux que le reste, ainsi que la légende : *Helter Skelter Goler Wash and Death Valley*. Il va falloir bientôt qu'ils apprennent tous à dessiner avec du sang, se dit Charlie en ramassant un objet, un revolver, caché dans une caisse de nourriture pour chien. L'heure était venue de lancer la première série d'attaques destinée à déclencher la guerre raciale, le « Helter Skelter », le grand chambardement qui sauverait le monde.

Comme si elle était consciente d'une décision qui allait marquer la fin des jours tranquilles, toute l'assemblée, une quinzaine ce soir-là, chantait en chœur avec les Beatles :

Oh honey pie, my position is tragic
Come and show me the magic
Of your Hollywood song

Oh honey pie, you are driving me frantic
Sail accross the Atlantic
To be where you belong

Trois ou quatre enfants dansaient dans la lumière de stroboscopes, on aurait dit les petits Hébreux de l'Ancien Testament égarés dans un acid-test. Charlie aimait les enfants, en ce moment crucial il avait besoin d'eux, glissant son revolver sous sa liquette il alla danser près d'eux pour leur emprunter leur innocence et leur force vitale. Il dansa un moment, imitant les mouvements désordonnés des gamins, avec des gestes très saccadés. Toute la Famille se leva, filles et garçons posèrent leurs bols de nourriture et se mirent à danser et à rire. Charlie se faufila entre les siens, il fit un signe de la main à Sadie qui s'était scotchée à Tex, un grand type brun, élancé, beau en dépit d'une frange disgracieuse retombant en oreilles de cocker sur une grosse paire de moustaches. Charlie se dirigea vers les portes du saloon qu'il ouvrit d'un coup de poing léger. Sadie et Tex se glissèrent derrière lui.

Du ton sans réplique dont il usait avec les femmes, Charlie ordonna à Sadie d'aller chercher des vêtements sombres au campement, de quoi l'habiller, elle, Tex et deux autres filles, Katie et Linda. Il lui demanda aussi de réunir un autre jeu de vêtements de rechange et de ramener en plus trois canifs Buck, habituellement rangés dans la cache d'armes sous le tas de fourrage d'une stalle vide. Puis il s'adressa à Tex :

— Va voir Johnny et emprunte-lui les clés de sa bagnole.

Johnny Swartz était un cow-boy à qui appartenait la vieille Ford Fairlane, seule voiture en état de marche ce soir-là au ranch.

— Et s'il veut savoir pourquoi…

— Dis-lui que tu vas faire un concert en ville avec les filles.

Au lieu d'obéir, Sadie restait dans les parages, leur collant aux basques pour entendre ce que Charlie complotait. Avec son flair d'hystérique elle se doutait qu'un événement exceptionnel se préparait.

— Charlie, j'ai une idée pour libérer Bobby.

Charlie répondit d'une voix douce et menaçante :

— Tu ne m'as pas compris, Sadie, je t'ai pas demandé des conseils, mais des vêtements et des couteaux.

Relevant le menton sans obéir, Sadie se toucha les cheveux et fit son rictus habituel. Elle savait que Charlie pouvait à tout instant lui balancer une gifle.

— Allez va ! Tex te dira ce qu'il faut faire.

Sadie se résigna. Il fallait toujours qu'elle la ramène, surtout avec les hommes. C'était une des raisons pour lesquelles Charlie ne couchait plus près d'elle depuis un an, ce qui la rendait folle. Le contraire de la petite Stephanie qui venait de pointer le nez hors du saloon.

— Descends m'attendre à la crique.

La gamine ne se fit pas prier et Charlie apprécia cette soumission silencieuse. De retour des écuries, Tex montra à Charlie les clés de la voiture du cowboy qu'il venait de récupérer. Charlie lui ordonna de le suivre derrière le saloon. Du toit en planches d'une véranda, pendait un grand bonhomme de paille vêtu comme un épouvantail. Cette effigie macabre était garrottée à une corde, la poitrine ornée d'un vieux panneau de bois peint d'une enseigne rouge : RANDY STARR. Charlie vit que Tex avait enfilé une paire de bottes en prévision de l'expédition. Il ressemblait à l'épouvantail de Randy, en plus costaud.

— Tex, je t'ai rendu un service dernièrement.

— Oui, Charlie.

Charlie faisait allusion au négro que Tex avait essayé d'arnaquer et qui s'était fâché avant que Charlie le calme d'un coup de revolver.

— Maintenant tu vas me rendre le même service en échange.

— Oui, Charlie.

— Tu vas monter à Benedict Canyon, chez Terry Melcher, et tu vas t'occuper de tous les cochons que tu trouveras dans la maison.

— Oui.

La voix de Tex avait baissé d'un ton. Il avait compris l'ordre de Charlie sans que le mot « tuer » soit prononcé. Charlie le regarda intensément. Sorti de prison deux ans plus tôt, lâché en plein Summer of love à Haight-Ashbury, Charlie avait découvert à quel point les gens élevés en liberté étaient faibles, il suffisait de leur mettre un peu la pression, de froncer les sourcils et ils obéissaient tous, même les plus intelligents. Ils étaient aussi fragiles que des délinquants primaires leur premier jour de taule. Mais ils gâchaient parfois les tâches qu'on leur confiait. Manque d'expérience, défaut de courage physique ou alors au contraire zèle excessif... Les filles surtout, de vraies furies... il les sentait capables d'égorger un flic en pleine rue pour lui faire plaisir, puis de se vanter auprès de tout le monde d'avoir saigné un cochon. Il fallait sans cesse freiner leur ardeur dévastatrice. Difficile dans de pareilles conditions de suivre le conseil que lui avait donné Alvin « Creepy » Karpis, le dernier survivant du gang de Ma Barker : « Petit, si tu ne veux pas retourner en prison, débrouille-toi pour ne rien faire toi-même qui sorte de la légalité. » Mais Charlie n'en était plus là. Le ciel en avait décidé autrement. Il ne serait pas musicien, ou alors plus tard, une fois accompli le Helter Skelter.

Il souleva sa liquette et tira de sa ceinture un revolver à canon long, un Longhorn du même modèle que celui qui était dessiné sur l'enseigne du saloon. Il le tendit à Tex sans cesser de le fixer de son regard de fakir.

— Prends Sadie avec toi et puis aussi Katie et Linda.

— Linda ?

— Oui, c'est la seule à part Mary à avoir un permis valide. Tu te contenteras d'elle. Elle conduira si les cochons de flics vous contrôlent en route.

— Il y aura qui dans la maison ?

— Je ne sais pas. Je ne suis pas ton père. Rappelle à Sadie de laisser un souvenir sur les murs, un truc de sorcière…

— Oui.

— Pique le fric et si tu ne les trouves pas là-bas, va visiter d'autres maisons jusqu'à ce que tu aies dégotté au moins six cents dollars. Débrouille-toi pour laisser partout le tableau le plus effrayant que tu pourras inventer.

Tex ne repondit rien, il hocha timidement la tête. Son visage était perdu dans l'ombre de l'appentis d'où pendaient des toiles d'araignée. Les jambes de l'épouvantail semblaient reposer sur ses épaules. Charlie se demanda si ce gamin de vingt ans qui portait encore des chemises hawaïennes et des pantalons à pinces quand il l'avait recruté chez Dennis Wilson un an plus tôt allait être à la hauteur de sa mission. Mais il faisait confiance à Sadie pour pousser l'affaire. Mouillée dans le meurtre du prof de musique, elle risquait d'être dénoncée par Bobby et de l'accompagner à la chambre à gaz, elle n'avait donc plus rien à perdre.

Charlie remarqua que la jambe gauche de Tex bougeait nerveusement comme un danseur de twist.

— Tu as pris des speeds ?

— Non Charlie.

Charlie eut la certitude qu'il mentait.

II

Le vendredi 8 août 1969, peu avant 23 heures, la Ford Fairline 1959 de Johnny Swartz enregistrée en Californie sous le matricule GYY435 s'engagea au sortir du terre-plein sablonneux de Spahn Ranch sur Santa Susana Crossroads, en direction du sud-ouest. La vague de chaleur anormale qui touchait Los Angeles depuis près d'une semaine allait en s'atténuant cette nuit-là, mais la température était encore très élevée, un four. Après avoir rebondi sur l'asphalte, la grosse voiture fatiguée remonta la côte à basse vitesse en couinant.

Au bout des lacets de Simi Hills, sur la ligne droite que les pionniers de la ruée vers l'or ont baptisée du nom romantique de Devil's Slide, les éclairages urbains de Chatsworth dégagèrent la silhouette du conducteur. À demi masqué sous un pare-soleil cabossé, les yeux fixés sur la route, Tex (Charles Watson de son vrai nom) avait une tête de plus en plus bizarre à chaque lampadaire. Toute la méthédrine dont il s'était goinfré en plus du STP le faisait trembler – une pression longtemps accumulée se libérait, une férocité secrète, animale, que Charlie avait excitée chez lui avant de la contrarier et de la brider par son ascendant, se réveillait, prête à sauter à la gorge de n'importe qui. En reflet dans le miroir ellipsoïdal du rétroviseur central il ressemblait, en bien pire, aux photos d'anthropométrie prises par les flics de Van Nuys deux mois plus tôt. On aurait cru que ses canines et la langue avaient grandi dans sa bouche entrouverte, repoussant les lèvres qui s'ouvraient en un sourire idiot doublement souligné par ses moustaches tombantes et la petite frange de poney sous laquelle ses yeux rapprochés avaient presque disparu. Seules les empreintes qu'il imprimait à toute force sur le volant de bakélite jauni marquaient qu'il s'agissait bien du même Charles Watson. « Square Charles », comme l'appelaient ses copains texans de Farmville, était devenu en moins d'un an « Scary Tex », le pire zombie de la Famille.

À ses côtés, à la place du mort, à une hauteur anormale, flottante, à peine visible dans la nuit de l'habitacle, le visage encore masqué par ses cheveux noirs, Sadie paraissait dominer Tex telle une figure volante. Elle était agenouillée sur le siège et se dandinait pour faire glisser un vieux sweat-shirt d'écolière bleu marine le long de son buste. L'air recueilli, elle s'occupa ensuite d'attacher les gros boutons latéraux de sa salopette en chantonnant une rengaine. Remontée à mi-cuisse, la salopette de couleur sombre laissait voir une peau très blanche autour de la toison génitale.

Même quand elle ne cherchait pas à capter l'attention, Sexy Sadie créait une tension sourde autour d'elle.

Une fois fini son boutonnage, elle se laissa retomber sur l'assise du siège. Diminuant de taille, elle haussa, pour compenser, le volume de sa voix enfantine et agaçante qui chevrota dans l'habitacle par-dessus les grondements du V8 :

— *Garbage dump my garbage dump, why are you called my garbage dump...*

Des passagères de l'arrière, on ne devinait rien d'autre qu'une masse chevelue et malodorante. La plus âgée, Patricia Krenwinkle alias Katie, avait ses règles depuis la veille et selon le témoignage de ses familiers, « puait comme un chacal ». Depuis qu'un an plus tôt elle avait abandonné dans un parking sa voiture et ses effets personnels pour suivre Charlie, Katie avait sombré dans une catatonie discrète. L'ancienne aide-comptable était devenue presque muette à force d'avaler des drogues, et son odeur corporelle mêlée à celle des poubelles dont elle était la fouilleuse en chef restait sa principale manière de s'affirmer. Il arrivait aussi qu'elle se gratte compulsivement en faisant crisser ses ongles sur la toile de sa salopette. Elle n'était pas la seule. On ne se lavait pas beaucoup au ranch et les maladies vénériennes, gonorrhées, morpions, mycoses, chlamydiae, crêtes de coq et autres cystites y faisaient souche comme dans toutes les communautés hippies.

— Katie, arrête de te gratter, c'est insupportable.

Du paquet de cheveux pointait une seconde tête. La face bien lisse de Linda Kasabian, blonde et joufflue comme une madone italienne, semblait, suivant les flashs successifs de l'éclairage urbain, sournoise ou angélique.

Le sol de la Ford était inconfortable, il y avait des rivets mal placés et quand Katie se grattait, lui refusant ses grosses cuisses, Linda était forcée de se tenir accroupie les mains accrochées à la banquette avant. En l'absence de siège arrière, les deux filles traînaient à même la tôle en compagnie d'un ballot de vieux vêtements sombres, d'un coupe-boulon et d'une corde. À chaque cahot, elles rebondissaient en geignant et le coupe-boulon dévalait la tôle du plancher dans un bruit de casserole. Aucune des deux n'avait songé à caler l'outil. Elles étaient trop occupées à se protéger la tête du montant horizontal du coffre arrière qui les menaçait comme un assommoir. Dirigées par Sadie qui les conduisait du doigt comme un chef d'orchestre, elles reprirent en chœur la chanson :

— *Garbage dump my garbage dump, why are you called my garbage dump.*

Retourné vers l'arrière, le visage de Sadie semblait posé en décoration sur le dossier couleur crème brûlée de la banquette avant, il dodelinait à la manière de ces têtes de mort en résine que les camionneurs mexicains accrochent à leur rétroviseur avec sa petite bouche d'enfant qui remontait en babine sur la commissure droite.

Sadie s'arrêta de chanter. Elle pencha la tête comme si elle tendait l'oreille à un murmure venu d'ailleurs, ouvrit silencieusement les lèvres, le doigt duquel elle dirigeait les braillements des deux autres s'approcha de sa gorge et glissa dessus, mimant un rasoir. Ses yeux pétillèrent de joie et elle cria d'une voix grinçante, aiguisée au point de percer le toit de la Ford :

— Adios, Terry Melcher ! Mort aux cochons !

Une grosse voix d'homme émergea alors du corps de Tex dont le dos immobile, vu des places arrière, affrontait seul la réalité lumineuse, colorée comme un light show, qui les hallucinait tous derrière le pare-brise :

— Terry n'est plus au nid, il a quitté son actrice et il est r'tourné chez sa maman à Malibu.

La voix sembla aux filles inconnue et lointaine, une voix de ventriloque, étrangère au corps de Tex, qui l'aurait occupé quelques secondes avant de s'enfuir dans la nuit hanter d'autres corps. Ni Susan, ni Katie, ni Linda ne purent identifier un timbre familier. On aurait cru une radio. Quant au sens de la phrase, il leur échappa. Seul le mot « Terry » déchaîna des hurrahs et des sifflets.

Elles ressassaient ce nom dans leurs litanies communes, il appartenait à leur folklore, elles se l'étaient accaparé comme les cheveux humains cirés, les fragments de miroir et les vieux chiffons dont elles composaient leurs patchworks pour Charlie.

La légende familiale racontait que Terry Melcher, l'imprésario des Beach Boys, avait voulu faire enregistrer un disque à Charlie. Mais Charlie, que Dennis Wilson et Neil Young considéraient comme un talent prometteur, avait déconcerté Melcher par son « folk song sinistre et menaçant » (parole de cochon). Melcher n'avait plus jamais donné signe de vie, malgré de vagues promesses et un billet de cinquante dollars. Depuis, excitées par Manson, les filles s'étaient promis d'avoir sa peau. Le nom de Terry Melcher était pris dans la grande toile d'araignée de la Famille, son enveloppe vidée de substance emmagasinait la haine. Une outre pleine de matière noire qui mugissait dans le vide.

À force d'être répétés par Charlie et repris en chœur par la Famille, les mots, les noms propres prenaient une autre valeur. Ils devenaient des incantations rituelles offertes à l'esprit du vent qu'on entendait parfois la nuit siffler autour du ranch, agitant les bras du bonhomme empaillé de Randy Starr. Voilà des semaines que les filles gavées d'hallucinogènes subissaient en permanence ce bourrage de crâne, telle une télé évangélique branchée jour et nuit. Dans leur demi-sommeil, durant leurs maladies, lors de leurs accouchements, au cours des repas, au cœur des orgies, pendant qu'elles déféquaient dans les buissons, à chaque fois qu'elles essayaient de désinfecter leurs pieds sales enflammés par les poubelles et les déjections des chevaux avec l'essence grasse des buggies, quand elles faisaient la vaisselle dans le noir, à l'heure où elles allaitaient les mioches, alors qu'elles chassaient les mouches dans les pièces défoncées du ranch, Charlie leur assenait inlassablement les mêmes histoires, autant de paraboles sans fin qu'ils ressassaient tous en boucle.

L'histoire de Dennis Wilson, le Beach Boy qui leur avait ouvert son palais de Pacific Palisades et prêté sa Rolls-Royce pour aller faire les poubelles, ou la parabole de Terry Melcher, un cochon trop bête pour accepter l'amour de Charlie, appartenaient à ce folklore. Cent mille fois, Charlie leur avait rappelé comment Terry était venu au ranch à son invitation pour faire l'amour avec eux et les écouter chanter, et comment Terry s'était défilé, gardant, serré sur son petit cul blanc, son petit jean blanc moulé de hippie de luxe et courant hors du ranch *ouik ouik ouik* comme un cochon prétentieux. Cinquante dollars ! Voilà le salaire que ce cochon à nez de femme, cet eunuque, ce verrat, voulait payer à Charlie pour qu'il la ferme ! Le cochon de mer Dennis Wilson avait suivi, poussant la frousse jusqu'à lâcher son palais du 14400 Sunset Blvd pour fuir l'amour dévorant de la Famille. Pas pour longtemps… *Ouik ouik !* criait Charlie en agitant les bras et en imitant, pour faire rire les enfants, les couinements d'un porc égorgé.

Un tournant que Tex prit un peu vite pour éviter l'échangeur nord et attraper la 118 dans le bon sens fit hurler les trois passagères comme des gamines en virée. Le nom de Terry Melcher en profita pour échapper à leurs griffes et filer dans la nuit. Sadie, Katie et Linda recommencèrent à chanter leur rengaine de trieuses d'ordures. Les trois voix de fausset étaient rythmées par les lumières alternées des lampadaires qui les conduisaient vers la 405. Le commando roulait doucement, en ondulant sur les roues voilées de la Ford. N'importe quel flic aurait pu les arrêter. La brigade de la circulation de Van Nuys connaissait la voiture et le conducteur, interpellé six semaines plus tôt complètement défoncé, alors qu'il marchait à quatre pattes à midi en pleine rue. Tex n'avait pas encore fait son renouvellement de permis, obligatoire tous les trois ans en Californie, et la Ford, toujours plus déglinguée, transportait des armes. Comme souvent, les quatre hippies auraient fini la nuit au poste sous les quolibets des ivrognes et des prostituées.

L'autoroute 118 porte aujourd'hui le nom de Ronald Reagan, alors nouveau gouverneur républicain de Californie. Pendant sa campagne électorale, Reagan avait fait rire les spectateurs d'un talk-show en lâchant une définition méprisante des hippies : « La tenue de Tarzan, les cheveux de Jane et l'odeur de Cheetah. » Cette blague réchauffée réjouissait les flics et les gens simples qui votèrent pour l'ancien acteur mais les démocrates de la nouvelle gauche et certains intellectuels d'Hollywood la trouvèrent simpliste, voire fasciste... au moins jusqu'au matin du 9 août 1969.

— *Garbage dump my garbage dump, why are you called my garbage dump.*

Les youyous des chanteuses furent noyés dans le fracas d'une sirène de police qui fila près d'eux sans ralentir.

L'arrivée sur la 405 plongea la vieille guimbarde de Johnny Swartz dans l'anonymat du flux automobile. Les lumières se faisaient plus rares et les filles chantonnaient d'une voix éteinte. La fatigue de la redescente d'acide menaçait d'engloutir dans un lourd sommeil adolescent Katie et Linda qui n'avaient pas pris de speed. Leur mollesse horripilait Sadie qui se dandinait sur le siège avant. La méthédrine était rentrée en secret au ranch dans sa besace. Elle l'avait échangée quelques jours auparavant contre une pile de disques volés à Charlie. Depuis la naissance de son bébé, Zo Zo Ze Ze Zadfrack, un nourrisson de père inconnu, Sadie souffrait de troubles encore plus aigus du comportement. Il lui arrivait de disparaître plusieurs semaines comme une chatte en chaleur ou de piquer de l'herbe et des disques dans le coffre de pirate où Charlie serrait ses trésors. Un collectionneur avisé possède peut-être aujourd'hui un exemplaire du premier pressage de *California Dreamin'* dédicacé par Mama Cass Elliot au Beach Boy Dennis Wilson, volé par Charles Manson dans la discothèque de ce dernier, et revendu par Sadie pour acheter le crystal meth qu'elle prisa avant de commettre le meurtre du siècle.

À l'arrière, la masse de cheveux commença d'émettre un discret ronflement. C'est le moment que choisit Tex ou une autre voix plus ressemblante que la première pour leur décrire le but de l'attaque, l'ancien domicile de Melcher à Benedict Canyon, une longère rougeâtre que la presse du lendemain désigna sous le nom de « maison de l'horreur » ou de « villa Polanski ». Un nom que personne n'avait jamais entendu dans la voiture.

Roman Polanski avait emménagé avec Sharon Tate le 15 février 1969 dans cette maison simple qui dominait les hauteurs de Beverly Hills. Tex Watson connaissait la villa et quelques-uns des snobs qui l'habitaient. Voilà pourquoi il avait pris le volant. Tex faisait partie des membres de la Famille ayant raccompagné Terry Melcher chez lui une ou deux fois fin 1968, quand le manager des Beach Boys logeait encore, avant ses amis les Polanski, au 10050 Cielo Drive. Tex y était retourné une fois en janvier 1969 en compagnie du père de leur copine Ouisch, un vieux hippie nommé Dean Moorehouse, avec qui il avait fait des virées en Jaguar E dans le désert mojave. L'actrice hollywoodienne dont il avait parlé tout à l'heure, une bêcheuse qui l'avait snobé dans la cuisine de Melcher, s'appelait Candice Bergen, future femme de Louis Malle et compagne de Terry Melcher jusqu'au moment où celui-ci était retourné vivre à Malibu chez sa mère, une autre actrice plus commerciale et moins hype : Doris Day.

La mémoire visuelle de Tex était excellente. L'aspect édénique du site avait dû l'impressionner et sans doute avait-il gardé une idée précise de la disposition des bâtiments. Tex était capable de démonter et de remonter un moteur Volkswagen les yeux fermés, il avait obtenu de bonnes notes aux évaluations de QI de l'école de Farmville. Grand lecteur de *Popular Mechanics*, il combinait, à l'époque des meurtres, un système de faisceau électrique pour les buggies que Charlie lui faisait fabriquer à partir de moteurs volés et de coques en résine. En contemplant à travers le pare-brise souillé d'insectes l'immense perspective des lumières de la ville, il y pensait, un peu trop peut-être…

Ils étaient sortis de la 405 sur l'embranchement de Mulholland Drive. Après huit cents mètres de pente abrupte, le quadruple pinceau des phares éclairait maintenant l'étroit chemin défoncé et magnifique qui surmonte l'immense tapis lumineux de Los Angeles, où chaque lampe semblait vouloir ce soir-là les guider vers d'autres prochaines victimes. Sadie s'arrêta de chanter et lança une belle phrase, le genre de parole que Charlie lui-même aurait prononcé :

— Hey les filles ! Vous vous rendez compte qu'à cause de nous, une grosse diarrhée de négros va jaillir des taudis et éteindre toutes ces putains de lumières ?

Pour la première fois depuis longtemps on entendit le rire de Katie. Tous la regardèrent, surpris, même Tex jeta un coup d'œil dans le rétroviseur. « The mummy », comme l'appelait Sadie, s'était réveillée de sa léthargie. Le mot « diarrhée » l'avait connectée au réel. Plongée dans son délire solitaire et dans le panorama urbain qu'elle apercevait par le carreau sale de la vieille Ford, elle avait l'impression de se perdre dans l'estomac d'un monstre, de remonter au hasard les veines et les artères d'une énorme bête dans un vaisseau miniaturisé. Avant de tomber sous la coupe de Manson et du LSD, Patricia-Katie, une banale jeune fille américaine, s'était faufilée dans une salle de North Hollywood pour voir un des gros succès cinématographiques de l'époque : *Fantastic Voyage*, de Richard Fleischer, avec Raquel Welch. Au cœur d'un épisode schizophrénique, son être intérieur se confondant avec le monde extérieur, elle retrouvait grâce au chou avarié du dîner l'imaginaire collectif et les clichés du cinéma commercial.

Au milieu de ce magma, la petite voix fragile et claire de Linda semblait soudain très réelle. La même petite voix qu'elle prendrait au tribunal pour dénoncer ses trois complices :

— Charles, on s'est trompés, on roule vers le nord, tu devrais faire demi-tour.

Désorienté par les hallucinogènes et peut-être par l'impulsion refoulée de ne pas obéir à Manson, Tex avait pris Mulholland Drive à l'envers et ils étaient repartis vers le nord-est, là où la route se met à ressembler à un chemin de douanier pour finir des kilomètres plus loin, sur Calabasas.

— Quel péquenaud, il s'est gourré !

Sous les sarcasmes de Sadie, il se lança dans un demi-tour périlleux, éclairant les bordures du précipice du quadruple faisceau de ses phares qui faisait ressembler la vieille berline perchée sur ces hauteurs à une soucoupe volante de parc d'attractions. La voiture repartit enfin dans la bonne direction, c'est-à-dire la mauvaise.

Tex reprit la 405 vers le sud, passa des dizaines de bretelles et sortit sur Santa Monica Boulevard. Ils entamèrent alors la remontée à travers West Hollywood puis Rodeo Drive. Sur le grand pare-brise convexe de la vieille Ford, les halos du monde extérieur, feux de signalisation, enseignes lumineuses, néons populaires de l'Amérique d'alors renvoyaient les filles à leur première jeunesse des années 1960, bercées dans leur chambre d'enfant par la surf music, les soap operas et les refrains niaiseux de la publicité. Tramé par les enchantements du LSD, leur être intérieur et le monde dont les lampes se reflétaient sur leur visage se mélangeaient, pour la dernière fois peut-être, dans un tout cohérent auquel elles appartenaient encore. Les petites filles qu'elles avaient à peine cessé d'être, cette enfance, ce lien au passé, à l'école, aux surprises-parties que Charlie voulait tuer en elle, garda encore quelques minutes son tour harmonieux d'adolescence américaine, comme un manège forain dont le ticket est payé d'avance, avant l'entrée dans l'âge adulte ou l'exclusion définitive. Sorties du cloaque de Spahn Ranch, les lumières d'Hollywood n'en brillaient à leurs yeux que plus naïvement.

Le dernier échange du commando avec le monde ordinaire se produisit au croisement de Santa Monica et de Wilshire. Une grosse Plymouth lourde d'étudiants en virée se rangea au feu rouge le long du flanc droit de la Ford. Le conducteur se rappellerait plus tard avoir remarqué la vieille voiture, dont le moteur émettait un son trop gras. Il avait donné un coup de klaxon pour signaler au conducteur que son pot d'échappement allait tomber en poussière. La passagère avant s'était retournée. Elle portait un pull-over sombre, ce qui l'avait étonné vu la saison et la température. Elle l'avait regardé fixement en souriant puis elle avait sorti sa main de la voiture. Au début il avait cru qu'elle lui tendait quelque chose mais il avait vite compris qu'elle voulait lui attraper le bras. Le feu était passé au vert et il avait démarré tout en surveillant dans le rétroviseur les phares de la Ford qui roula un moment dans son sillage avant de bifurquer à l'intersection de Rodeo Drive.

Sadie surexcitée avait sorti sa baïonnette et la montrait à toutes les voitures. Tex remonta Rodeo Drive, une artère plus tranquille que Santa Monica Boulevard en direction d'Hollywood Boulevard. Pour contrôler la folie qu'il sentait monter et mener la mission à bien, Tex s'acharnait à ressembler à un héros à l'ancienne, dos large, mains calleuses, manières rudes. La voix était plus rassurante que celle du speaker de radio de tout à l'heure, on aurait dit celle de John Wayne. Cachant le bouillonnement amphétaminique qui l'agitait, parlant peu comme le font les vrais hommes, il donna aux filles les dernières instructions. Les consignes étaient simples : une fois arrivés, ils devaient égorger tous les cochons qu'ils trouveraient dans la maison. Charlie avait recommandé de leur arracher les yeux pour les accrocher aux miroirs et de pendre leurs cadavres par les pieds.

Le sens de ces paroles était plus rassurant que la voix. Les mots s'adaptaient à l'oreille des filles comme une pièce de puzzle à une autre. Toute la Famille connaissait par cœur ce refrain-là. Un des jeux de rôles initiés par Charlie qui avait cent fois mimé les meurtres devant eux.

Ils roulaient dans une zone résidentielle. Sur les poteaux de bois qui tenaient les lignes électriques étaient accrochées des affiches publicitaires pour un film ou un spectacle. L'image représentait des visages d'hommes et de femmes en noir et blanc, l'air effrayé. Au milieu, le titre du spectacle était inscrit en vert gazon dans une graphie moderne, psychédélique. Linda n'arrivait pas à lire les lettres. Derrière les massifs apparaissait de temps à autre une belle grille de propriété. Les lourdes silhouettes des villas en forme de château breton, de villa campanienne ou de manoir Tudor, se trouaient par endroits de lumière, suggérant derrière les bow-windows ou les fenêtres à meneaux, l'idée d'une vie luxueuse et ordinaire.

Linda et Katie s'étaient remises à chanter pour éviter de s'endormir. À un feu rouge, Sadie se retourna à nouveau, appuyant le menton sur la banquette, laissant errer ses yeux noirs vers l'arrière. Sadie, comme Charlie, ne lâchait jamais une proie. Elle reniflait un manque de cran chez Linda. Elle l'avait toujours trouvée timide dans les orgies sexuelles, vraiment trop cul serré pour être sa copine. Sadie aimait la provocation et ne connaissait aucune barrière assez solide pour se retenir.

— Tu as la trouille ?

— Non.

— Si, je vois bien que t'as peur. T'inquiète, toi tu vas faire le guet. Pour toi ça ne sera pas différent d'un « creepy crawl ».

Les creepy crawls étaient des cambriolages pour rire que la Famille pratiquait comme un jeu. Rentrer chez les gens pendant qu'ils dormaient et déplacer les objets. C'était sympa.

Sadie continua de fixer Linda un moment, moitié par affection, moitié pour la mettre mal à l'aise, puis elle se détourna. Linda s'aperçut qu'elle la fixait maintenant dans la glace du pare-soleil et s'amusait à lui faire les gros yeux.

Si Sadie avait pu deviner ce qui l'attendait dans les années suivantes, si elle s'était doutée que cette pisseuse serrée dans un jean moisi allait la faire condamner à la chambre à gaz puis, sa peine commuée, la laisser pourrir en prison, nuit d'insomnie après nuit d'insomnie, règles inutiles après règles inutiles, masturbation, violences, maladie, amputation, et enfin tumeur maligne qui lui détruirait le cerveau après quarante ans de morne existence, abandonnée de tous, enfants, petits-enfants, mari mythomane, alors que Linda continuerait à vivre en liberté et à faire l'amour sous le doux soleil californien, si Sadie avait pu prévoir tout cela ou même une infime partie, elle aurait demandé à Tex d'arrêter la Ford et elle aurait poussé aussi sec cette fouine dans le caniveau pour lui ouvrir la gorge avec l'un des canifs Buck aiguisés comme des rasoirs qui brinquebalaient contre la baïonnette dans le petit sac de daim graisseux qu'elle serrait sous ses pieds.

À l'intersection de Sunset Boulevard et de Rodeo Drive, la Ford s'engagea à gauche en angle aigu, remontant Benedict Canyon Drive en direction des collines.

Après un kilomètre franchi à une allure de caboteur, Tex signala son intention de changer de direction au prochain croisement. Le clignotant déréglé, flèche rouge obéissant au même rythme irrégulier qu'un signal morse, lança une manière d'avertissement ultime que personne sauf un diable n'aurait su interpréter correctement.

Quand le feu tricolore monté en potence de l'autre côté de l'intersection passa au vert, la vieille voiture tenta de couper la route aux véhicules d'en face, hésita et fit hurler quelques klaxons avant de se rabattre. À cette heure de la soirée le canyon était presque désert mais il suffisait d'un feu rouge pour rameuter les attardés. Une fois de plus, Tex dut accomplir un demi-tour parce qu'il avait raté le panneau CIELO DR, un petit chemin pentu qui montait vers le ciel en haut de la colline.

De Benedict Canyon jusqu'au 10050, la dernière propriété de la colline qui fermait le cul-de-sac, il fallait compter environ cinq minutes de montée délicieuse à travers les bougainvillées violettes et les plantes aromatiques. À mesure de la montée, à chaque lacet de la petite route mal entretenue, les résidences se faisaient plus discrètes, la végétation plus paradisiaque. Le ronflement du vieux moteur V8 imitait les grondements d'un loup grimpant vers la bergerie. Au bout d'une dernière ligne droite, Tex gara la voiture à côté d'un long portail isolé, d'aspect plutôt rural. Un des deux piliers d'encadrement était orné du chiffre 10050 ; l'horloge de bord, un petit cadran rond dépoli par la crasse et la fumée des Marlboro, marquait minuit dix. Susan et les filles avaient cessé de chanter, le silence était complet. L'effet des hallucinogènes s'était trompeusement estompé sous la montée progressive du stress. Seul Tex continuait sa mutation inéluctable. Sadie trouva qu'il ressemblait maintenant au vieil épouvantail empaillé de Randy Starr et cette idée déclencha son rire de gamine. D'une nouvelle voix, plus cassée que la précédente, il demanda qu'on lui passe le coupe-boulon que Katie chercha un moment avant de s'apercevoir qu'il s'était calé sous ses fesses. Très amusée par la frousse de Linda et la stupidité de Katie, Sadie se retourna une nouvelle fois vers Linda, humant l'odeur de transpiration qui trahissait sa peur.

— Dis-moi, sorcière ! Tu ne veux pas fermer les yeux et nous dire combien de cochons nous attendent là-dedans ?

Incapable de parler ou même de sourire, Linda se contenta de hocher stupidement la tête pour dire non et Sadie la fixa avec des yeux globuleux comme un masque d'Halloween.

Tex ouvrit lentement la portière, sortit dans l'atmosphère parfumée et les filles sentirent un instant sur leur visage le vent tiède qui aérait les collines de Bel Air comme un conditionnement de haut luxe. Ces hauteurs semblaient d'autant plus isolées qu'une brume marine commençait d'avaler l'immense tapis lumineux qui s'étendait par temps clair à l'infini.

Blottie contre Katie, Linda sursauta en voyant s'encadrer dans la vitre arrière les jambes d'un homme qui avait grimpé sur le coffre et faisait plier la tôle sous la semelle de ses bottes. Elle mit quelques secondes à comprendre qu'il ne s'agissait pas des pieds d'un pendu tombé d'un arbre ou d'un shérif prêt à l'abattre sans les sommations d'usage, mais des bottes de Tex. Pour une raison inconnue, il s'était hissé sur la voiture, du coffre il était passé maintenant sur le toit, et on devinait sa présence aux bruits du métal enfoncé qui claquait sourdement, reprenant sa forme initiale à chaque fois que les pieds se déplaçaient. Sans qu'elle sache pourquoi Linda frissonna sous la présence écrasante d'un garçon qu'elle connaissait pourtant bien et avec lequel elle avait fait l'amour plusieurs fois. Quand la tôle bruissait sous son poids, elle se sentait oppressée, comme si on lui marchait sur le ventre.

Un bruit de fouet la fit sursauter et elle vit ce qu'elle prit d'abord pour une corde se balancer le long du poteau de bois qui soutenait à gauche du portail les lignes d'électricité et de téléphone. Tex avait grimpé sur le toit de la voiture pour cisailler les fils du téléphone. Elle espéra vaguement qu'il allait se tromper et déclencher l'alerte en coupant l'électricité de la villa. Rien ne se passa et Tex redescendit en quelques bonds sans prendre garde à ne pas cabosser bruyamment la carrosserie du coffre. De retour au volant, il passa la lourde pince à Katie qui manqua d'éborgner Linda en laissant basculer l'objet vers l'arrière où il rebondit avec fracas. Dans le silence total, le boucan parut énorme. Des chiens se mirent à aboyer quelque part dans les collines, puis ils se turent. Lorsque la voiture redémarra, dévalant la ruelle dans l'autre sens, Linda crut un instant que Tex avait renoncé à la mission.

Quelques centaines de mètres plus bas, Tex ralentit et se gara dans une ruelle adjacente, sous une bougainvillée, un emplacement où la vieille Ford passait inaperçue.

Le contact tiède et rugueux de l'asphalte sous ses pieds blessés donna à Linda une sorte de réconfort. Depuis qu'elle avait quitté ses parents, puis son mari alors qu'elle était enceinte, elle s'attristait très vite mais reprenait confiance grâce à d'infimes émotions. Des sensations qu'une fille plus heureuse aurait négligées prenaient pour elle une valeur extraordinaire. La chaleur d'un objet ou d'un corps suffisait, sinon à la rassurer tout à fait, du moins à lui redonner un peu de joie. C'était la principale raison pour laquelle elle s'était accommodée de la Famille. Avant de les rencontrer tous, elle se sentait comme une aveugle dans une forêt, avec eux elle avait trouvé un chemin et l'avait suivi. Dormir en groupe, manger en communauté avec les autres, rire entre filles, c'étaient de bons moments. Au début Charlie l'avait comblée, il l'avait rassurée en lui faisant l'amour, et en prenant sa vie en main, sa force l'avait soulagée d'un poids qui l'accablait. Le paquet de vêtements qu'elle trimbalait sur la pente asphaltée était quand même plus léger que Tanya, le bébé dont elle avait la charge le jour où elle était arrivée au Ranch pour la première fois. L'air sentait si bon et le vent était si tiède que les instructions de Tex, les meurtres, lui parurent soudain irréels.

Il était le seul à ne pas marcher pieds nus et ses bottes noires faisaient crisser les graviers que la chaleur des jours précédents avait détachés de l'asphalte. Le bruit semblait se répercuter au loin dans les collines. Il arrivait qu'un petit caillou circulaire et collant vienne se nicher sous les orteils d'une des filles qui s'arrêtait alors pour le retirer. Elle devait ensuite accélérer le pas pour rattraper le groupe dont les silhouettes se détachaient à peine du fond obscur. Linda avait la peau fine et la blessure qu'elle s'était faite quelques jours plus tôt sur la tranche d'une boîte de conserve en pataugeant dans un container d'ordures s'était rouverte. Elle boitait et, sans la surveillance de Sadie, elle aurait pu laisser les autres filer devant. Lorsque Sadie prit sa main dans la sienne, elle ressentit un trouble mélange de sécurité et d'angoisse. Elle frémit d'abord à cause du malaise que faisaient naître en elle cette paume froide et humide et ces doigts nerveux qui se serraient autour d'elle, mais presque aussitôt elle fut rassurée comme une enfant. On s'occupait d'elle. Aux yeux de Sadie ou de Charlie elle comptait plus qu'elle n'avait jamais compté pour personne.

Tex et Katie les attendaient devant le portail métallique dont l'ossature tubulaire servait de châssis à un grillage à moutons d'apparence fragile. L'obstacle paraissait un peu trop facile à franchir.

— On ferait mieux de sauter la clôture, le portail est peut-être sous alarme.

Il fallait toujours que Sadie la ramène. Elle ignorait que ce vieux renard de Charlie avait donné la même consigne à Tex une heure plus tôt. Ce dernier, sans mot dire, se dirigea vers la droite, il faisait sombre et la corde blanche soigneusement roulée qu'il portait sur l'épaule gauche et que Linda remarqua pour la première fois lui dessinait un genre de décoration militaire. Le lierre avait monté sur une palissade d'épieux d'environ deux mètres de haut, attachés les uns aux autres par un treillis de fil de fer. Puisque Sadie voulait prendre la direction des opérations, Tex lui offrit de passer la première.

Elle passa son ballot de vêtements de rechange à travers un trou que le passage des chats et des petits animaux nocturnes avait créé dans la végétation puis elle bondit en avant à l'assaut de la palissade sans crainte de s'abîmer les pieds sur le fil de fer. Franchir l'enceinte d'une propriété n'était pas une expérience nouvelle pour elle.

Quand elle s'enfonça dans la végétation, se laissant couler en terrain inconnu, elle subit un choc émotionnel qui fit remonter le LSD. Une confusion totale, moléculaire, s'opéra entre son corps et les branches qui semblaient vouloir l'agripper puis finalement s'ouvrirent, complices, pour la laisser descendre vers le sol mou et doux recouvert d'une mousse légère de petits copeaux de bois. On avait dû scier un arbre récemment et la sciure lui caressait les pieds comme un tapis de crèche pour lui souhaiter bienvenue.

Katie tomba, bientôt suivie de l'agile Linda qui semblait capable de voler dans l'air lourd tant elle était menue malgré des jambes un peu fortes. Leurs habits noirs se confondaient avec les feuillages et les aiguilles des conifères dessinaient sur leurs visages une résille qui ressemblait au camouflage que Sadie aimait dessiner au bouchon sur la face des autres girl-scouts du temps où elle était éclaireuse.

Elles attendirent Tex. Il avait du mal à grimper à cause de ses bottes western dont les pointes dures glissaient sur les fils de fer du treillis. Son grand corps de sportif faisait craquer la palissade, le lierre secoué remuait les arbres, les branches bougeaient sur le ciel. Il finit par basculer et se laisser tomber avec la prestesse d'un ours et Linda remarqua qu'il tenait quelque chose à la main. Un revolver de cow-boy avec une crosse en bois teinte en bleu. Tex l'avait d'abord glissé à sa ceinture mais le lourd Longhorn 22 s'était pris dans les fils de la palissade, gênant ses efforts et menaçant de se décharger en traître dans son pantalon.

Au moment où Tex allait ranger son arme, deux phares s'allumèrent dans la propriété. Le bruit d'un démarreur fatigué fit baisser leur intensité jusqu'à ce que le moteur leur rendît de la flamme. En haut de l'allée qui montait à la maison, les feux d'une voiture éclairaient un petit bâtiment d'aspect carré surmonté d'un toit en pan coupé, un genre de chalet ou de grange. Il s'agissait d'un garage dont la double porte s'ouvrait sur un terre-plein dallé du même ciment clair que l'allée principale. Près du mur ouest, la lumière jaune d'une lampe antimoustique brillait. Tex se rappela avoir vu une Ferrari rangée sous la même lampe jaune, la dernière fois qu'il était venu avec Charlie. Rien à voir avec le véhicule qui descendait l'allée et éclairait maintenant les silhouettes des filles à contre-jour dans la trame noire de la végétation. Quand la voiture manœuvra près de la lampe jaune, il reconnut une banale Rambler, une bagnole typique d'employé de maison. Il chuchota aux filles :

— Couchez-vous par terre.

Elles se jetèrent au sol comme des gamines qui jouent à cache-cache. Tex traversa en trois bonds l'allée, passa au cul de la voiture blanche et s'approcha du conducteur arrêté devant le bouton de commande électrique du portail. Il tenait le revolver dans la main droite et un couteau dans la main gauche.

Une voix d'adolescent jaillit de la voiture, rendue plus fine par l'émotion. Le garçon ne criait pas si fort que ça, comme s'il voulait respecter le sommeil des gens endormis :

— S'il vous plaît ne me tuez pas, je dirai rien...

Le premier coup de feu résonna avec une force assourdissante, le revolver se réarma, Sadie entendit le cliquetis du barillet, puis un deuxième coup de feu qui lui parut moins sonore que le premier, sans doute Tex avait-il enfoncé la main dans l'habitacle de la voiture, puis un troisième, toujours aussi lent à se produire et enfin, après un laps de temps supplémentaire, un quatrième. Lorsque le silence revint, des chiens aboyaient dans la colline. Tex ne laissa pas le temps aux filles de s'affoler, il traversa l'allée, ramassa la corde blanche qu'il avait posée par terre et leur ordonna de le suivre d'une voix redevenue normale, presque enjouée. Il ouvrit la portière côté conducteur, engagea l'épaule contre le montant et poussa la Rambler blanche sur le côté gauche de l'allée. C'est à ce moment que Sadie aperçut le corps du type. Au procès, l'accusation montra les photos prises par l'identité judiciaire avant le transfert du cadavre à l'institut médico-légal. Les clichés dévoilent la dépouille du jeune Steven Parent, dix-huit ans, allongé de tout son long en travers des sièges avant, les jambes emprisonnées par le grand volant, le jean relevé sur des chaussettes de sport blanches lavées le matin même par sa mère, rendues grises par les flashs au tungstène, d'un gris plus pâle que le gris rougeâtre du sang qui tache le haut du bras avec lequel il a essayé de se protéger le visage par un geste réflexe. En regardant les photos au tribunal, Sadie eut ce commentaire : « Oui, c'est bien ce machin-là que j'ai vu dans la voiture. »

À la différence de beaucoup de célébrités qui se vanteraient après les meurtres d'avoir été invitées ce soir-là chez les Polanski, Steven Parent n'avait rien à faire au 10050 Cielo Drive. Il ne connaissait pas de stars de cinéma. Il avait simplement été pris en stop quelques jours plus tôt par William Garretson, le gardien, qui logeait dans un pavillon caché derrière la piscine de la maison principale. Garretson, un gay très introverti, lui avait proposé de passer le voir un soir. Comme le jeune homme le confierait naïvement au détecteur de mensonges du LAPD, il lui arrivait parfois de faire ce genre de proposition mais personne ne venait jamais. L'élu fut Steven Parent, qui choisit mal son heure. La visite ne dura guère plus de vingt-cinq minutes. Steven avait essayé de vendre à William un radioréveil Sony, en vain. Puis il avait donné un coup de téléphone à un copain à Santa Monica, et raccroché quelques secondes avant que Tex ne coupe les fils. Dédaignant d'écouter Garretson lui lire des poèmes sur son lit, il avait quitté le pavillon des invités pour récupérer la Rambler de sa mère dans l'allée.

La lanterne jaune brillait toujours au mur du garage. Plus loin, plusieurs longues guirlandes lumineuses couraient dans la haie, des décorations de Noël oubliées par Candice Bergen. Les Polanski n'y avaient pas touché. Ce festonnage permanent initié par la jeunesse bohème des années pop dure encore aujourd'hui en Californie. Ces mœurs choquaient à l'époque les gens d'origine modeste. La police y verrait un des indices du mode de vie déréglé qui caractérisait les victimes. Les lumières de bienvenue éclairèrent les quatre silhouettes sombres qui venaient de se faufiler entre les trois voitures garées devant la maison. Tex nota la présence d'une Porsche 911, d'une Pontiac Firebird et d'une Chevrolet Camaro toute neuve louée par Sharon Tate en attendant la réparation de la Ferrari de Roman. Ces voitures flamboyantes dormaient dans la beauté simple, méditerranéenne, du grand jardin de la maison. Les guirlandes de Noël les éclairaient comme dans la vitrine des concessionnaires de luxe qui vendaient leurs gros jouets dangereux aux stars de la pop et aux jeunes vedettes du Nouvel Hollywood.

À l'époque où elle courait les poubelles de Pacific Palisades dans la Rolls de Melcher, Sadie avait croisé bon nombre de ces millionnaires de vingt ans qui conduisaient leurs bolides pieds nus et portaient les mêmes tuniques colorées qu'elle. Les couleurs solaires l'attiraient comme un papillon. Aimantée par la belle peinture jaune du capot, Sadie effleura la tôle non loin de l'ouïe d'aération. Le moteur de la Camaro sentait encore le chaud. L'haleine tiède qui sortait des grilles peintes en noir mat lui caressa la main.

Linda longea la haie chatoyante de petites ampoules rouges et bleues et s'avança vers la maison principale, dans les pas de Tex et Katie qu'elle suivait comme un chien, inquiète à l'idée de se retrouver seule une seconde. Tex se retourna vers elle :

— Nous on fait le boulot, toi tu restes dehors et tu fais le guet.

Linda s'immobilisa. Elle détestait l'idée de rester seule dans la nuit à attendre qu'une main la saisisse ou qu'on lui tire dessus. Terrorisée, elle s'accrochait à ce qu'elle voyait comme aux derniers objets qui allaient la préserver de la noyade. Elle préférait l'ombre d'un buisson ou le cerceau d'un enrouleur de tuyau d'arrosage aux présences plus lointaines telles les lumières de Los Angeles dont les formes géométriques pareilles aux balises d'un aéroport géant réapparaissaient parfois sous les vapeurs du smog.

Il y avait les piscines des maisons voisines, toutes du même bleu vif et limité, un robinet, un mur de crépi, un appui de fenêtre propre, quelques outils de jardin bien rangés, tout cela existait beaucoup plus qu'elle, survivrait à la nuit, renaîtrait le lendemain sous le chaud soleil californien alors qu'elle serait peut-être morte ou en prison. Elle n'avait pas voulu regarder le cadavre du garçon dans la voiture blanche, c'était le premier meurtre auquel elle assistait. Il avait la voix de gamin de son petit frère. Elle aurait voulu faire marche arrière, remonter le temps, revenir au moment où elle marchait sur l'asphalte chaud, dehors.

Katie se détacha du groupe et s'avança seule vers la porte d'entrée de la maison, un long bâtiment couleur sang de bœuf. Une façade percée de baies à grands carreaux, deux chiens assis, des lanternes de fiacre posées en applique extérieure lui donnaient un genre européen et même français selon l'architecte qui l'avait édifiée pour Michèle Morgan au début des années 1940. Si la reine Marie-Antoinette avait fait une seconde carrière à Hollywood, elle aurait choisi cette maison agreste qui ouvrait sur une des plus belles vues de Los Angeles. Il ne manquait que des moutons et des agneaux pour accueillir les visiteurs.

Katie faisait tache dans le décor. Éclairée par les guirlandes de Noël qu'elle venait d'enjamber, elle ressemblait à un épouvantail. Elle ne s'était pas coiffée depuis des semaines et ses cheveux ébouriffés encadraient son visage épais, à la peau grumeleuse. Les trois autres la virent se diriger droit vers les lanternes de l'entrée. Elle avait traversé la pelouse, si verte, si propre, qu'elle paraissait artificielle. Sa sihouette se détachait maintenant en ombres chinoises sur le porche.

— Katie ! stop.

Tex enjamba la haie, traversa le gazon et rattrapa Katie alors qu'elle essayait d'ouvrir la porte principale, verrouillée de l'intérieur. C'était une porte de chaumière à petit vitrage, encadrée sur les deux montants latéraux par les lanternes de fiacre en verre jaune que les habitants de la maison avaient laissées allumées. Linda profita de la confusion pour se joindre aux trois autres. Elle s'approcha d'une fenêtre éclairée.

Derrière le carreau, Linda aperçut un homme endormi. La tête posée sur l'accoudoir d'un canapé de velours beige, Voytek Frykowski semblait plongé dans un sommeil profond. Les quatre coups de revolver tirés à moins de vingt mètres de là n'avaient pas suffi à l'éveiller. La liseuse en cuivre poli allumée au-dessus de sa tête comme un phare de couveuse éclairait un front dégagé qu'une mèche blonde parait à la façon d'un ruban. Cerclées par le halo de la lampe, les étoiles du drapeau américain décorant le dossier du canapé lui faisaient une sorte de couronne semblable au bouclier de Captain America. Plus loin, les rayures horizontales du drapeau reprenaient en plus contrasté les bandes colorées de son pantalon taille basse, rayé à la façon d'une toile à matelas. Les jambes à peine repliées faisaient ressortir ses grands pieds de Polonais, chaussés de ces bottines de minet prisées des Beatles et des groupes californiens.

Si Frykowski avait ouvert les yeux, il aurait aperçu le visage angélique de celle dont il ignorerait toujours l'identité mais qu'il devait croiser moins de vingt minutes plus tard dans la confusion de l'agonie. L'expression de ce visage enfantin au teint doré par la lanterne extérieure n'avait rien de haineux. C'était une jeune fille qui regardait un homme dormir avec le même regard qu'on voit sur les fresques d'Herculanum ou sur les gravures illustrant les vieux livres de mythologie érotique. Un reste du désir diffus de l'adolescence, la curiosité de découvrir l'intérieur d'une maison se mêlaient à la peur d'être surprise.

La voix de Tex sortit Linda de son rêve éveillé.

— Puisque tu es là, va voir derrière, s'il y a une fenêtre ouverte.

Linda aurait préféré retourner dans le jardin faire le guet. Pourquoi fallait-il que ce soit elle, la plus jeune et la moins aguerrie aux creepy crawls, qui s'aventure dans les ténèbres à l'arrière de la maison ? Tex avait deviné sa peur, il voulait qu'elle se mouille. Charlie aurait fait la même chose. D'ailleurs c'était la voix de Charlie qui avait chuchoté à son oreille, plutôt que celle de Tex. Les dix voix de Tex étaient toutes des avatars de celle de Charlie. Le crâne de Tex, comme celui de Katie ou de Sadie, n'était que la caisse de résonance des idées et des paroles de

Charlie. C'était Charlie qui connaissait par cœur le plan de la maison, pas Tex qui n'était venu là qu'une fois ou deux. Depuis un mois qu'elle était entrée dans la Famille, Linda avait pu constater les pouvoirs surnaturels de Charlie. Il lisait dans les pensées des autres et parlait par leur bouche aussi facilement qu'un magicien. De là où il se tenait, à des kilomètres d'ici, bien au-delà des collines et des lumières orange qu'on apercevait entre les nuées brumeuses, assis sur la véranda du ranch en train de gratter quelques accords de guitare, il lui suffisait de fermer les yeux pour la voir, elle, Linda, et tous les autres. Charlie était bien trop malin pour le dire ouvertement, mais Linda avait compris – et les autres filles l'avaient aidée à comprendre – qui il était vraiment : il était le Fils de l'Homme (Man-son), une réincarnation de Jésus-Christ redescendu sur terre pour aider une nouvelle humanité à naître. En cela il n'obéissait qu'à un seul maître : soi-même. Jésus-Christ réincarné, c'était le sens de son nom : Charles Willis Manson : *Charles will is man son.*

Il ne fallait pas le décevoir. Faute d'être « claire » – elle était depuis trop peu de temps sous l'influence de la Famille pour atteindre au degré d'abandon d'une Sadie ou d'une Katie –, Linda savait se montrer docile, une vraie jeune fille bien élevée des années 1960, une fée du logis soumise à l'autorité masculine et soucieuse de bien faire. Elle se dirigea vers les zones sombres du jardin, là où les lanternes de fiacre ne pouvaient plus la guider. La peur ne la lâchait pas, à tel point qu'elle n'était pas capable de voir les choses en face. Car ce que Jésus lui demandait de trouver, ce n'était pas des objets innocents comme ceux qu'elle regardait tout à l'heure, le tuyau d'arrosage ou la piscine illuminée des voisins. Saisie par la panique qui enfumait sa vue comme le brouillard la ville basse, elle ne vit même pas, sous son nez, la fenêtre ouverte d'où émanait une odeur de white spirit. Quelques heures plus tôt, un artisan l'avait laissée ainsi pour permettre à la peinture de sécher. Sharon Tate avait choisi une teinte jaune pâle pour cette chambre vide qu'elle nommait déjà « la chambre du bébé », avec trois semaines d'avance. Elle était placée loin de la sienne, à l'autre bout de la maison. Sans doute parce que Marie Lee, la nurse recrutée à Londres, allait y dormir.

Linda s'immobilisa dans le noir, elle n'avait pas le courage d'aller plus loin. Soudain elle craignait beaucoup moins l'esprit vengeur de Charlie. Elle attendit sans bouger le temps que les autres la croient occupée à accomplir son repérage. Les échos très étouffés d'un morceau de musique montaient jusqu'à ses oreilles. C'était lointain et cela semblait venir du jardin. Elle n'arrivait pas à mettre un nom sur ce morceau qu'elle connaissait pourtant par cœur. Il lui parut évident que c'était Charlie qui s'adressait à elle. Charlie ou ses anges, ces quatre garçons anglais connus du monde entier, plus que Jésus-Christ lui même, mais que seul Charlie comprenait parce qu'ils s'adressaient directement à lui à travers l'Atlantique.

Oh honey pie my situation is tragic
Come and show me the magic
Of your Hollywood song

L'odeur désagréable du white spirit montait au nez de Linda. Les émanations d'essence se mêlaient au parfum entêtant, séminal, d'un buisson de laurier dont la floraison avait été excitée par la canicule des jours précédents. Linda souffrait d'un asthme allergique qui la rendait sensible aux pollens. Craignant de tousser et de réveiller quelqu'un, elle retourna vers l'avant de la maison annoncer aux autres que les portes de derrière étaient fermées.

Tex s'attaqua à la première fenêtre éteinte qu'il trouva, elle ouvrait sur une salle à manger déserte et n'était protégée que par le voile d'une moustiquaire. Il sortit un canif de sa poche, appuya sur le cran de sûreté et ouvrit la lame effilée. Il décolla la moustiquaire du chambranle avec l'application et l'assurance d'un professionnel. Sadie l'aida à faire sauter la dernière agrafe en tenant la moustiquaire pendant qu'il enfonçait la pointe de la lame dans le petit interstice. Une fois le châssis métallique détaché de la fenêtre, Tex rangea son canif proprement replié dans la poche de sa salopette et posa la moustiquaire par terre contre le crépi tiède du mur extérieur. Un tel travail méticuleux, accompli alors qu'une fenêtre était restée grande ouverte sans aucune précaution à moins de quatre mètres de là, serait jugé « étrange » par l'agent de police William T. Whisenhunt dans le premier rapport d'enquête consacré à l'affaire Sharon Tate.

Tex pencha son long buste à l'intérieur de la salle à manger, une cuisine agrandie, meublée dans le style rustique, cossu et banal de ce genre de location. Sa tête, couleur de bois sombre, surmontée de cette stupide petite frange raide comme des poils de poney, tourna à gauche puis à droite, un mouvement mécanique de marionnette qui signifiait qu'il inspectait le contenu de la pièce. À la lenteur du geste on pouvait imaginer ses idées défiler. Puis le corps entier était entré dans la maison. D'abord la jambe droite, longue, noire et pointue comme le sabot d'un diable, puis la gauche, traînante à la manière d'une queue annelée. Avançant dans la pénombre, il sortit de la salle à manger et se heurta à deux malles en métal bleu abandonnées au milieu du couloir de l'entrée. Elles encombraient le sol carrelé de tomettes, évoquant un départ en voyage imminent. De la lumière provenait du salon dont une partie seulement était visible. Tex aperçut l'accoudoir d'un canapé en velours beige au dossier recouvert d'un drapeau américain. Un type blond y ronflait. Un second divan en chintz blanc était disposé en quinconce au fond de la pièce, le long du mur opposé, près d'une porte ouvrant sur un vestibule. À gauche de la porte, Tex nota la présence d'un rocking-chair en bois de style western, assez semblable aux deux fauteuils qu'il avait vus sous la véranda à l'extérieur. Un piano droit surmonté d'un livret de partitions complétait l'ameublement. Tex résista à l'envie d'aller s'asseoir dans le rocking-chair au chevet du type endormi. La simplicité du mobilier lui plaisait et il se souvint soudain qu'il était agréable de vivre dans une maison joliment arrangée avec une fille propre et bien élevée. Les coups de pétoire qu'il avait tirés quelques minutes plus tôt sur le jeune type en voiture avaient réveillé en lui une personnalité enfouie. Une digue s'était rompue et sa conscience était divisée en deux entités distinctes. L'une suivait les ordres de Charlie pendant que l'autre, le bon vieux Watson d'autrefois, Square Charles, continuait de vivre à ses côtés, bien au chaud, se livrant à de petites observations paisibles et amusées. Quand il tourna la tête vers la porte d'entrée, il eut l'impression fugitive de surprendre ce double miniature assis sur son épaule gauche comme un personnage dessiné par Robert Crumb.

Les deux lanternes extérieures baignaient l'entrée d'un glacis jaunâtre. Derrière le voilage blanc de la porte à petits carreaux se dessinait une silhouette conique en arbre de Noël que Tex connaissait bien. Il tourna la molette du verrou et la porte s'ouvrit sur Katie qui déboula dans la pièce, aussitôt suivie de Sadie. Avant de refermer, Tex prit le temps de s'inquiéter de Linda, qu'il finit par découvrir dans l'axe d'un conifère à vingt mètres de la maison. Au lieu de faire le guet en douce à l'abri du feuillage, cette idiote semblait absorbée dans la contemplation de ses jeans effrangés, ou d'un bec d'arrosage automatique qui dressait sa tige cuivrée comme un putt de golf sur la pelouse. Une vraie silhouette de stand de tir. Quelle équipe de merde ! se dit Tex qui retrouvait des réflexes de sportif et de commercial en postiches capillaires.

Il repoussa la porte d'entrée et se dirigea vers le salon, suivi par Sadie et Katie. Toujours plongé dans son sommeil profond, le type à la bannière étoilée continuait de jouer les sonneurs. À l'odeur d'alcool qui parfumait la pièce, on devinait qu'il était saoul. Tex s'approcha de lui à pas doux pendant que son double miniature, perché sur son épaule, ricanait à l'idée de la bonne blague qu'ils allaient lui faire. Dans ce registre, Square Charles en connaissait un rayon, depuis les papiers cul enflammés entre les orteils jusqu'au pétard posé sur l'oreiller. Quand le type sentit le gros canon du 22 lui caresser les narines avec une bonne odeur de poudre encore chaude, souvenir du crâne ouvert de l'autre cochon, il ouvrit les yeux. Il dut ressentir ce que les mecs qui écrivent des bouquins sérieux, du genre *Rintintin*, appellent « la surprise de sa vie ». Il sortit une vanne vraiment au poil, preuve que les cochons épouvantés pouvaient montrer un vrai talent :

— Quelle heure est-il ?

C'était aussi marrant qu'une réplique de Jerry Lewis, l'acteur numéro un pour Tex. On aurait dit que le type prenait exprès un accent étranger, allemand ou russe, pour faire rire tout le monde. Sadie émit un petit miaulement de joie. Puis l'ivrogne la joua plus classique, moins drôle, malgré son accent.

— Qu'est-ce que vous voulez ?

Et là… « la griffe du lion », comme disait de Watson le journal de l'école de Farmville quand il avait marqué un point superbe au football :

— Je suis le diable et je suis venu ici pour faire le travail du diable.

C'était sorti pour ainsi dire tout seul, tout armé de la bouche de Tex sans qu'on sache laquelle des deux personnalités avait eu l'idée la première. Sans doute une collaboration. Le grand Tex, nettement moins marrant, avait pu s'appuyer sur le stock de vannes du petit Tex.

— Allez cochon, debout, grouille-toi !

Pig… L'insulte réveilla le type blond mieux qu'une claque. À tel point que Tex dut le menacer pour le rasseoir.

Sadie se chargea d'explorer la maison. Le salon cathédrale se prolongeait par un petit vestibule. À cause de la chaleur, les habitants avaient laissé les fenêtres et les portes des chambres entrouvertes. Le vestibule donnait sur une chambre, ouvrant au fond sur la masse bleue d'une piscine éclairée que masquait à moitié la joue d'un buffet. En avançant,

Sadie entendit les échos très doux d'une conversation à voix basse. À quelques centimètres du seuil, elle fut surprise de voir apparaître à la limite de son champ visuel, à gauche, dans une autre chambre de dimension moindre, une femme brune couchée sur un lit double aux draps froissés. Elle était vêtue d'une chemise de nuit blanche à manches gigot et lisait un livre. Au moment où Sadie se tourna, elle leva les yeux et regarda Sadie par-dessus ses lunettes en lui adressant un sourire. Sadie le lui rendit poliment puis s'avança au seuil de la chambre de maître. Assis sur le bord d'un lit ouvert, elle aperçut un homme de petite taille, très élégant dans le genre minet. Il se tenait au chevet d'une femme blonde à demi nue, seulement vêtue d'un bikini à impression nénuphar. La beauté lumineuse de ce couple la fascina. Elle resta un moment à les regarder sans qu'ils prennent conscience de sa présence tant ils étaient absorbés par leur conversation. À la lumière de la lampe veilleuse qui éclairait son ventre proéminent, Sadie s'aperçut alors que la belle inconnue était enceinte. Au-dessus du lit, elle nota la présence d'un de ces miroirs convexes qu'on appelle des « sorcières ». Elle avait toujours rêvé d'un posséder un. Elle s'amusa un instant à voir son reflet déformé, petite présence noire et coquine qui dansait sur la surface polie en forme de goutte de mercure.

— Roman a téléphoné cet après-midi. Il a réussi a obtenir le visa de la nurse. Quand il veut, il est gentil, je ne comprends pas pourquoi il reste aussi longtemps à Londres.

— Reste cool, ma chérie, Roman, c'est Roman... Il est incontrôlable. C'est un chat. Si tu restes cool, ça va s'arranger. Je suis sûr qu'il va tomber fou amoureux du bébé.

— S'il te plaît, Jee, garde ton baratin pour ton salon de coiffure.

Les cheveux de Sharon Tate qu'elle venait de détacher d'un geste du poignet s'étendaient maintenant sur le drap de percale fleurie.

— Tu sais bien que tu es un peu masochiste, chérie, c'est ton charme.

— Arrête, Jee, je n'aime pas quand tu dis ça. Roman me manque vraiment.

Jerry Joe DeRosa, policier de l'unité 8L5 du secteur Los Angeles West et un des premiers flics à entrer dans la chambre, noterait dans son rapport que le lit de Sharon Tate, laissé ouvert par son occupante quelques heures plus tôt, était partagé dans le sens de la longueur par une rangée d'oreillers, disposés comme une digue de protection contre le vide et la froideur d'une place inoccupée.

Sharon Tate se blottit contre ce simulacre de présence pour soustraire ses cheveux à la main de Jay. Sa peau claire chauffée par le drap paraissait fiévreuse. Une légère transpiration mouillait la doublure en goretex du soutien-gorge fleuri de son bikini. Elle se releva à demi cherchant l'air, ce subtil vent des collines qui perçait de temps à autre comme un vaporisateur la moustiquaire de la fenêtre. L'énorme poids de son ventre la surprit une fois de plus alors qu'elle faisait jouer les muscles de son bras droit pour décoller son dos du drap humide. Jay recula et posa ses jambes sur le sol. Il se pencha vers la table de nuit pour récupérer une cigarette de marijuana éteinte qui traînait non loin d'un livre ouvert et retourné sur la tranche.

— Arrête de fumer de l'herbe, Jee, tu sais bien que ce n'est pas bon pour lui. Regarde, il me donne des coups de pied. Il est aussi nerveux que son père !

Sharon Tate prit la main de Jay Sebring, la détourna de la cigarette de marijuana et la posa sur la face latérale de l'énorme poche pleine d'eau, de sang et de chair qui pointait en avant, rose et distendue. Jay la laissa faire mais on sentait à la légère contrainte musculaire qu'il opposa au mouvement de Sharon que les enfants, ce n'était pas son truc. Il rit nerveusement. Sharon n'arrêtait pas de tout ramener à sa grossesse, au bébé, ce foyer tiède qu'elle nourrissait dans son ventre. L'absence du père l'empêchait de se réfugier dans la paisible crèche qu'elle aurait voulu construire autour de l'enfant. Faute de mieux, Jay, un gentil garçon bien plus fragile que Roman, servait de saint Joseph de fortune à cette sainte famille. Un saint Joseph raide comme un santon de plâtre qui répugnait discrètement à une telle intimité. À l'instant, il avait très envie d'aller chercher le gramme de cocaïne que la police saisirait le lendemain dans la boîte à gants de sa Porsche.

Jay voulut se lever mais Sharon le retint par la main. Plus les heures passaient, l'approchant de la délivrance, moins elle supportait de rester seule ne serait-ce qu'un instant. Ces derniers jours, son angoisse avait pris de l'ampleur, tous les projets qu'elle nourrissait pour l'avenir lui paraissaient teintés d'une irréalité troublante, désagréable. Comme ces rôles qu'elle n'arrivait pas à dégager des scénarios, ne trouvant en soi-même aucun écho à ce qu'elle lisait. Sa carrière d'actrice avait souffert de ce manque d'éveil intérieur. On lui reprochait souvent un jeu plaqué, figé, un défaut d'énergie personnelle, de cette folie dédoublante qui fait les comédiens. Elle se montrait trop cool et trop timide, un peu molle. Elle en souffrait, mais même cette souffrance ne lui paraissait pas intéressante. Les gens talentueux qui l'entouraient, ses amis si doués, Roman, Peter Sellers ou Mia Farrow étaient tous des torturés, des nerveux, propulsés en avant par un riche malaise intérieur. À côté d'eux elle se sentait timide, léthargique, presque morte. La grossesse, en la recentrant sur elle-même, ne l'avait pas épanouie, ce nouveau rôle qu'elle avait tant attendu la dépassait. Le fœtus qu'elle sentait souvent bouger depuis quelques jours était déjà plus vivant qu'elle. Un petit démon, un nouveau Roman, la renvoyant à sa passivité. L'agressivité des autres la paralysait. Il suffisait d'une simple question brusque pour la désarçonner. Quand le peintre lui avait demandé de choisir la nuance de jaune qu'elle voulait pour la seconde couche de la chambre du bébé, elle avait eu un pressentiment. Tout cela serait inutile. Comme si le bébé ne devait jamais voir le jour. Sur le mur, le miroir de sorcière, cadeau de Roman, lui renvoyait l'image déformée de son beau visage placide. Comme souvent, cette beauté trop régulière, figée, était un carcan. Toute la violence qu'elle aurait pu exprimer ne passait pas à travers ce masque que le regard des autres lui renvoyait. Un coup de pied du bébé lui donna la nausée.

Jay se tendit soudain. Il avait entendu un bruit. Des murmures.

— Qu'est-ce qu'il y a, Jee ?

— Rien, j'ai entendu une voix... Voytek ou Gibbie.

— Oh Voytek, c'est tellement triste... Gibbie m'a dit qu'elle n'en pouvait plus.

De retour au salon sur la pointe des pieds, Sadie avait annoncé à Tex qu'il y avait trois autres personnes dans la maison. Sans commentaire, Tex lui avait ordonné d'attacher les mains du type blond avec la corde blanche qu'il avait laissée choir sur le sol.

Sadie n'avait pas l'habitude de ligoter les gens et la corde en nylon glissante et épaisse ne lui facilitait pas la tâche. En touchant l'homme rendu passif sous la menace du revolver, ses grandes paumes chaudes douces et soumises, elle ressentit de l'excitation. Elle revivait l'assassinat de Gary, ce coup-ci elle n'allait pas se dégonfler.

Une fois le blond mollement attaché, Tex ordonna aux deux filles de ramener les trois autres cochons. Voilà quelques minutes que Katie s'était plantée bouche bée devant le piano. Elle tenait son canif à la main, menaçant le vide. Sans doute avait-elle l'intention de piquer le fantôme d'un pianiste qu'elle était seule à voir. Sur le lutrin, une partition était posée, *Pomp and circumstance by Edward Elgar*, un vrai morceau de remise de diplôme pour étudiant modèle.

Sadie entendit Tex demander au type où il avait caché son argent. Elle se rappela l'autre but de leur mission : trouver les six cents dollars pour payer la caution de Marioche. Libérer Marioche n'était pas sa principale préoccupation… Les meurtres venaient d'abord. Elle se demandait comment ils allaient parvenir à tuer tout le monde à eux trois, Linda étant évidemment hors jeu. Mais il ne fallait pas sous-estimer Katie qui, une fois mise en route, pouvait se montrer redoutable. Sa lourdeur, sa froideur émotionnelle et la simplicité primitive de son appareil conceptuel en faisaient un bon agent de destruction, finalement c'était peut-être elle la plus « claire », la moins encombrée par son ego.

Katie avait foncé dans la chambre de gauche couteau à la main et venait d'attraper la fille brune par les cheveux. L'autre avait perdu son sourire et les regardait toutes les deux d'un air hagard. Qu'est-ce que les cochons peuvent avoir l'air stupide quand ils ont peur ! Sadie se surprit à surveiller la chemise de nuit blanche à hauteur de l'entrejambe pour voir si la nana se pissait dessus. Non, elle n'en était pas encore là. Elle regardait juste la tête bourrue de Katie, ses poils au menton, sûrement saisie comme tout le monde par l'odeur infecte qui émanait de sa salopette. À voir les affaires qui traînaient dans la chambre, les produits de beauté Estée Lauder, les beaux sous-vêtements en soie, ces trucs de filles chichiteux, elle ne devait pas se frotter souvent à ce genre de buisson sauvage. À force de se laisser aller, Katie revenait à l'état animal, on ne savait plus si on avait affaire à une femme, un homme ou un bison. Son système pileux, qui faisait débander les cow-boys les plus queutards et les plus enragés pineurs des Straight Satans, brillait, soyeux comme des fanes ou un pelage de bête dans la lumière de la lampe de chevet. Le bouquin à la con que lisait la nana était tombé par terre. La tête chauve du gourou New Age qui l'avait pondu luisait d'effroi sous le pied griffu de Katie.

— Silence, viens et reste tranquille. Où est ton fric ?

C'était Sadie qui se mêlait de jouer les chefs d'équipe.

La fille indiqua une pochette qui se trouvait près du lit sur une petite table d'appoint. Sadie laissa Katie se débrouiller.

— Tu entends, Voytek et Gibbie sont encore en train de se battre. Il faut en parler à Roman, ça serait mieux qu'ils rentrent chez eux.

Sharon ne répondit pas. Elle était bien trop gentille pour chasser de chez elle les amis de Roman. Exaspéré, Jay leva les yeux vers le miroir de sorcière encadré d'une boiserie dorée en forme de soleil qui surmontait le lit de Sharon. C'était ce miroir chiné dans une brocante à Londres qui avait donné à Roman l'idée de la séquence d'accouplement avec le diable dans son film *Rosemary's Baby*. En voyant sa tête déformée alors qu'il baisait Sharon, il avait eu l'idée d'utiliser une caméra *fisheye* pour rendre le cauchemar de la jeune Mia Farrow qui s'imaginait blessée par la pénétration du pénis diabolique, rêche comme une dent de monstre de mer ou le couteau d'un éventreur.

Quelque chose bougeait dans le miroir de sorcière. Une présence presque indiscernable car il venait de baisser les yeux pour admirer Sharon qui caressait son petit chien en riant de son joli rire paisible. Qu'elle était belle ! Cette beauté pourtant cent fois contemplée l'intéressait davantage que ce qui se tramait dans le couloir. Jay n'aurait eu qu'à se retourner pour voir de quoi, ou plutôt de qui il s'agissait, mais il avait la flemme. Une passivité hostile accentuée par la marijuana commençait à l'emporter sur la coke, digestion aidant. À la limite de son champ de vision, il nota simplement cette présence qui cessa bien vite de l'étonner. Une petite ombre, noire comme une figurine d'envoûtement, tachait le centre de la boule. Ça ne bougeait pas, ça insistait. C'était forcément Gibbie ou Voytek qui s'était planté devant la porte de la chambre de Sharon pour les mêler à leur querelle. Jay répugnait à se retourner. Une énorme paresse lui tombait sur les épaules et figeait sa nuque à l'idée de devoir encore parler à ces deux défoncés hystériques. Il réprima un rot parfumé à la sauce diable du chili avalé trop vite chez El Coyote. En ce moment, Gibbie était en boucle sur sa psychanalyse et le dîner à cent vingt dollars (un record dans cette gargote bon marché) avait été consacré à son nouvel analyste. Un vrai moulin à prières. Même Sharon n'avait pas réussi à caser ses histoires de layette, pour une fois. Un malin, ce psy. Celui-là au moins, il empochait au rythme de trois séances par semaine. En prime, il avait vendu à Gibbie son bouquin qu'elle dévorait depuis la veille. La psychothérapie pour flippées rapportait plus que la coiffure pour hommes. Gibbie avait rencontré ce charlatan à l'institut Esalen, à Big Sur, une faculté New Age, le genre de piège à gogos chevelus qui faisait oublier sa radinerie à l'héritière. En caressant les poils emmêlés du petit yorkshire que Sharon serrait maintenant comme un doudou, Jay se dit que plutôt que coiffeur, il aurait mieux fait de devenir gourou, c'était ça l'avenir. Il avait remarqué qu'il suffisait qu'un de ses clients commence une thérapie pour qu'il cesse aussitôt d'aller chez le coiffeur. Coupe afro, cheveux en pétard se mariaient bien avec Jung, Freud ou la Bhagavad-Gita. Même les poux avaient fait leur retour à Beverly Hills. Du coup, il avait plus de temps libre et pouvait prendre des cours d'arts martiaux avec son copain Bruce Lee. Lui, au moins, il ne risquait pas de tomber dans ces conneries. Pas le genre à se coucher sur un divan, à se laisser pousser la barbe ou à arborer une longue natte de femme, il savait rester chic, viril et bien coiffé, comme Steve McQueen ou Frank Sinatra. Quatre ans d'exercice de l'art capillaire dans les Marines avaient à jamais marqué le sens esthétique de Jay.

Dans le miroir de sorcière, la tache noire occupait maintenant la plus grande partie de la sphère convexe. Jay allait se retourner pour chasser Voytek quand il sentit quelque chose de dur et de froid lui piquer l'épaule. Il se retourna et fut saisi d'apercevoir un couteau et, au bout du couteau, une petite fille, ou plutôt une adolescente, une gamine très brune, vêtue de couleur sombre, pieds nus, sale, mais avec un visage agréable, une tournure élégante et surtout de beaux cheveux, lisses, noirs, épais comme ceux d'une Indienne. Elle souriait d'un étrange sourire de folle qui n'éclairait pas son visage mais le déformait comme un rictus. En dépit de sa jeunesse elle remuglait la cave, le vêtement mal séché, la moisissure, le suri.

— Salut les amis... levez-vous doucement et suivez-moi.

Sharon Tate sursauta, lâchant le petit chien qui alla renifler les pieds crasseux de l'inconnue. Alors qu'elle ouvrait la bouche pour protester, la fille brune fit un saut agile de gymnaste ou de mygale et se retrouva tout contre elle, la tenant par les cheveux. Sharon pouvait sentir l'odeur de son sweat-shirt, un fumet de linge moisi qu'elle avait toujours détesté, en particulier sur les draps ou les serviettes de bain. Jay se leva du lit, mais en se redressant pour la protéger, il fit basculer les jambes de Sharon qui tomba dans les bras de l'adolescente.

Sadie posa contre l'œil de la blonde la lame brillante du canif qu'elle tenait à la main.

— Hé... Toi le mec, tu ne bouges pas.

— Lâchez-la, elle est enceinte !

— Chhhhut !

Sadie repoussa la blonde et appuya son arme sur le ventre plat du minet. Les beaux mecs, surtout les riches, l'avaient toujours excitée. Depuis qu'elle avait goûté au crime de sang, elle avait envie de recommencer. Piquer un homme ne demande pas plus d'efforts que de fourrer son couteau dans un fauteuil. La chair vivante est beaucoup plus molle qu'un steak. En blessant ce porc de Gary, elle s'était attendue à trouver du répondant, si ce n'est du muscle, au moins des projections. Mais rien, du beurre… Dommage que les cris de douleur l'aient fait flipper. En lâchant l'affaire, elle avait senti qu'elle était passée au bord de l'orgasme, elle avait raté un trip hallucinant. Un truc qui secoue les entrailles. Un peu comme quand on se retient de chier en faisant un cambriolage et que ça sort tout à coup. Ou alors quand on rentre pour voler dans une boutique et qu'on repart avec des objets plein les poches.

Une voix d'ordinateur IBM vint la déranger dans son délire. C'était la blonde qui demandait la permission de prendre un vêtement pour se couvrir, c'est vrai qu'elle était presque à poil. Sadie pensa que ça serait plus facile de lui planter la lame dans le corps si elle ne voyait pas sa chair.

Sharon Tate bougea avec peine en s'appuyant sur la table de nuit, elle dérangea un cadre ovale en sous-verre, une photographie la représentant avec Roman le soir du mariage. C'était à Londres deux ans plus tôt, mais l'espace qui s'ouvrait devant elle depuis quelques instants renvoyait ce plan à une autre dimension. La lampe qui faisait luire le verre ressemblait à ces lumières qu'on voit au-dessus des tables d'opération juste avant de s'endormir pour une anesthésie. La surface opacifiait les petites figures souriantes, les rendant illisibles et son reflet surajouté à la jolie poupée qu'elle était à l'époque ne lui renvoyait plus son image ordinaire, elle ne se voyait plus, elle avait disparu sous la morsure d'une réalité devenue extraordinairement hostile et fantastique.

Par la fenêtre la piscine brillait dans la nuit, tel un lieu imaginaire, un paradis interdit. La cochonne ramassa sa frusque dans un tas de beaux vêtements qui traînaient sur une chaise. Tout en surveillant l'autre type du coin de l'œil, Sadie pensa que, si elle avait le temps avant de partir, elle irait fouiner là-dedans. Il y en avait pour du pognon.

Avant de sortir de la chambre, les yeux de Sharon Tate se posèrent sur un meuble de bois foncé, une sorte de buffet bibliothèque appuyé contre le mur près de la porte de la piscine. Sur les tablettes, des bibelots, des livres mal agencés, donnaient une impression de désordre. Depuis son réveil ce matin-là, elle avait le projet de ranger ce meuble, de nettoyer la fine couche de poussière qui souillait ce coin délaissé, le premier qu'on découvrait en rentrant dans la chambre. La chaleur l'avait découragée de s'y atteler. Regardant ce désordre avant d'obéir à la fillette malodorante qui avait pris le pouvoir chez elle, ce qu'elle vit, les objets, les livres lui parurent étrangers, insignifiants, comme si tout cela ne lui avait jamais appartenu.

La cochonne blonde refusa d'entrer dans le salon, elle venait de comprendre que l'ivrogne sur le canapé et la conne en chemise de nuit ne pourraient pas lui être d'un grand secours. Les filles à papa sont des vicieuses. Elles jouent à l'agneau docile tout en machinant leur petites combines. Sadie allait la piquer dans le gras du dos mais Tex la devança et attrapa la nana par le bras pour la secouer comme un chat à qui on veut casser la nuque. Ce lourdaud n'avait même pas vu qu'elle était enceinte. Le petit bellâtre en profita pour essayer de jouer les héros. Il cria à Tex d'arrêter de la maltraiter. Tex se retourna, l'air vraiment méchant, et balança une pure réplique de western :

— Un seul mot et vous êtes morts.

Sadie vit la brune lancer un regard au type attaché sur le canapé. Le type hocha la tête négativement. Tout en tenant la blonde par le bras, Tex appuya avec son coude sur l'interrupteur et la lumière du salon s'éteignit. C'était Charlie qui lui avait donné la consigne de ne pas toucher aux interrupteurs avec les doigts pour éviter les empreintes. Il appelait ça « la tactique de la phalène ». Sacré Charlie, il avait toujours un mot pour tout, il rebaptisait les choses comme les êtres, un processus magique qui lui assurait son emprise.

La pénombre n'était pas complète, une ou deux lampes restaient allumées dans la maison et dans le jardin, mais les intrus feraient une cible moins facile au cas où des flics ou un gardien rappliqueraient. Sadie, qui avait traîné avec nombre de voyous, fut rassurée par la maîtrise de Tex. Sa malice affûtée par les speeds le faisait aussitôt agir, il ne tournait pas les idées dix fois dans sa tête avant de prendre une décision. Il fallait bien ça pour tuer ces quatre cochons avec une vieille pétoire, trois couteaux de poche et une pauvre baïonnette. En attendant, il s'agissait de les attacher. Tex avait visiblement une idée au poil. Il venait de passer la corde autour du cou du petit minet et de la lancer par-dessus la poutre maîtresse qui s'enchâssait au-dessus de la cheminée dans un mur de pierres brutes de style western. Ce plouc texan n'avait pas pu s'empêcher de cracher sur ses mains avant de passer à l'action, comme sa mère, ancienne vendeuse chez Leonard's à Fort Worth, avait dû le lui apprendre. Un réflexe hérité d'un ancêtre lyncheur. Au Texas, tout le monde crache par terre partout, même dans les boutiques de luxe. Watson n'était pas du tout impressionné par le standing de la maison ; avec ses poutres apparentes et son mobilier de bois, elle évoquait pour lui une simple grange aménagée.

C'est le moment que choisit la brune en chemise de nuit pour parler de son argent.

— Si vous voulez de l'argent, j'en ai dans ma valise.

Ils apprendraient le lendemain à la télé qu'elle était milliardaire. En chemise de nuit, ça n'était pas une évidence. La phrase tomba alors que Tex tentait de passer la corde autour du cou de la blonde comme s'il voulait la pendre à la poutre blanche du salon. Sans émotion particulière, il glissait la corde mal nouée autour du beau visage et de la peau dorée de Sharon Tate. Elle le laissait la toucher, les yeux écarquillés. Sadie, occupée une fois de plus à rattacher les bras de l'ivrogne à l'aide d'une serviette de bain, remarqua que le visage de la belle blonde enceinte, un visage qu'on ne se lassait pas de regarder, avait changé d'expression à plusieurs reprises. En quelques secondes, le contact de la corde sur la chair de son cou avait réveillé un frisson musculaire qui modifiait sa face. Sur une beauté aussi figée, cette mobilité soudaine révélait un intense trouble émotionnel.

Depuis qu'elle était entrée dans ce salon dont elle ne devait jamais sortir, Sharon Tate se sentait perdue. Tout ce qui contribuait à son équilibre s'était effondré. Sa confiance dans les autres, sa gentillesse, sa naïveté ne trouvaient plus d'appui. Ses amis, sa famille, son père, sa mère, son mari lui semblaient séparés d'elle par un sortilège. Son « chez-soi », cette maison qu'elle avait choisie et qu'elle aimait parce qu'on y goûtait une sérénité discrète en surplomb de la ville et dans la paix de la nature, ne lui appartenait plus. La paix s'était réfugiée à l'extérieur, loin derrière les plantes que l'éclairage illuminait de manière trop théâtrale. Elle avait tellement pris l'habitude de se ménager pour protéger l'enfant qu'elle n'arrivait plus à se défendre comme elle l'aurait fait à l'école si un garçon avait voulu la brutaliser. À l'instant où elle se sentit le courage de réagir et de dégager son cou de la corde, elle entendit la voix de Jay qui protestait. Elle fut soulagée, mais ça ne dura qu'un instant.

Il y eut un mouvement dans le fond de la pièce et presque aussitôt un bruit assourdissant, une détonation, suivie d'un hurlement affreux, un cri d'homme blessé mêlé de borborygmes. Elle sentit alors la corde glisser brusquement autour de son cou comme si quelqu'un avait joué avec. Quand elle comprit que c'était le corps de Jay qui était tombé, tirant malgré lui la corde, et que c'était Jay qui avait poussé ce cri, elle se mit à hurler à l'unisson d'une voix qu'elle ne contrôlait absolument pas, pas plus que les réflexes de l'enfant qui s'était mis à bouger dans son ventre.

Gibbie la prit dans ses bras et lui colla la tête contre son épaule. Le cri de Sharon Tate s'étouffa dans la chemise de nuit mouillée de salive et de larmes, il y eut un court silence, puis les gémissements qui venaient du plancher près de la cheminée recommencèrent. On aurait dit un nouveau-né ou un chien dont on écrase la patte. Les modulations n'étaient plus humaines, peut-être parce que la mâchoire de Jay était brisée et sa langue arrachée par la balle. Les dégâts neurologiques se manifestaient par un mouvement saccadé involontaire des jambes, sursauts qui accentuaient la douleur en faisant remuer la tête sur les os brisés et les dents déchaussées par la balle de 22. Le corps de Jay ne répondait plus à aucune injonction raisonnée du cortex cervical, il était devenu une machine à souffrir. Tex avait des réflexes de chasseur, il s'avança jusqu'au corps allongé, s'assit sur ses jambes pour l'empêcher de gigoter, et plongea à plusieurs reprises son couteau dans l'abdomen et le ventre du blessé. Les cris devinrent plus sourds, se transformant en des gargouillements semblables à ceux de quelqu'un qui se rincerait la gorge avec un bain de bouche, sans doute parce que la bouche cherchant l'air avait aspiré le sang et les débris de matières.

Tex sentait entre ses cuisses la chaleur du corps du mourant. Ce contact agaçait sa rage encore plus que les bruits de chiottes sortant de la plaie sanglante qu'était devenu son visage. Le type avait de moins en moins de ressort, même si Tex sentait les os des cuisses et du bassin qui luttaient avec le poids de ses muscles bandés et de sa chair vivante. La vie s'enfuyait un peu plus à chaque fois qu'il perforait un organe interne avec sa lame et son poing. Une odeur de merde et de sang commençait à se faire sentir quand Tex jugea qu'il avait achevé le travail.

Il se releva pour échapper à la mollesse dégueulasse de cette chair abandonnée. Le manche du couteau glissait entre ses mains gluantes de sang. Il les essuya sur son jean. Il était soudain plus calme, il avait envie de siffloter et de se servir un bon Coca bien frais comme un fermier qui vient d'abattre une dure besogne.

C'est alors qu'il remarqua pour la première fois deux tableaux sur le mur sud du salon, entre la cheminée et le vestibule, accrochés derrière un petit fauteuil en chintz blanc bien confortable qui aurait plu à sa mère. Il avait beau regarder ces deux trucs, il n'arrivait pas à comprendre de quoi il s'agissait. L'art n'était pas son business, mais là ça dépassait l'entendement du plus fortiche. On aurait dit une vieille carte géographique mal dessinée ou des diables gribouillés par un gamin retardé. Ils avaient attiré son attention parce qu'une lumière courait sur leur surface vitrée, comme une sorte de feu follet. Il se retourna brusquement vers la fenêtre, pensant à une torche, mais il ne vit que la verdure éclairée par la lumière jaune. Il se rendit alors compte du silence qui l'entourait. Le type par terre avait cessé de geindre, il gisait allongé sur le flanc, immobile, un bras replié vers son visage amoché comme pour éviter qu'on le voie. Malgré la pénombre, on devinait qu'il baignait dans un liquide noir dont la tache s'élargissait sous lui. Le silence était tel qu'on aurait pu entendre le bruit des fluides corporels en train de se répandre. Tex s'avança vers le canapé où la blonde était assise, voûtée sur l'énorme boursouflure de son ventre. De dessus, on ne voyait que du rose et la corde qui pendait de son cou. Sans autre émotion, Tex nota pour la première fois que la fille était enceinte. Il se dit qu'il faudrait l'abattre au revolver, au couteau ça serait difficile. Ou alors en la frappant dans le dos. Debout les bras croisés sur le ventre dans un geste de protection, la brune en chemise de nuit le regardait l'air tout à fait hagard. Sadie et l'autre type formaient une masse compacte, Sadie n'était vraiment pas douée pour les nœuds, elle était toujours en train d'attacher les deux coudes du type avec une serviette de bain, autant essayer de se raser avec une queue de castor. Sur le dossier du canapé en velours, le drapeau américain dessinait ses motifs clairs, des bandes, des étoiles reconnaissables entre mille. C'était le seul truc à peu près rassurant et normal dans cette pièce, le seul truc qui plaisait à Tex avec le fauteuil à bascule. Où était passée Katie ?

— Katie !

Il s'apprêtait à crier son nom une seconde fois quand Katie fit son apparition à la porte du vestibule. Elle tenait à la main des morceaux de papiers chiffonnés. Tex avait du mal à reconnaître certains objets depuis quelques instants et il mit un moment à comprendre qu'il s'agissait d'une pauvre liasse de billets. Soixante-dix dollars en petites coupures, l'argent de la fille brune en chemise de nuit. Ça n'est pas avec ça qu'ils allaient payer la caution de Marioche. Seule la brune en chemise de nuit sembla s'émerveiller... Soudain, grisée par sa générosité, elle osa braver les consignes de silence et parla d'une voix qui parut à Tex assez rigolote, parce qu'elle était compassée par l'angoisse, et prenait du coup un ton snob, du genre collège de jeunes filles chic de l'Est ou Bal des débutantes. La phrase voulait dire en gros « qu'allez-vous faire de nous ? » ou une connerie du même ordre mais le ton et le timbre froissé comme un nasillement de canard étaient franchement drôles. Excité par ce ridicule involontaire, Tex se laissa entraîner à répondre avec la franchise brutale d'un gars du Texas :

— Tout le monde va mourir !

Il se rendit compte qu'il avait lâché une bourde. Si Charlie l'avait entendu il lui aurait jeté à la tête son épée de pirate. Ils avaient beau tous vivre dans un vieux décor de western, Charlie détestait les explications franches et viriles et les types qui jouent les grandes gueules. Il avait pour principe qu'il valait toujours mieux baiser les pieds des cochons avant de les frapper dans le dos. Seize ans de détention lui avaient appris à préférer la ruse à la force. Question de gabarit : Charlie mesurait 1,54 m alors que Tex dépassait les 1,80 m, mais surtout leçon de l'expérience.

L'avantage de parler sans réfléchir est que le doute n'a pas le temps de s'installer. Au Texas plus qu'ailleurs, paroles hâtives ou gestes inconsidérés entraînent action brutale.

Revolver au poing, Tex enjamba une boîte à bibelots que l'agonisant avait fait tomber dans sa chute et s'approcha du canapé. Il manqua de trébucher sur une grosse bougie parfumée qui avait roulé devant lui. Heurté par sa botte, le cylindre de cire couleur tabac échoua entre les pieds nus de la femme enceinte qui se recroquevillèrent. Il devait d'abord se débarrasser de l'autre homme qui risquait maintenant de vouloir se défendre. Même si la femme enceinte ne bougeait pas un seul de ses longs cils, on sentait qu'elle était prête à fondre en larmes ou à crier. Quant à la brune, ses vieux dollars froissés n'ayant pas suffi à apaiser les esprits, elle tremblait de froid dans sa chemise de nuit malgré la chaleur. Derrière elle, en embuscade près du piano, Katie veillait au grain, et pour la force physique au moins il pouvait lui faire confiance. Le type blond se laissait toujours ligoter par Sadie comme s'il s'agissait d'un jeu de société pas particulièrement amusant mais qu'il était résigné à subir. Bizarrement, c'était lui, le moins agité. Tex se dit qu'il devait être très saoul. Le barillet du Longhorn contenait neuf balles, il en avait tiré cinq et il voulait économiser les autres en cas de besoin. À force de jouer au stand de tir, ils allaient bien finir par alerter quelqu'un et ce n'était pas Linda qui saurait bloquer une intrusion extérieure. Tex décida que c'était à Sadie de poignarder le type, on allait voir comment elle s'y prendrait, elle qui se vantait à longueur de journée d'avoir massacré le prof de guitare. Tex ne supportait pas les filles qui jouent les affranchies, surtout Sadie qui avait le gabarit d'une gamine de douze ans. Il avait déjà tué deux des cinq cochons, à elle de jouer maintenant.

— Tue-le !

Le type blond le regarda, l'air ahuri.

Voytek Frykowski n'avait pas le don des langues. Sa paresse s'était aggravée avec l'âge. Voilà deux ans qu'il avait rejoint Roman Polanski aux États-Unis et il n'avait pas progressé en anglais. Depuis que les trois hippies l'avaient réveillé, il ne comprenait toujours pas ce qui se tramait. Il guettait en vain des réponses sur la face de Gibbie. En la voyant silencieuse, murée dans sa terreur pendant que la gamine était en train de l'attacher, il avait envie de l'injurier. Les trois quarts du temps, Gibbie lui servait d'interprète, même pour commander une pizza par téléphone. Conforté par l'argent de la famille de Gibbie, la protection des Polanski et la paresse de n'avoir aucun effort à faire pour survivre, il retombait en enfance. Par une injustice bien masculine, il en voulait à sa protectrice de l'état de dépendance où il se trouvait.

Visiblement les hippies étaient tous complètement défoncés. Plus que lui, pour une fois. Le grand moustachu était dangereux, il avait les yeux d'un loup gonflé aux speeds, il fallait ruser. Quand la gamine brune avait commencé de l'attacher avec la serviette de bain encore humide après la douche que Gibbie avait prise tout à l'heure dans l'espoir qu'il vienne la rejoindre pour la sauter (que tout cela était loin !), il avait usé d'une vieille tactique de mauvais cheval. Gonfler le torse et bander les muscles des épaules de manière à ce que l'attache ne soit pas ferme. Ensuite, le canasson n'a plus qu'à expirer l'air pour que la selle tourne et que le cavalier tombe par terre. Son copain Jerzy Kosinski, obsédé par le polo et le bondage, lui avait appris ce truc. Peu de chance que la petite junkie le connaisse et qu'elle use à son égard du remède de Jerzy, une tactique de cosaque : un grand coup de poing dans l'estomac du cheval pour le forcer à se dégonfler.

La petite s'y prenait très mal, elle avait beau écraser ses tétons fermes et doux contre lui, elle n'arrivait pas à réussir le double nœud. Voytek n'aurait qu'a faire un geste pour se libérer, jeter la gamine à terre et sauter à la gorge du moustachu.

Le coup de feu et les hurlements de Jay Sebring l'avaient laissé indifférent. Frykowski ne pensait qu'à sa peau et s'en félicitait. Jusqu'ici, son égoïsme et son manque de compassion l'avaient toujours tiré d'affaire. Pendant que le moustachu s'acharnait au couteau sur ce pauvre Jay, un faux-jeton, une demi-tarlouze qu'il soupçonnait de sauter Sharon en douce malgré son gros ventre de femme enceinte et de la monter contre Roman, il avait failli se lever et courir vers la porte-fenêtre. Une fois dans le jardin, il restait vingt mètres à parcourir pour gagner l'abri des arbres. Mais le dingue moustachu était un champion de la gâchette. Il tirait à l'instinct sans prendre le soin de viser. Le temps de peser le pour et le contre et Jay avait cessé ses plaintes.

— Tue-le.

Sadie reconnut la voix douce et le timbre éteint de Charlie. C'était lui qui parlait maintenant à l'intérieur du pantalon de Tex. De sa braguette, précisément. Bien le style de Charlie d'user de ce genre de sortilège. Parler par la bite de Tex était une idée marrante qui la fit sourire. Elle se mit même à pouffer à l'oreille du type blond. Elle ne doutait pas une seconde que Charlie soit caché à l'intérieur du grand corps vidé de substance de Tex qui se tenait maintenant debout près d'elle, la braguette tout contre le canapé. Charlie lui avait déjà montré qu'il était capable de passer d'un corps à un autre, de s'incarner dans des animaux ou des objets. Elle l'avait vu plusieurs fois accomplir des prodiges. Il avait même ressuscité devant elle un serpent à sonnette que Donkey avait tué à coups de botte. Et là, on entendait clairement sa voix qui sortait du pantalon pour lui ordonner de tuer le grand blond dont elle sentait les muscles fermes soumis à son étreinte.

Son sourire se chargea de terreur. Le type blond avait les épaules larges et elle n'était pas parvenue à bien serrer la serviette autour de ses coudes. Le coton humide glissait dans ses mains moites et lui râpait la peau sans qu'elle arrive à bloquer le nœud. Maintenant, elle devait fouiller la poche de sa salopette et s'emparer du canif. Quand elle relâcha son étreinte, elle se rendit compte que son index gauche était prisonnier du nœud. Heureusement sa main était si moite et si fine qu'elle parvint à dégager son doigt sans trop desserrer la serviette. Le coton humide avait brûlé la chair molle et plissée de l'articulation. Elle ne put s'empêcher de passer sa langue sur son doigt pour calmer l'échauffement, un geste enfantin qui la rassura grâce au goût salé de sa sueur. À peine sorti des profondeurs de la salopette, le canif lui glissa entre les doigts et sauta comme une grenouille devant le type qui tenta de poser son grand pied dessus. Elle se pencha et récupéra l'arme en écrasant ses seins sur son dos dur et chaud alors que ses grandes mains semblaient prêtes à fouiller sa culotte. Contrairement à ce qu'elle espérait tout à l'heure, elle ne ressentait aucune excitation sexuelle. La peur la submergeait, le taux d'adrénaline montait si haut qu'elle était au-delà des sensations habituelles que lui procurait un type qui lui palpait les seins ou lui fourrait la main dans le slip. Voler dans les magasins créait une excitation qui aurait pu s'apparenter à celle-là, mais beaucoup plus faible. La peur ou quelque chose de plus profondément inscrit au cœur de son être dressait un barrage entre l'instant présent et l'acte à accomplir. Heureusement, en apprenant qu'elle avait calé devant Gary, Charlie lui avait rappelé sa méthode. Pour pouvoir dépasser la peur il fallait accepter de mourir. Elle devait être prête à se causer à soi-même le plus de mal possible pour arriver à franchir une limite qui l'emprisonnait bien plus sûrement que la pauvre serviette de bain mouillée censée bloquer les bras de sa victime.

— Tue-le !

La voix de Charlie avait pris un ton plus bas, un phrasé sifflant qui indiquait une montée d'irritation. Lui qui aimait tant les animaux, tous les animaux jusqu'aux tarentules, aux grands geckos et aux serpents à sonnette, il leur ressemblait par ce sifflement. Ce n'était pas de la méchanceté car Charlie n'était qu'amour, mais un signal naturel, un ferme avertissement destiné à celle qui le provoquait en refusant de l'écouter.

Le cran d'arrêt du canif à l'extrémité extérieure du manche en bois, avant la bague en chrome, avait été bien huilé. D'un petit clic ordinaire, Sadie sentit la lame se dégager en douceur dans sa main. Le Buck était un couteau de trappeur, pas un de ces surins d'opérette adoptés par les gangs de sa jeunesse. Pas le genre de poignard à cran d'arrêt de frimeur avec un manche noir et une garde espagnole que James Dean ou les minets qui l'imitaient aimaient faire jaillir sous le nez des gens. Le Buck réclamait une aide à l'ouverture, il fallait déplier la lame courte et large avec les doigts pour l'amener jusqu'à l'ouverture complète, et là un autre clic annonçait son verrouillage.

Le second clic fut à peine audible mais il réveilla le type blond que Sadie essayait de contenir, en se servant de la serviette comme harnais. Un bref rodéo commença. Le blond se leva d'un coup et fit tomber la serviette comme par magie. Le menton de Sadie et son nez s'écrasèrent sur l'assise tiède du canapé, pendant que ses bras battaient l'air. Les mains immenses du type serrèrent son cou. La trachée artère écrasée, elle n'arrivait même pas à crier. Usant du canif, lame ouverte, comme d'un marteau-pilon, elle l'enfonça au jugé à plusieurs reprises dans une matière dure et sèche qui se mit soudain à devenir grasse et humide. Le truc pisseux giclait entre ses doigts et l'étreinte se relâcha un peu alors qu'une voix hurlait dans son oreille.

Les deux corps enlacés tournoyèrent. Il l'attrapa par les cheveux, la souleva de terre et chercha de sa main libre à s'emparer du bras qui tenait le couteau. Elle comprit que s'il y arrivait il allait la tuer et qu'il ne la raterait pas, il était beaucoup plus fort. Pour mieux la frapper au ventre ou dans les seins, il la retourna, chercha à la faire basculer dans le canapé, mais sa main trempée de sang ou de sueur glissa et il se blessa sur la lame. Il gueula encore une fois. Il devait commencer à bien pisser le sang, la salopette de Sadie en était imbibée. Elle sentait l'humeur chaude et visqueuse qui traversait le coton. Elle avait dû toucher un nerf ou un ligament d'une jambe qui faiblissait sous leurs deux poids réunis. Elle glissa au sol et il attrapa ses cheveux, en les tirant au point de lui arracher le cuir chevelu. Il la secouait des deux bras pour lui briser la nuque. Raidissant son cou malgré la douleur qui lui déchirait le haut de la tête à mesure qu'il lui arrachait des mèches de cheveux, elle en profita pour enfoncer à plusieurs reprises la lame de son canif dans une partie plus molle qu'elle n'identifia pas. Dans l'affolement, elle ne savait plus si elle frappait de son poing nu ou avec le couteau. Elle ne savait plus où était le couteau, ne sentait plus ses doigts, et ne savait même plus qui des deux tenait le couteau. Elle se mit à serrer l'homme dans ses bras. Les coups semblèrent l'affaiblir un instant mais elle sentit une force nouvelle vibrer à l'intérieur de lui, de ce corps qui était uni à elle dans un accouplement plus étroit que toutes les étreintes maternelles ou sexuelles. Elle tenait de nouveau le manche du couteau dans sa main droite. Elle pénétra une nouvelle fois le corps serré contre son ventre, enfonçant la lame au plus profond au point de se blesser les phalanges sur un os, peut-être une côte ou une vertèbre. Il la repoussa alors si violemment que sa tête heurta le sol avec la lourdeur d'un melon qu'on fait tomber d'une table. La moquette doublée à cet endroit d'une peau de zèbre amortit le choc, mais Sadie fut assourdie. Elle cessa de le frapper et laissa retomber ses deux bras par terre. Incapable de relever la tête, elle regardait l'homme blond, qui paraissait plus grand vu d'en bas. Il tenait mal sur ses jambes. Elle l'avait bien abîmé. Il peinait à se relever, comme s'il craignait d'ouvrir un peu plus ses blessures. La liquette qu'il portait sous son gilet de grand-père était tachée d'auréoles rouges, il respirait mal, son thorax émettait un sifflement d'asthmatique. On aurait dit qu'il sifflotait un petit air guilleret d'autrefois, et sa jambe qui vibrait nerveusement semblait imiter la danse de Saint-Guy ou les mouvements d'un danseur de gigue. Pour la première fois, Sadie remarqua qu'il était beau. Sa silhouette se détachait devant la fenêtre à guillotine peinte en blanc, et les plantes extérieures éclairées par la lumière de la lanterne lui dessinaient une couronne végétale.

Une main prolongée d'une crosse d'évêque ou de base-ball s'abattit sur la tête de Frykowski. Tex avait pris le relais et s'acharnait à lui défoncer le crâne avec son revolver. Il tapait comme un sourd et Sadie s'attendait à chaque coup à entendre le bruit des os qui cèdent. Elle avait mal pour le blond, d'autant que son propre cuir chevelu décollé par endroits commençait à la faire abominablement souffrir. Quand elle fit l'effort de se relever, elle sentit qu'elle s'était rouvert les pieds déjà blessés dans les poubelles.

Une confusion totale régnait dans la pièce. Sadie colla son couteau sur la poitrine de la femme enceinte qui s'était levée malgré la corde qui serrait son cou et son ventre énorme et poussait des hurlements. D'un geste sec, Sadie la força à se rasseoir sur le canapé avant de s'emparer de sa main comme de celle d'une copine. Elle aperçut alors au fond de la pièce une mêlée obscure qui mettait aux prises Katie et la brune en chemise de nuit. Plusieurs taches sombres étoilaient le coton blanc au niveau des flancs. Mais les coups de Katie ne portaient pas très bien. Il sembla à Sadie que les deux femmes luttaient à mains nues en se tirant les cheveux et en se mettant des claques. Cette idiote de Katie avait dû perdre son couteau, et poussée par une rage stupide, elle s'acharnait sans succès à essayer de massacrer la brune. Tex lâcha le type blond qui oscillait à moitié assommé devant la porte d'entrée. Il fit un bond et enfonça la lame de sa baïonnette au hasard dans la fille brune qui hurla de douleur. Un cri qui ressemblait à un vomissement.

La lumière se ralluma, sans doute à cause de Katie qui s'était rattrapée sur l'interrupteur sous l'effet de l'énorme sursaut de douleur de la brune que la lame de Tex venait de piquer dans un organe sensible. Les yeux de Sadie croisèrent ceux de la femme enceinte qu'elle maintenait assise contre elle sous la menace de son canif. Ils lui parurent énormes eux aussi, d'un gris profond, troué au centre de l'iris par le disque noir de la pupille. Sadie se demanda si elle n'était pas aveugle car ils n'exprimaient rien. Elle s'approcha d'elle et l'embrassa sur la joue.

La peur de Sharon Tate était si grande qu'elle était entièrement anesthésiée. Elle ne sentait plus sa peau transpirer contre le velours du canapé, elle ne sentait plus ses pieds, il lui semblait qu'elle flottait dans le vide suspendue à une bulle invisible. Le monde était devenu illisible. Elle reconnaissait bien des fragments de la réalité mais ils ne formaient plus un tout cohérent. Les parties de son corps qu'elle apercevait : la grosse boule de chair posée sur ses cuisses, les galettes à cinq tétines de ses pieds nus lui semblaient aussi étranges que le cylindre de cire de la bougie parfumée qui avait roulé entre eux. Elle regarda ses mains posées sur la masse de son ventre puis leva la tête vers le visage de l'autre fille, mais ni ces mains ni ce visage ne lui étaient familiers. La porte venait de s'ouvrir sans même qu'un souffle d'air lui parvienne.

— Non, non !

C'était la voix de Voytek. Sharon tourna les yeux vers la porte ouverte. Voytek était appuyé sur le chambranle, la tête baissée comme un homme ivre. Derrière elle, en écho, quelqu'un poussait des petits cris, les gémissements d'une femme qui fait l'amour. Elle reconnut la voix de Gibbie qu'il lui arrivait souvent d'entendre gémir sous l'étreinte de Voytek, durant les longues nuits chaudes où elle se sentait seule, abandonnée de Roman. Ces cris-là étaient différents. Au lieu de monter jusqu'à l'orgasme, ils descendaient à chaque fois un peu plus comme si Gibbie s'éloignait d'elle petit à petit. Ou était-ce elle, Sharon, qui s'éloignait, s'isolait du monde, noyée dans une bulle aussi protectrice et fragile que celle qui protégeait l'être qui vivait en elle ?

— Stop, stop ! S'il vous plaît… ne fais pas ça à moi.

Les hurlements qu'émit Voytek Frykowski une fois que Tex Watson eut brisé la crosse bleue du Longhorn sur sa boîte cranienne furent entendus à une distance de plusieurs centaines de mètres par un moniteur de colonie de vacances qui campait avec des enfants dans une colline voisine. Un peu partout dans les maisons du canyon, les chiens aboyèrent. Mais par un mystérieux effet d'acoustique, les voisins immédiats du 10050 Cielo Drive n'entendirent rien du tout.

Voytek Frykowski s'accrochait au mur de pierre de la façade pour ne pas tomber. Il sentait le sang qui s'échappait de ses bras, de ses jambes, de son ventre et de sa tête, comme l'eau d'une douche qui aurait ruisselé sur son corps. La douche était tiède mais il avait froid. Un des coups de crosse qu'il avait reçus derrière la nuque avait endommagé son sens de l'équilibre. Il ne pouvait plus tourner la tête. Une seule obsession le faisait s'accrocher à la pierre dure et chaude, il ne voulait pas tomber là, sur le paillasson et agoniser comme un chien. Il fallait qu'il sorte et marche un peu, même quelques mètres. Il avait besoin de l'herbe, du contact doux de l'herbe et de la terre. Les cris qu'il avait poussés lui avaient fait si mal à l'intérieur du crâne qu'il se savait incapable de recommencer un tel effort. C'en était fini de sa voix, elle s'était échappée d'un coup et pour toujours, toute sa résistance, toute sa force vitale se tenait maintenant dans ses genoux. Il ne pensait plus, ne reconnaissait même plus la voix de Gibbie qui criait et demandait pitié. À qui ? Quand il se détacha du mur et se lança en avant, il fut surpris de tenir debout. Il titubait, oscillait du buste à chaque pas comme un ivrogne mais il marchait encore. Il était devenu un « musulman », ces cadavres ambulants photographiés par les Américains lorsqu'ils avaient libéré les camps allemands, des photos qui l'avaient frappé, comme tous les enfants de l'après-guerre. Il marchait. Tout ce qui lui restait d'énergie se tenait dans cette marche, chaque pas était une prouesse qu'il accomplissait, avec la maladresse d'un enfant de deux ans. Il ne voyait plus très bien mais il sentit qu'il avait quitté le perron de lauze et qu'il s'aventurait sur une terre molle ondulant sous ses pieds et menaçant de s'ouvrir à chaque pas. Une de ses jambes était devenue folle, une sorte de caoutchouc insensible et imprévisible qui semblait se plier sous lui dans tous les sens ou rentrer dans son buste ; il sut que c'était par elle que la mort allait remonter. La mort viendrait d'une partie amie qui le lâcherait alors qu'elle le soutenait depuis toujours, ce n'est pas l'autre, l'ennemi, le briseur de crâne qui lui enlèverait la vie mais cette jambe remontant à l'intérieur de lui-même et prête à le trahir. Il la haïssait et seule la haine vitale qu'il avait pour cette jambe le tenait encore debout.

— Oh mon Dieu, je suis désolée !

Il ne reconnaissait pas les traits de la femme ou du fantôme qui avait surgi en face de lui, l'empêchant d'avancer et interrompant son extraordinaire effort vital. Les femmes seraient donc toujours là, jusqu'à la dernière seconde, pour s'interposer entre lui et la vie ? Avec son air de petite sainte, cette gamine était de noir vêtue comme les autres, pieds nus comme les autres. Un démon comme les autres. Elle jouait les gentilles pour mieux le frapper. En se protégeant le visage d'un geste maladroit, il regarda ses mains, mais elles ne tenaient pas de couteau. Au stade de faiblesse où il était elle n'en avait plus besoin, une bourrade suffirait à l'achever. Il décida de la contourner. Tant qu'il marchait, il n'était pas mort.

Il sentit que des mains fortes, pleines de vie, l'attrapaient pour le frapper de nouveau. Il reconnut l'odeur de transpiration du briseur de crâne. Il essaya de le supplier, sachant bien que sa tête ne supporterait pas d'autre coup. Il la sentait à chaque mouvement pleine d'un liquide douloureux, prête à éclater. Il leva la main vers le briseur de crâne mais il ne rencontra que le vide et un couteau lui déchira le flanc. La dureté de la lame qui le pénétrait était terrible et la profondeur du coup plus terrible que toutes les douleurs qu'il avait connues depuis qu'il vivait. L'herbe fraîche lui caressa les joues, il était tombé. Il replia ses jambes vers son ventre comme un nourrisson. La fraîcheur de la terre l'embrassait de mille baisers. Plus rien ne pouvait l'atteindre, cette fraîcheur, ces baisers le protégeaient de toute angoisse, se mêlant au visage de la jeune fille qui lui avait demandé pardon. Une de ses dernières pensées, avant qu'il ne replonge dans la Pologne, l'enfance, et les choses qui n'étaient qu'à lui et à sa mère, fut qu'elle avait peut-être dit la vérité et que la vérité seule était importante.

Tex ne savait plus trop où il en était. À force de plonger ses mains dans le sang, il avait l'impression d'en avoir partout, jusque dans le cerveau. La lumière extérieure lui semblait plus basse que jamais. Le type blond avait été particulièrement dur à abattre, même si Sadie lui avait préparé la tâche. Il en restait encore deux à tuer, la brune était bien avancée, mais la blonde enceinte jusqu'aux yeux promettait une énorme corvée, surtout au couteau. Il tripota la gâchette du Longhorn, le mécanisme s'était enrayé quand il avait défoncé le crâne du blond avec la crosse. Il avait frappé si fort qu'une partie du bois manquait et il contemplait son jouet cassé. Depuis toujours, il détestait maltraiter les outils. Pour se défouler, il aurait pu donner un coup de pied dans le tas de viande morte qui traînait dans l'herbe, mais il n'en avait même plus envie. Il était écœuré de violence, essoufflé tel un chien qui a tiré son coup, et le job était loin d'être fini. Il vit Linda qui courait sur la pelouse comme un poulet décapité :

— Arrêtez par pitié !

Il entendit une grosse voix, un grognement de cochon lui répondre :

— C'est trop tard !

En regardant d'où venait la voix, l'envie de rigoler lui revint. On aurait dit un film burlesque ; Katie poursuivait la brune en chemise de nuit, elles déboulaient de la piscine, à gauche de la maison, en courant toutes les deux au ralenti. Un vrai jeu de cour d'école. La brune, qu'il avait bien piquée à fond tout à l'heure dans le salon, avançait le buste de travers en se tenant le bide, comme si tout le paquet risquait de se répandre sur le gazon et de donner à bouffer aux petites fourmis. Katie, derrière, avait une dégaine à pisser de rire. Elle clopinait, boitant de la jambe droite, les bras tendus en avant pour attraper l'autre. En croisant Linda, elle avait trouvé le moyen de lui lâcher cette vanne. À croire que la course à l'échalote lui avait rendu la parole. Quelle marrante, cette Katie ! Dommage qu'elle soit aussi poilue. Elle ne parlait pas pour ne rien dire et elle était costaud, même si pour l'instant elle paraissait affaiblie. Tex se demanda si elle avait pris un coup de couteau ou si elle avait un point de côté, à moins qu'une blessure au pied ne lui ait donné cette démarche.

Tex s'avança en suivant la parabole d'un receveur de base-ball et, par miracle, la brune en chemise de nuit vint se jeter dans ses bras comme une balle bien mûre. Katie les rejoignit et ils s'enlacèrent tous les trois. Prise en sandwich, la brune cria du mieux qu'elle put, mais le pull en velours gorgé de sang de Tex lui rentrait dans la bouche.

— C'est bon, allez-y, tuez-moi, dit-elle dans un profond soupir.

Tex jugea qu'elle savait perdre. Un adversaire presque trop facile, mais dans son état de fatigue, il préférait. Il la piqua trois fois dans la région du cœur, écrasant un sein mou qui amortit le heurt des côtes. Le paquet blanc glissa à terre près de la grille d'un puisard. Tex sentit les barreaux de métal lui rentrer dans les genoux et rouler désagréablement sous ses rotules. Il s'était donc agenouillé sans même s'en rendre compte. Partout, des cheveux collants comme une vieille éponge ou les tentacules d'une méduse s'enroulaient autour de son jean. Penché par-dessus elle, à l'envers, la braguette au-dessus de son visage, il plantait son couteau au hasard dans la masse visqueuse qui ne protestait même plus. Il enfonçait son poing armé comme un pilon toujours au même endroit et sa main finit par plonger jusqu'au poignet dans la charogne tiède. Alors il décida de s'arrêter, appuya sa main libre sur le gazon et se releva, oscillant sur ses jambes dans la nuit sans oser renifler de peur des humeurs gluantes qui lui entachaient la main droite. Son acharnement l'écœura aussitôt qu'il eut cessé de frapper le cadavre.

Il n'avait jamais tué de femme jusqu'ici et il se dit que c'était vraiment une besogne répugnante. Quelque chose qui vous mine le moral. Qui vous fait sentir tout petit et méchant une fois qu'on a frappé. Le ventre d'un type, le blond ou l'autre, c'était des tripes, des os et des muscles, voilà tout. En venir à bout demandait le même effort que pour tuer un porc ou un sanglier. Un boulot d'abattoir, de cuisine. Les femmes sont bien pires. On dirait qu'elles ont une éponge dans le ventre, y plonger le poignet comme il venait de le faire ramenait des trucs plus visqueux. Il aurait voulu que sa main sèche toute seule ou qu'une de ces connasses de nanas qui l'avaient accompagné dans cette mission et le secondaient si mal coure vers lui pour l'essuyer comme une infirmière ou une maman. Il regarda Katie qui se tenait debout près de lui et, faute de mieux, essuya son bras sur sa poitrine. Autant se moucher dans une serpillière. Katie le regarda et il lui sembla apercevoir dans ses yeux quelque chose d'aussi boueux que le ventre qui avait failli lui avaler la main.

Depuis que l'homme blond avait hurlé, Linda était sûre que la police allait se précipiter à l'assaut de la propriété. En courant le long de la façade éclairée par les lumières extérieures, elle s'attendait à recevoir une balle de revolver dans le dos. Près de la piscine, elle aperçut un balai, un seau et une épuisette rangés dans un cagibi. Avant de mourir elle aurait souhaité faire le ménage, une activité qui la calmait. Au ranch, elle aimait faire la vaisselle, balayer, ranger les provisions, essayer d'organiser l'extraordinaire désordre que le manque de lumière, le manque de sommeil, la drogue, la promiscuité, les enfants, les motards, les cow-boys, les clochards, créaient sans cesse, un magma qui envahissait tout. Ranger, même un recoin, plier des chiffons sales, empiler les mégots de joints, aligner les épluchures, frotter un bout de meuble, arranger un peu de paille pour dormir dessus, nettoyer ses pieds, son sexe, lui apportait la paix. Sans cela, depuis un mois, elle aurait sûrement hurlé de terreur parfois, comme elle hurlait en ce moment, moins fort que l'homme blessé mais assez fort quand même pour qu'on lui tire dessus. Elle voulait être assassinée, elle aussi, par Charlie, par Tex, par Katie, par Sadie ou par un flic, un gardien, n'importe qui.

Quand la lumière diminua, elle cessa de courir. Elle entendait son propre souffle. Rien d'autre. Aucune main ne la saisit pour la plaquer au sol. Elle était de nouveau seule. Il s'était passé environ un quart d'heure depuis qu'ils étaient tous rentrés dans la maison pour la première fois. Chacune des secondes écoulées avait été moche. Au début, elle s'était assise dans l'herbe et avait ratissé avec les doigts autour d'elle. Environ cinquante centimètres carrés. Un petit rectangle qu'elle avait épouillé soigneusement des brindilles sèches, des menus débris de bois. Absorbée par ce travail de vestale, elle avait pris soin de tourner le dos à la maison pour ne pas voir ce que les autres faisaient et aussi pour surveiller l'allée. Elle avait entendu la voix de Charlie et pensé qu'il avait accompli un de ses tours de magie pour apparaître à l'intérieur de la maison. Un coup de revolver et des cris avaient suivi, plusieurs voix de femmes, elle avait baissé la tête sur son ouvrage tout en essayant de ne pas entendre, comme lorsqu'elle était petite et que ses parents se battaient. Elle se rappela une tapisserie qu'elle tissait à l'époque, un truc de gosse, des faons dans une forêt. Une fois le petit rectangle de gazon bien propre, elle s'était baissée, baissée, pour poser son front dessus. Une prière, une prosternation, un rite mystérieux qui lui échappait mais lui permettait de se resserrer tout entière autour de ses entrailles, un geste de folle. C'est à ce moment que la porte s'était ouverte et que l'homme avait crié. Des hurlements épouvantables. Elle s'était dressée sur ses jambes et sans réfléchir s'était dirigée vers la maison pour essayer de le calmer. Elle avait vu l'homme appuyé sur le mur près de la lanterne jaune, reconnu le garçon qui dormait tranquillement tout à l'heure. Maintenant, il crachait du sang par tout son corps et titubait sur l'herbe. Elle s'était approchée de lui pour le soutenir mais elle ne savait pas par où l'attraper tant il était ouvert de partout. Le crâne, surtout, était horrible à voir. Ses cheveux blonds étaient devenus sombres, à certains endroits il manquait de la peau, on voyait l'os à nu. À tout hasard, elle lui avait demandé pardon pour essayer de le calmer. Mais il avait eu peur, lui aussi. Il avait fait un pas en arrière en essayant de se protéger avec la main. Elle aurait voulu le prendre dans ses bras pour l'aider à s'étendre avant l'arrivée de la police mais il était grand et elle craignait qu'il soit trop lourd pour elle, qu'il la fasse trébucher et qu'il tombe par terre en se faisant encore plus mal. C'est à ce moment que Tex avait attrapé ce pauvre débris par-derrière et lui avait donné un coup terrible dans le dos. Ils avaient glissé à terre ensemble et Linda s'était remise à courir en direction du premier refuge qu'elle avait pu trouver pour se cacher.

L'épuisette de piscine, le balai proprement appuyé près du seau, la serpillière qu'une main ordonnée avait mise à sécher sur une patère prévue à cet effet dans l'abri de jardin où Linda s'était cachée donnaient l'illusion de la vie quotidienne. Cette vie était toutefois un peu triste, ce matériel ressemblait au nécessaire d'un gardien de cimetière. Manquaient l'arrosoir, les angelots cassés et les fleurs artificielles. En moins d'une demi-heure, la coûteuse villa des collines de Los Angeles était devenue une nécropole. En signe de deuil, la piscine était éteinte mais on devinait sa présence à l'odeur du chlore. Par la porte de l'abri ouverte sur le jardin, elle vit que Tex et Katie avaient disparu en oubliant un drap ou un grand chiffon blanc au milieu de la pelouse. Linda se souvint avoir croisé une femme en chemise de nuit blanche qui hurlait et Katie derrière avec un couteau à la main, mais elle ne savait plus quand, elle avait perdu toute notion de temps. Une vapeur avait envahi son esprit en même temps qu'elle recouvrait, derrière les arbres, la perspective de la ville illuminée. Une seule partie restait visible qui dessinait une très grande croix.

Linda se releva en prenant garde de ne pas faire tomber le balai, elle enjamba soigneusement le seau en plastique rouge et sortit du cagibi. La grande croix ondula à l'horizon et se dressa sur le ciel. Les lumières de la ville clignotaient dans l'espace, beaucoup plus brillantes que les étoiles. En regardant cette croix ondulante, cette ville céleste, une création du smog et des vapeurs d'essence, elle imaginait la résurrection des morts comme sur les vieux tableaux dont elle avait vu la reproduction dans un journal catholique. Elle pria pour l'homme blond et la femme en chemise de nuit dont elle discernait maintenant clairement les corps couchés sur la pelouse, des choses en désordre qu'on avait envie de ranger. Elle aurait voulu qu'ils ressuscitent, qu'ils se relèvent et rentrent dans la maison. Linda pria sans trop d'espoir, mais au lieu d'un miracle, un phénomène inverse se produisit. La croix céleste se dissipa dans l'atmosphère et la ville horizontale, plate, fuyante, moderne, réapparut. Un avion passa à basse altitude, des sirènes de police résonnèrent au loin. Un chien aboya. Linda s'approcha des corps, bien sûr ils ne bougèrent pas.

L'homme blond était allongé sur le flanc, son gilet de grand-père était remonté, tirant sur les pans de la liquette. Un peu de peau blanche apparaissait au niveau du flanc. À cet endroit, la chair était intacte mais on devinait qu'elle était morte. Aucun miracle ne pourrait lui rendre la vie. Ce qui avait été les mains d'un homme ressemblait maintenant aux membres moulés d'un mannequin de vitrine. Les doigts étaient crispés dans un spasme d'agonie. La tête n'était plus aussi belle. Les hématomes provoqués par les coups de crosse formaient de petites bosses noir et rose dans les cheveux salis de sang et de terre. On aurait dit une lèpre ou une peste bubonique terriblement maligne. Les yeux avaient coulé dans la tête, laissant deux globes inertes que l'herbe chatouillait sans les faire frémir. Seuls ses grands pieds chaussés de boots à la mode semblaient encore animés d'émotion vitale. La chose inerte mimait la marche, le sursaut d'énergie qui avait accompagné ses derniers moments.

L'autre cadavre était allongé sur le dos, les deux bras ouverts, posés autour de la tête, imitant le geste de quelqu'un qui se rend. Le visage avait l'expression paisible d'une personne endormie. Pour démentir ce calme apparent, une blessure énorme, une seconde bouche hurlante, s'ouvrait de la joue à la pommette droite. Le couteau d'un boucher maladroit avait ouvert la chair qui rebiquait de chaque côté sur les lèvres de la coupure, comme un morceau de viande déjà racorni. Les cheveux noirs, éteints, ternis, se mélangeaient à l'herbe et à la terre. Le haut de la chemise de nuit, taché de sombre, était encore assez blanc, comme un chiffon qu'on vient de laisser tomber dans la boue. Sous la poitrine aplatie par la position du corps, à partir de la taille, du bas-ventre jusqu'aux pieds, le coton était complètement souillé, un sang marronnasse avait imbibé le tissu. Le bas du corps, les jambes ouvertes se confondaient avec le sol comme ces animaux écrasés sur les routes, ces charognes plusieurs fois aplaties dans la poussière par la succession des roues et des meurtrissures. La femme semblait appartenir pour moitié à la terre, s'y rattacher consubstantiellement par le ventre et les parties inférieures. Linda remarqua une excroissance au milieu du flanc gauche. Un crapaud ? Un morceau de terre ? Elle se pencha : une sorte de magma gris avait remonté sur le tissu crevé. Un jaillissement d'organe de la taille d'un petit batracien ou d'un étron témoignait de manière obscène que le ventre était fendu. Linda se releva et vit une grille d'acier qui s'ouvrait au milieu du gazon. Un puisard. Elle se souvint qu'elle s'était tenue là un moment pendant l'attaque, quand le corps allongé par terre était encore vivant. C'est cet endroit précis de la pelouse qu'elle avait nettoyé si soigneusement sans savoir pourquoi.

On entendit quelques secondes durant une femme pleurer et supplier dans la maison. La femme appelait sa mère comme une toute petite fille mais elle avait une voix d'adulte, presque de vieille. On aurait dit une folle à l'asile.

— S'il vous plaît, s'il vous plaît ne faites pas ça. Je veux juste avoir mon bébé. Au secours, maman ! maman !

Un silence suivit, puis des cris, les hurlements de quelqu'un qu'on torture. Linda se releva et s'enfuit en courant dans l'allée. Pour éviter la voiture blanche abandonnée où un autre cadavre l'attendait, elle courut se réfugier sous les arbres, et sans même réfléchir, elle sauta dans le lierre et franchit la palissade avec la rapidité d'un singe. Aussitôt retombée sur l'asphalte, elle s'étonna de retrouver le monde extérieur aussi paisible qu'avant l'attaque. Elle descendit en courant la longue pente asphaltée bordée d'un rail métallique qui rejoignait Cielo Drive. Arrivée à la route, elle s'arrêta pour reprendre son souffle. Une bougainvillée violette déversait, tout aussi généreusement qu'avant, son chargement de couleurs sur le panorama de la ville allumée. Les lointains semblaient clignoter. Le goudron était toujours tiède de la chaleur du soir, le ciel étoilé offrait la même limpidité qu'au retour du LEM d'*Apollo 11*, moins d'une lune plus tôt, le 24 juillet. Malgré les aboiements de plusieurs chiens, la colline ne montrait aucun signe de trouble. Au bout de quelques mètres, Linda aperçut une lumière, un bouton d'interphone brillait, lui annonçant qu'elle avait quitté la sphère d'influence de la Famille, pour la première fois depuis trente-cinq jours et trente-six nuits.

Une dizaine de centimètres séparaient le visage de Sharon Tate de celui de Sadie. Sharon sentait la respiration de la jeune hippie brune qui venait caresser le duvet de ses joues. Sadie lui tenait la main avec une douceur trompeuse et Sharon était rassurée par ce contact. Elle abandonnait sa main à l'inconnue, espérant au plus intime que sa douceur et sa soumission la protégeraient des coups. Depuis que les cris avaient cessé, elle savait que tous ses amis étaient morts. Elle était passée au-delà de la peur, dans une région de sa conscience qu'elle n'avait jamais explorée, où l'espoir vivait indépendamment d'elle, comme celui qui bougeait dans son ventre. Après avoir eu le sentiment de flotter dans les airs, elle était redescendue et elle sentait de nouveau le coussin du canapé s'enfoncer sous son poids. Un calme extraordinaire l'avait envahie, on aurait dit qu'elle venait d'avaler une plaquette entière de Quaaludes.

Elle attendait la suite avec une curiosité détachée, persuadée au fond qu'ils n'oseraient pas la tuer. La jeune hippie qui se tenait près d'elle dans le canapé n'était pas un monstre mais un être humain, une femme comme elle. Roman lui avait parlé des crimes nazis et des camps de concentration, mais on était à Los Angeles et la fille en noir ressemblait à ces adolescents qui traînaient un peu partout sur les plages, prêchant l'amour, les fleurs et la paix. Sharon l'avait vue blesser Voytek, mais Voytek était un homme, une femme enceinte de huit mois, c'était autre chose.

La pénombre accentuait la jeunesse enfantine du visage de Sadie. Elle affichait de nouveau son étrange petit sourire, perdue dans la contemplation du visage de Sharon. Elle n'avait jamais vu une femme aussi belle. Ses énormes yeux pâles, son nez droit aux narines légèrement pincées, sa large bouche qu'elle tenait entrouverte, sa peau fine, le tracé sûr de son ovale, formaient une harmonie paisible qui la fascinait. Tant qu'elle ne parlait pas, elle avait envie de garder près d'elle cette sublime poupée, le genre de cadeau dont toute petite fille pauvre rêve pour Noël. En revanche, Sadie n'aimait décidément pas qu'elle soit enceinte ni qu'elle parle, sa voix de robot l'agaçait. Elle lui avait ordonné de se taire. Tant que l'autre obéissait, Sadie avait décidé de ne pas la frapper. D'ailleurs, elle était fatiguée, elle avait très mal à la tête. Tex allait revenir avec Katie et ils s'occuperaient de régler l'affaire. Toute cette chair lui paraissait impossible à assassiner. Elle se sentait incapable de frapper ces seins énormes, durs, tendus vers l'extérieur, suspendus sur le ventre enflé.

Même sans être en contact direct avec elle, sauf par la main, l'énergie contraire de ce corps plein de vie se diffusait jusqu'à elle.

Sharon sursauta en sentant quelque chose de doux, de chaud et d'humide qui venait de lui effleurer le pied gauche et s'attaquait maintenant à son pied droit. Sadie lui serra les doigts, croyant qu'elle voulait fuir. Sharon sentit la piqûre du couteau sur son flanc gauche. Elles regardèrent par terre et Sharon devina dans la pénombre la silhouette d'un chaton de quelques semaines qui avait surgi trois jours plus tôt près de la piscine et qu'elle nourrissait au biberon. La queue dressée comme un scoubidou, le chaton se frottait contre son mollet avec l'énergie de la jeunesse et la douceur d'une peluche. Après avoir tournicoté un moment, il sauta sur les genoux nus de Sharon, la griffant légèrement. Sharon, qui sentait la pointe du couteau dans ses côtes, n'osa pas bouger un cil et le chaton s'ébroua, frottant son poil plein d'électricité et sa truffe toute fraîche contre son ventre. Il resta quelques secondes dressé cruellement sur les aiguilles de ses griffes à guetter la caresse. Il avait dû tremper son museau dans un liquide quelconque car il laissait des traces humides et froides en se frottant contre la chair nue de sa maîtresse. Il joua un moment avec la corde de nylon blanc qui enserrait toujours mollement le cou de Sharon, puis il sauta par terre non loin de Sadie. Un fort coup de pied l'envoya valdinguer en miaulant vers le fond de la pièce.

Les chats noirs portent malheur... Sadie ricana de son geste en regardant la tête contrite de la blonde. Avec sa corde autour du cou, son bikini à fleurs, son ventre épanoui et les traces sombres et gluantes que la sale bête avait laissées sur sa chair nue, elle formait vraiment un tableau bizarre. D'où venait ce sang ? Le chaton avait dû lécher une des flaques répandues par terre près de la porte, ou bien le cadavre de l'autre porc qui avait fini d'agoniser derrière le canapé. En voyant ses épaules nues, Sadie s'aperçut que la blonde avait perdu le luxueux chiffon de soie qu'elle s'était mis sur les épaules avant de sortir de la chambre tout à l'heure. Sadie se demanda où il avait pu tomber car elle l'aurait bien récupéré, mais il s'était volatilisé. À moins qu'il n'ait été aspiré par une des grosses taches de sang qui trouaient la moquette beige comme des sables mouvants. Un miaulement se fit entendre.

Charlie n'aurait pas aimé voir Sadie shooter ainsi dans la petite bête, lui qui respectait la vie animale sous toutes ses formes. Plus que la vie humaine... Elle ricana encore davantage, elle aimait bien faire enrager Charlie, surtout depuis qu'il refusait de la baiser. Toujours en ricanant, elle se dit à elle-même qu'elle ouvrirait bien le ventre de la blonde une fois que les autres l'auraient tuée pour rapporter le fœtus à Charlie.

Sharon se raidit à la vue d'une ombre qui s'encadrait dans le rectangle jaunasse de la porte d'entrée. À la silhouette massive, aux cheveux ébouriffés qui se dressaient tel un nid de serpents autour de la tache obscure du visage, elle reconnut la seconde hippie, la moche, la plus hommasse, la plus méchante, celle qui avait attaqué Gibbie. Aucune pitié n'était à espérer, Sharon avait tout de suite vu dans son regard qu'elle haïssait sa beauté. Cette haine des moches pour les belles, Sharon l'avait déjà rencontrée à l'école, dans la rue, dans les castings ou dans les surprises-parties. Seule la peur de la loi empêchait ces femmes-là de la défigurer ou de la tuer. On reproche parfois aux très jolies filles d'être méchantes ou pleines de mépris mais il s'agit d'une réaction de défense. Quand Sharon Tate faisait vrombir sa Ferrari dans les rues, laissant s'envoler ses cheveux blonds derrière son profil de vierge italienne, quand elle riait sous le soleil californien en ignorant le regard des autres femmes, ce n'était ni de la méchanceté ni de l'insolence. À cheval sur Pégase, en route pour l'Olympe de Bel Air, elle semblait parader alors qu'elle ne faisait qu'échapper à la haine du quelconque pour tout ce qui est aristocratique ou exceptionnel. Même chez les filles hippies qui prônaient l'amour sans arrière-pensée des animaux et des fleurs, elle avait observé cette férocité absurde et raisonnée qu'aucun animal, nulle fleur ne manifeste à l'égard des autres êtres vivants.

La hippie s'approcha du canapé. Sharon eut un mouvement de recul qui ne fut suivi d'aucune pression sur sa main. Elle se rendit compte que l'autre fille l'avait lâchée. Elle chercha à se lever, le poids de son ventre la déséquilibra mais elle trouva la force de se redresser en prenant appui sur l'accoudoir de velours usé où Roman aimait s'asseoir quand il donnait un de ses multiples coups de téléphone aux gens du cinéma. Jamais elle n'avait connu de toute son existence une telle solitude. Personne ne la protégeait. Elle était livrée à la sauvagerie comme les martyres chrétiennes aux lions dans *Fabiola*, un film qui l'avait frappée jadis au point de l'empêcher de dormir. La menace qu'elle ressentait depuis qu'elle était enfant, un pressentiment que rien n'irait jamais vraiment bien pour elle malgré les apparences, avait soudain pris corps dans cette femme horrible, couverte de sang, qui répandait une odeur douceâtre et infecte à quelques centimètres de son corps presque nu.

Un courage d'origine hormonale s'était armé en elle en réaction à la menace directe dont elle était l'objet. Elle qui craignait tant la solitude, qui faisait des drames dans sa famille, auprès de Roman ou de Jay dès qu'on l'abandonnait quelques secondes, ressentait assez de force en elle pour faire front. Le danger réel avait fait disparaître toutes ses craintes imaginaires. Grâce à son ventre, elle se sentait beaucoup plus forte que les deux filles et le moustachu qui venait d'entrer dans la pièce en émettant une sorte de sifflement semblable à la respiration d'un vieillard. Instinctivement, elle percevait leur hésitation, la retenue immémoriale, génétique, qui les empêcherait de frapper une femelle enceinte. En leur parlant du bébé, comme elle en parlait sans cesse à tout le monde, elle se dit qu'elle pourrait les attendrir.

— S'il vous plaît ne me faites pas de mal, laissez-moi avoir mon enfant.

Elle avait pris le ton le plus émouvant possible non parce qu'elle était émue, elle se sentait au contraire très froide, mais parce qu'elle voulait les émouvoir. Faute d'être une bonne actrice, elle savait attendrir les hommes, et même certaines femmes, avec ses manières d'enfant naïve. Les trois autres se regardèrent en silence, chacun cherchant dans les yeux des autres la réponse à donner à sa supplication. La fillette brune avait perdu son sourire, elle la regardait de ses yeux globuleux comme si elle venait de découvrir que Sharon était enceinte, le visage de l'autre fille restait indéchiffrable dans le contre-jour des lanternes, et le grand type se tenait immobile en renfort derrière elle. Ses yeux brillaient étrangement dans la pénombre, mais il semblait fatigué, à bout de souffle.

Une fois debout, Sharon Tate sentit la laisse de la longue corde de nylon blanc se resserrer autour de son cou. La corde passait sur une poutre peinte qui courait à travers la pièce puis redescendait vers le sol. À l'autre extrémité se trouvait quelque chose de lourd. Peut-être un fauteuil, un pied du canapé ou bien un autre objet qui entravait ses mouvements. De là où elle se trouvait, on discernait la partie du sol qui la séparait de la cheminée en pierre. Un panier à ouvrage contenant des pelotes de laine et des bougies avait été renversé. Il y avait aussi un chiffon sombre, peut-être une serviette-éponge, et d'horribles taches brunes. Plus enfoncés dans la nuit, deux boudins parallèles recouverts de toile à matelas. On aurait dit des traversins. Sharon Tate mit une partie du temps qui lui restait à vivre à comprendre qu'il s'agissait des jambes d'un homme, que la toile rayée était le pantalon de Jay Sebring et que c'était le cadavre qui la tirait de l'autre côté avec une impitoyable force d'inertie.

Des mains l'attrapèrent, lui bloquèrent douloureusement les bras dans le dos. Elle respira la sale odeur de la grosse hippie et sans même s'en rendre compte hurla :

— Maman… Maman au secours !

— Tue-la.

C'était la première fois que Katie émettait un son articulé depuis longtemps. Sadie ne bougeait pas. Enfoncée sur le canapé comme une gamine que le professeur va appeler au tableau, elle regarda dans la direction de Tex mais Tex n'était plus là. La porte devant laquelle il s'encadrait quelques secondes plus tôt avait été refermée, replongeant la pièce dans l'obscurité. Le chaos recommença. Sadie entendit la blonde qui criait « Maman, maman » de sa voix d'ordinateur IBM. Une machine à répétition, un robot détraqué, une poupée. Sadie regarda l'automate féminin gigoter dans son absurde maillot de bain à fleurs.

— Tue-la !

Charlie était revenu. Sa voix venait du grenier ou alors de la tête d'un nouveau Tex, démesurément grandi et qui dominait la blonde de la tête et des épaules. Le géant de carnaval qui avait pris l'apparence de Tex tenait la fille blonde par-derrière, entravant ses bras, faisant saillir sa chair nue, la poussant en avant, l'enflant encore davantage. Un obus de chair pointé vers Sadie qui la menaçait. À s'arquer comme ça, la blonde avait perdu dix ou vingt centimètres de hauteur. Selon les positions qu'elle prenait dans les bras du géant, quand elle cessait d'avoir l'air d'un obus, on aurait dit un modèle réduit, une belle naine bien proportionnée, une poupée de caoutchouc. Tex et sa poupée-obus tournaient sur eux-mêmes, un tour à droite, un tour à gauche, une danse maladroite, sans musique, seulement rythmée par les supplications préenregistrées de la créature blonde. On entendait sa peau synthétique crisser contre le jean de Tex.

— S'il vous plaît, s'il vous plaît, non... Maman ! Maman !

Sadie s'extirpa du canapé le couteau à la main. Il lui fallut vraiment se forcer. Elle, d'ordinaire si agile, prompte à bondir, à jouer du tesson de bouteille à l'assaut du premier motard ou de la première petite nana venue, eut un mal fou à retrouver la station verticale. Ses jambes flageolaient et sa tête la faisait souffrir. Dégoûtée par Katie qui était retombée dans son inertie, Sadie se dirigea vers la blonde pour lui planter son couteau bien au fond dans l'espoir de faire taire cette voix insupportable. La blonde était bloquée par Tex qui avait attrapé la corde et tirait dessus tout en maintenant son autre bras glissé entre le ventre et les seins. Elle était offerte, tendue vers l'arme. Sadie redoutait que le sang lui gicle en pleine figure quand elle piquerait dans cette chair vivante, jeune et ferme. En plus, la grosse truie en plastique allait forcément crier et le bruit lui faisait mal au crâne d'avance. Elle avait l'impression que l'autre salaud lui avait décollé une bonne plaque de cuir chevelu et n'osait même plus toucher la zone sensible. Les mains de la blonde que Tex n'arrivait pas si bien que ça à contenir griffaient le vide devant elle, Sadie avait très peur qu'elle lui attrape les cheveux pile au mauvais endroit.

— Tue-la !

Caché dans le ventre de la blonde, Charlie grognait dans sa barbe. Un signal d'alerte annonciateur de violence. La dernière fois qu'il s'était fâché contre Sadie, il lui avait lancé une écuelle de riz complet en pleine figure parce qu'elle osait l'ouvrir pendant un de ses speechs.

Difficile d'éviter de frapper le ventre de la blonde, elle le poussait en avant avec une impudeur choquante. Cette boursouflure, les implorations qu'elle s'efforçait d'émettre avec sa voix stupide, ses bras qui accrochaient le vide menaçant de lui agripper les cheveux, empêchaient Sadie de trouver l'énergie intérieure et la concentration nécessaire pour la poignarder. Au lieu de tenir le couteau pointe en l'air, elle se dit qu'il vaudrait mieux le tenir pointe en bas, la lame sortant de la partie antérieure de la paume. Cette position, en marteau-pilon, lui permettrait de piquer la blonde de haut en bas, l'entrée du couteau se faisant juste en dessous des clavicules. Lorsqu'elle avait blessé le blond au poumon et qu'il s'était mis à siffler, elle l'avait senti s'affaiblir. Patatras. En voulant renverser le couteau dans sa main sans se couper sur la lame, elle le laissa tomber une fois de plus sur la moquette. Comme aurait dit son père, elle avait vraiment de la merde dans les mains. Le manche couvert de sang et de sueur glissait comme une savonnette. Alors qu'elle s'accroupissait pour récupérer l'arme, un coup de pied affolé de la blonde la toucha au menton et l'envoya valser les jambes en l'air sur la moquette. Un objet dur heurta l'arrière de ses côtes et sa colonne vertébrale. Une de ces saloperies de bougies qui avaient roulé par terre quand Tex avait renversé un meuble au début de l'attaque. Les bougies parfumées, dont elle avait découvert l'existence chez Dennis Wilson, lui avaient toujours fait l'effet d'être un accessoire de pétasse.

— Tiens-la, je vais faire le boulot !

Voilà que Tex essayait de lui refiler la blonde pour qu'elle lui tienne les bras en arrière afin qu'il la pique à la baïonnette. Sadie se glissa derrière elle et l'enlaça. La fille était beaucoup plus lourde qu'elle et l'énergie du désespoir lui donnait une force énorme. Sadie sentit une joue pleine de larmes se coller contre la sienne et sa bouche humide s'ouvrir et se fermer convulsivement contre le pavillon de son oreille. Un liquide chaud lui coulait dessus sans qu'elle sache si c'était des larmes, de la salive ou du sang. Elle essaya de se dégager pour éviter que l'autre ne lui morde l'oreille mais la blonde resta jusqu'au bout inoffensive. Une grande colère monta à l'intérieur de Sadie, elle n'était pas dirigée contre la blonde, le corps chaud, lisse, glissant, affectueux qu'elle enlaçait et qui répondait aux coups par des saccades presque voluptueuses, mais contre elle-même. C'était elle-même qu'elle assassinait. Elle se sentait disparaître, glisser au fond de la nuit intérieure de sa conscience, plus encore que la poupée sur qui ses mains dérapaient. La poupée cria une dernière fois, juste contre son oreille, la voix synthétique demandait encore pitié pour son enfant, que Sadie sentait pousser sous ses mains.

— Je n'ai aucune pitié pour toi, salope.

Répétant cette phrase à froid devant le grand jury le 5 décembre 1969, Susan Atkins alléguerait que ces mots ne s'adressaient pas à la victime mais à elle-même.

« *I have no mercy for you, bitch…* » furent les derniers mots que Sharon Tate entendit avant d'entrer en agonie. Tex Watson la frappa à plusieurs reprises avec sa baïonnette. Les premiers coups portés à la poitrine, sur le haut du sein gauche, à six centimètres du mamelon, provoquèrent chez cette femme enceinte de huit mois une douleur atroce. Sharon

Tate sursauta avec une telle vigueur qu'elle échappa à Susan Atkins, lui glissant entre les mains. Watson la frappa ensuite à trois reprises dans le dos. Brisant une côte, le troisième coup atteignit le cœur, provoquant une hémorragie létale. Sharon Tate s'effondra au pied du canapé, son ventra heurta le sol et la fit basculer sur le flanc. Tex la frappa encore une ou deux fois. Le médecin légiste relèverait seize blessures par arme blanche, dont trois susceptibles d'avoir provoqué la mort. À part une estafilade sur la joue, comparable à celle qui défigurait Abigail Folger, les blessures se concentraient autour du thorax. Le ventre fut épargné. Lors de l'autopsie, les légistes estimèrent que le bébé, sain et bien formé, put continuer de vivre pendant six heures après la mort de la mère.

Le long silence qui suivit le dernier meurtre se retrouve dans tous les témoignages.

Au moment de s'enfuir, Sadie s'aperçut qu'elle avait perdu son couteau. Ils marchaient dans le jardin sur l'herbe douce et fraîche sans trop savoir comment ils étaient sortis de la maison. Tex, d'une voix éraillée par la rage, lui ordonna, telle Lady Macbeth, d'aller le récupérer dans la maison. Se rappelant un peu tard les ordres de Charlie, il lui recommanda sur un ton radouci, paternel, du genre « ne pars pas les mains vides », d'écrire des messages sur les murs avec le sang des victimes. Sadie reprit le chemin inverse et disparut derrière les guirlandes de Noël qui luisaient tranquillement dans la nuit chaude.

La porte était restée ouverte et Sadie n'eut qu'à pousser le battant avec le dos de sa main endolorie pour se retrouver dans l'abattoir. Ramassant la serviette-éponge qui avait si mal servi à attacher le grand type blond, elle se dirigea vers le corps de la femme enceinte. Elle reposait au pied du canapé. Ses yeux et ses dents étaient visibles dans la pénombre. Une main relevée pour protéger son visage, elle ressemblait à un poisson, une belle raie charnue à qui l'on aurait enfilé un maillot de bain. Le motif fleuri du bikini s'effaçait sous le rouge terreux du sang que le nylon goretex aspirait comme un buvard. Malgré le peu de lumière, Sadie observa qu'il y avait plusieurs couleurs de sang. L'un plus clair comme du vin coupé d'eau venait des poumons et se répandait en flaque sur la moquette beige. Au bord extérieur, le liquide s'auréolait d'un jaune orangé qui le faisait ressembler à de la graisse ou à un produit d'infirmerie genre Mercurochrome ou Betadine. Au centre, près du corps, au niveau de la poitrine, deux gros bulbes de chair, mous comme des ballons crevés, débordaient de leur pochette à bretelles. Les nénuphars du maillot avaient en partie disparu dans le clair-obscur terreux, et ce sang-là, sorti des entrailles, était presque noir. Il semblait plus épais que l'autre. Sadie se dit qu'il devait venir directement du cœur qui était en train de se vider sur le sol.

Dans le témoignage que son avocat allait vendre 20 000 dollars à la presse pendant l'instruction du procès, Sadie raconterait que le cadavre de Sharon Tate n'était pas silencieux, il émettait « une sorte de bruit de canalisation ».

Sadie trempa un coin de la serviette éponge dans la flaque qui s'élargissait sous le sein gauche du cadavre. Elle se dirigea ensuite vers la porte d'entrée restée ouverte, s'accroupit et traça en lettres majuscules d'environ quinze centimètres l'inscription PIG. Une fois qu'elle eut formé le G elle porta à sa bouche sa main barbouillée du sang recueilli sur la serviette et lapa le liquide chaud qui lui couvrait les doigts. Elle prétendrait plus tard auprès de ses codétenues avoir ressenti un fort plaisir orgasmique en accomplissant cet acte. Puis elle se releva et jeta la serviette-éponge en direction du fond de la pièce. Sans le vouloir, elle réussit un exploit involontaire que Tex, en bon sportif, aurait applaudi. La serviette retomba sur le corps de Jay Sebring, recouvrant son visage défiguré comme une cagoule. De ce coup d'adresse fortuit allaient naître certains ragots. Informée par une fuite policière, la presse à sensation y verrait la marque de pratiques sadomasochistes ou satanistes. En sortant, Sadie imprima son pied nu dans une des flaques de sang qui commençait à s'oxyder sur le sol du seuil. Un rédacteur de faits divers trouverait quelques jours plus tard un nom à cette empreinte : « le pied du diable ».

Elle rejoignit Tex et Katie sous le couvert des arbres. La disparition de Linda inquiétait Tex qui avait envoyé Katie explorer l'arrière de la maison. C'est sans doute à ce moment-là que William Garretson, le gardien qui écoutait de la musique sur sa chaîne stéréo, vit « s'abaissser et se relever plusieurs fois la poignée de la porte ». Pourquoi ne déverrouilla-t-il pas le loquet pour découvrir à qui appartenait cette main inconnue ? Durant tous les interrogatoires que les policiers de la brigade criminelle allaient lui faire subir en tant que suspect numéro un, le jeune homme affirmerait n'avoir rien entendu ni des coups de revolver, ni des cris de

Voytek Frykowski. Le détecteur de mensonge ne révélerait aucune anomalie particulière.

Le samedi 9 août en fin d'après-midi, le fonctionnaire de la police scientifique chargé de relever les empreintes découvrirait que le bouton d'ouverture automatique du portail était couvert d'une croûte de sang. Négligeant les précautions d'usage, l'assassin présumé s'était servi de son index souillé pour sortir de la maison. Malheureusement, les premiers policiers à intervenir sur les lieux du crime avaient eu le même réflexe. Ils voulaient eux aussi échapper au spectacle de cauchemar qu'ils venaient de découvrir. DeRosa, l'agent dont l'empreinte avait effacé celle de Tex Watson, dirait pour sa défense : « Il fallait bien que je sorte de là ! »

Salués par les aboiements des chiens, les trois assassins dévalèrent la pente jusqu'à la voie traversière où Tex avait garé la Ford. Un grondement de moteur leur fit accélérer le pas. Ils surprirent cette garce de Linda au moment précis où elle s'apprêtait à s'enfuir sans eux avec la voiture. Ouvrant la portière, Tex fut à deux doigts de la massacrer. Ce regain de rage fit remonter les amphétamines et le réveilla de l'égarement qui s'était emparé de son esprit. Il aurait pu poignarder Linda ou lui défoncer le crâne sans rien ressentir de particulier mais il se contenta de la secouer violemment et de lui ordonner d'une voix vraiment hostile de ne plus rien tenter sans en avoir reçu l'ordre. Il s'assit à la place du passager avant pendant que Sadie et Katie s'engouffraient par les portières arrière. La vieille auto entama sa lente redescente vers l'atmosphère étouffante et moite du bas des collines.

Linda conduisait mal, les à-coups faisaient couiner les passagères, surtout Sadie, jalouse de ne pas être assise à l'avant. Elle ne cessait de se plaindre de douleurs au cuir chevelu, à tel point que Tex, en pleine descente d'amphétamines, dut aboyer pour la faire taire. Barbouillés d'un sang visqueux que leurs frusques avaient avalé comme des buvards, ils avaient tous envie d'une douche et d'un jean propre. Surtout Tex dont le col roulé en velours-éponge était aussi mouillé qu'une couche de nouveau-né.

Tex ordonna à Sadie de dénouer le ballot de vêtements de rechange. Sadie obéit avec une mauvaise grâce d'enfant punie, ne s'égayant qu'au moment de se déshabiller, un passe-temps qui la mettait toujours de bonne humeur. Son appétit sexuel commençait à se réveiller et elle imaginait avec impatience son retour triomphal dans la Famille. Elle se dit qu'elle coucherait volontiers avec Clem, un des meilleurs coups du ranch, ou avec Donkey, le motard qui ne volait pas son surnom.

Cette tordue de Sadie était la seule du groupe à résister à l'abattement. Tex, qui avait peiné à retirer ses bottes mexicaines, avait l'air complètement schlass. Pieds nus, culotte basse, il ne jouait plus les cow-boys. Katie était retombée dans son mutisme, elle regardait le paysage par la fenêtre et n'avait manifestement pas l'intention de se changer tout de suite. Possible qu'elle n'ait même pas senti le sang qui lui souillait la face comme un maquillage indien. Quant à Linda, elle conduisait en dépit du code de la route et la vieille Ford suscitait un concert de klaxons dans son sillage. À la voir agir, on aurait pu la soupçonner de vouloir les faire tous arrêter.

Depuis qu'elle avait retiré son sweat-shirt et qu'elle se trouvait seins nus, son point fort, les filles de la Famille étant pour la plupart plates comme des planches, Sadie cherchait à attirer l'attention sur elle dans l'espoir de réveiller la concupiscence de Tex, ou celle de Katie. Malgré son mal au crâne, elle se mit à chanter une chanson du répertoire de la Famille :

— *I'll never say never to always. Lalala...*

En vain. Personne ne s'intéressait à elle. À force d'insister, en guise de bouquet, elle finit par recevoir un paquet de fringues humides sur les genoux. C'étaient les vêtements de Tex. À peine rhabillé, il ordonna à Katie de réunir les armes et de profiter que la route soit déserte pour les balancer par la fenêtre, une par une. Sadie, qui avait enfilé en dandinant du buste un t-shirt noir moulant orné d'un point d'interrogation gris en nylon gauffré thermocollé, pensa à essuyer le manche des canifs avec les vêtements qu'elle venait d'ôter pour effacer les empreintes digitales. Au lieu de semer les couteaux un par un comme elle en avait reçu l'ordre, Katie lâcha d'un coup tout le paquet sur l'asphalte. Sadie se retourna et vit les lames qui brillaient sur la route.

Quelques minutes plus tard, alors qu'il traversait une zone mal éclairée, Tex ordonna à Linda d'arrêter la voiture, de réunir en ballot les vêtements souillés de sang et de les balancer au fond d'un ravin qui bordait le bas-côté. En ramassant le paquet, Linda découvrit une boule de papiers froissés dans le jean de Tex : des billets de banque, il y en avait pour plusieurs dizaines de dollars. Elle les mit dans sa poche avant de jeter les vêtements, sûre que Tex ou Charlie allaient les lui réclamer.

Il fallut attendre Katie qui avait du mal à faire glisser sa salopette trempée de sang le long de ses jambes. Prétextant un malaise, Sadie en profita pour sortir et s'installa sur la banquette avant entre Tex et Linda. Très vite, Linda sentit une main froide se poser sur sa cuisse.

Rudolf Weber avait le sommeil léger, surtout depuis que des chiens errants avaient joué la sarabande sur son gazon quelques nuits plus tôt en y dispersant le contenu d'une boîte à ordures. Il sursauta en entendant des voix, des rires et le couinement de son robinet extérieur dont le piquet d'ancrage était placé à distance de la maison, tout près de la rue. Sorti du lit, il courut vers l'entrée, alluma la lumière du porche et ouvrit la porte à la volée, suivant la méthode brutale héritée de plusieurs années de service dans une entreprise de sécurité, une profession qu'il avait abandonnée pour devenir chef de rang d'un country club de Beverly Hills.

Portola Drive est une voie tranquille, encaissée, à moins de trois kilomètres de la résidence des Polanski. Tex avait eu absolument besoin de boire de l'eau fraîche et de se laver les mains, donc il avait arrêté la vieille Ford aussitôt qu'il avait aperçu une maison éteinte, suivi par Sadie et Katie à la recherche du robinet extérieur. Mais à peine avaient-ils commencé leurs ablutions que la lumière du porche s'était allumée et qu'un fou furieux était sorti sur le gazon en pyjama. Le type fonça sur Tex pendant qu'une bonne femme se mit à hurler sur le seuil de la maison.

— Mon mari est shérif adjoint !

— Je suis désolé m'sieur dames, vraiment confus... Mes amies et moi pensions que la maison était inoccupée et nous avions soif... Alors nous nous sommes permis d'utiliser votre robinet. Nous ne voulions pas vous réveiller ou vous déranger...

Le Charles Watson d'antan, Square Charles, avait repris les commandes. Le soi-disant flic en pyjama le regarda l'air surpris, il ne s'attendait pas à autant de politesses de la part d'un clochard dont les mains, en particulier les ongles, lui parurent souillés de boue ou de merde. Secouant le grand dadais moustachu par le collet, Weber lui demanda si la vieille bagnole rouillée garée devant son bateau lui appartenait. Il venait d'apercevoir plusieurs silhouettes confuses se glisser à l'intérieur. Le moustachu lui assura que lui et ses copines étaient venus à pied, avant de s'échapper et de courir vers la voiture. Weber le suivit et tenta de l'empêcher de démarrer en s'accrochant à la portière conducteur et en introduisant sa main dans l'habitacle pour arracher les clés. Un geste dont il ne mesurait pas le risque, même s'il soupçonnait cette bande de traîne-savates d'avoir commis un larcin dans les environs. La Ford décolla du trottoir, et Weber retira sa main juste à temps pour n'être pas blessé. Par un vieux réflexe, il nota le numéro d'immatriculation du véhicule ainsi qu'un certain nombre de détails permettant de l'identifier : référence du modèle, couleur de la peinture, taches de rouille, etc. Il mit plusieurs mois à relier l'épisode avec le massacre de Cielo Drive. Il ne pouvait imaginer que des hippies fussent capables de tels crimes.

Le voyant d'essence s'était allumé. Après avoir roulé un moment, de crainte que le flic en pyjama les ait signalés à ses collègues, Tex choisit une station-service implantée à l'angle de Sunset et de La Cienega, non loin de l'hôtel Chateau-Marmont.

Les filles, qui n'avaient pas eu le temps de se rincer la bouche et de se laver les mains, insistèrent pour l'accompagner dans la boutique du poste à essence. Plus rapide comme toujours, Sadie fila s'enfermer dans les toilettes pendant que les autres l'attendaient près de la caisse. Tex rêvait d'un Coca et il s'approcha du distributeur lumineux placé devant une glace. Pour la première fois depuis les meurtres, il chercha son reflet. Il ne se reconnut pas. Pour dire vrai, il n'arrivait même pas à identifier ce qu'il voyait dans le miroir. On aurait cru les tableaux qu'il avait vus dans la maison pendant les crimes. Un truc de dingue ou de débile. Une voix nasillarde résonna dans la boutique. Son regard se dirigea vers le comptoir. Le Chinois qui tenait la caisse portait des lunettes qui brillaient et qui reflétaient le petit écran d'une télé à piles posée sur le bar. Tex essaya de comprendre ce qu'il y avait sur l'écran. C'était Jerry Lewis. L'acteur était en train de s'enfoncer deux tournevis dans chaque narine, en louchant comme à l'ordinaire. Tex reconnut un film dans lequel Jerry jouait le rôle d'un réparateur en électroménager maladroit. Il l'avait vu à la télé tout gosse, son premier Jerry Lewis. Il se sentait de plus en plus bizarre, il ne reconnaissait plus aucune émotion particulière. Incapable de rire. Jerry Lewis ne lui disait plus rien. Il avait perdu le contact avec les choses qu'il aimait il y a peu. Il regardait les trous de nez de Jerry Lewis que les tournevis pénétraient comme des pistons dans un cylindre, ces yeux roulant, il regardait mais il ne voyait plus bien quoi. Un moteur, un meurtre au couteau, la manille d'un puits de pétrole, tout lui semblait égal, aussi insignifiant, aussi vide de sens et d'émotion qu'un tableau abstrait, les lunettes du Chinois ou un tas d'ordures jetées au hasard.

III

L'araignée avait glissé trois pattes dans la cellule, elle s'acharna un long moment à s'écraser sous l'acier, bien plate comme une montre molle d'une peinture surréaliste de Salvador Dalí. Rien ne résiste à une tarentule, même pas le blindage et l'huisserie d'une prison américaine. L'arthropode arrivait à modifier sa dimension et à s'adapter à la situation avec une souplesse et une intelligence des formes que Charlie admirait. Charlie était de retour à sa case ordinaire, une bonne vieille cellule de béton, d'acier et de verre armé, avec l'éternelle cuvette en inox, la table scellée et l'ampoule grillagée. Alvin Karpis devait bien se foutre de sa gueule… À mesure qu'elle se faufilait sous la porte, l'araignée paraissait de plus en plus énorme, un steak poilu avec des pattes de crabe. Soudain elle fut à son chevet, elle était devenue gigantesque et beaucoup plus jolie, une fleur, une algue marine. Au sommet de son museau, très soigné, orné d'un petit masque blanc, une fourrure légère, douce comme de l'hermine, les grandes mandibules s'agitaient. La bestiole lui parlait la langue secrète des animaux, la seule à l'intéresser avec le babil des petits enfants. Elle se pencha sur Charlie et commença à lui envoyer des ondes fines, des fils de la vierge. L'un d'entre eux s'attacha à son nombril, se faufila entre ses petits plis serrés comme un anus et le nourrit d'une délicieuse nourriture sucrée, meilleure qu'une barre Mars ou qu'un ballotin de pralines... Mmmh ! Charlie comprit qu'il était dans la prison du paradis, l'araignée c'était Dieu, et il se trouvait enfin au centre du cosmos. Les murs de la prison s'animèrent de lueurs psychédéliques. L'araignée lui insufflait par le nombril une drogue puissante qui ramenait le STP, le LSD ou la Belladone à des sirops pour gamins.

À ce moment-là, une troupe de danseuses nues, de jolies lilliputiennes de trente centimètres de haut, avec des ailes de libellule et le visage masqué de petites cagoules du Ku Klux Klan, apparurent et dansèrent la farandole le long des murs. Une grande croix gammée, ornée au centre de la figure de Jésus-Christ, commença alors à tourner comme une roue de stand de tir ou une rondelle de disque...

Charlie se réveilla, entièrement nu sur son sac de couchage. Il n'était pas en prison mais au ranch. L'araignée lui avait été inspirée par les cheveux ébouriffés de Stephanie, endormie près de lui sur le sable de la crique. Il bandait ferme et décida d'en faire profiter la petite qui geignit quand il entra en elle.

À part les gémissements de la gamine, la nuit était silencieuse.

Une fois soulagé, il se leva et marcha nu sur le sable. Autour de lui, quelques silhouettes indistinctes. Les filles dormaient, comme les disciples de Jésus au jardin de Gethsémani.

Le brouillard de début de soirée s'était levé et quelques étoiles brillaient dans le ciel. À leur position par rapport aux arbustes qui protégeaient la crique, Charlie comprit qu'il n'était pas très tard. À peine deux ou trois heures. Il regarda les filles endormies et se sentit plein d'amour et de colère. Elles s'étaient toutes abandonnées à lui pour qu'il les conduise dans la bonne direction. Mais qu'est-ce que la bonne direction ?

Les ombres du feu finissant dessinaient des marques sur leurs visages juvéniles d'enfants à peine sortis de l'école. Charlie se baissa, ramassa de la cendre sur son pouce et s'approcha d'un visage endormi, celui de Catherine Gillies, qu'on appelait Capistrano. Catherine dormait contre une fillette brune au visage d'Indienne. Elle avait trois ou quatre ans. Leurs deux visages étaient emboîtés l'un dans l'autre à la manière des deux oursons des livres d'images, les rayures bleues et blanches du t-shirt de Capistrano faisaient ressortir sa peau transparente où le réseau veineux dessinait des rivières invisibles, couleur d'émeraude. Lorsque Charlie lui traça une croix avec les cendres sur le front, Capistrano ouvrit deux yeux bleu pâle, elle le reconnut et lui sourit.

Il posa son doigt sur sa bouche, lui signifiant de se taire pour ne pas réveiller la petite fille qui dormait dans ses bras. Le sommeil d'un enfant était pour lui la chose la plus précieuse. Il se releva, non sans avoir piqué quelques pralines qui traînaient au fond d'un bol, ramassa sa guitare et, toujours nu, remonta doucement vers le ranch.

L'ombre l'envahit à mesure qu'il s'engageait sous les buissons et quittait l'influence bénéfique du feu et des filles endormies. Une fois de plus sa colère prenait le pas sur son amour et il se sentait devenir un autre. Depuis l'enfance il subissait des modifications de personnalité incessantes. Au pénitencier de Terminal Island, un détenu lui avait fait son thème astral. Selon lui, Charlie souffrait de la présence d'Uranus à la fin du Bélier, à la corne de la cinquième et de la sixième maison, avec Mercure en Scorpion dans la douzième maison, opposé à Pluton et à la Lune. Ce complexe de quatre planètes astrologiques formait une figure remarquable nommée la Grande Croix. Une scission de la personnalité pouvait s'opérer sous l'influence d'Uranus placée à l'apax de la Grande Croix. D'après cet astrologue, Richard Nixon et Adolf Hitler souffraient du même problème. Le bon côté de la personnalité subirait des éclipses dues à l'autre qui se cache derrière la Lune.

Pour endiguer une remontée d'acide, Charlie glissa sa tête sous la bretelle fleurie de la guitare qui épousa son épaule nue. Il commença de chanter :

Pretty girl, pretty pretty girl
Cease to exist
Just, come an' say you love me
Give up your world
Come on you can be
I'm your kind, oh your kind an' I can see
You walk on walk on
I love you, pretty girl
My life is yours

Il s'apaisa en se concentrant sur cette technique vocale qu'il avait mise au point, une sorte de rap monotone et finement mélodié, rythmé par la seule résonance des consonnes, une mélopée singulière et dépouillée qui avait fait l'admiration de Neil Young et des Beach Boys. Pour eux, Charles Manson était un grand artiste. Mais il y avait les autres, les Terry Melcher, les producteurs d'Universal, les cochons. Ceux-là avaient tout fait pour étouffer son talent. Une histoire classique qui n'avait pas étonné le pessimisme de Charlie, formé à dure école. Six mois durant, il avait cru à ses chances, mais aujourd'hui il savait à quoi s'en tenir. « Teu teu » faisait sa bouche, « keu keu » faisait sa langue heurtant le palais, une mitraillette, et il tapait sur le bois de sa guitare comme un Indien sur le tambour de la guerre. Alvin Karpis, son mentor de Terminal Island, s'était montré un peu naïf sur la réinsertion de son élève. Après vingt-cinq ans de placard, le vieux juif gangster restait au fond un idéaliste à la con de l'époque du jazz et du New Deal qui croyait que le talent et l'art pouvaient sauver du nihilisme, mais le génie isole, l'art c'est du business, et l'époque avait changé. Charlie avait un esprit épris d'universel, mais tendu vers l'action plus que vers la méditation, et il se sentait finalement plus proche d'Adolf Hitler que de John Lennon. Le temps de l'art et des fleurs était passé, l'heure était au combat. Charlie se sentait fier, ce soir il avait lancé la Troisième Guerre mondiale, l'Armageddon de l'Apocalypse.

Dans les boxes, les chevaux s'agitaient. Leurs grands yeux de ruminants fixaient ce petit homme nu qui jouait de la guitare, seul sous les étoiles, un de ces fous musiciens qui savent entraîner les foules.

Les phares d'une voiture apparurent au loin derrière les bâtiments du saloon. La vieille Ford contourna la piste sablée du corral le long des barrières de planches et vint se garer près des boxes. Éclairés par les quatre globes ronds que le conducteur n'avait pas songé à baisser, les têtes des chevaux affolés dessinaient des ombres sur les parois.

Charlie les calma avec une série de petits cris. Il ordonna à Linda d'éteindre ses phares puis s'approcha, nu, la guitare en bandoulière.

— Qu'est-ce que vous foutez là si tôt ?

Tex sortit de la voiture du côté passager, Charlie remarqua qu'il le regardait différemment, avec une distance hautaine, une figure fatiguée et condescendante, comme un adulte considère un enfant qu'il a laissé à la maison et qui geint de sa voix criarde, ignorant tout des tracas des grandes personnes. Charlie n'aimait pas trop ce nouveau genre. Linda et Sadie avaient leurs têtes ordinaires, bien qu'à la regarder de plus près Sadie n'ait pas eu l'air non plus dans son assiette. Plutôt une bonne nouvelle la concernant : elle paraissait étrangement calme. On aurait dit qu'elle avait avalé des barbituriques. Où était Katie ? Derrière, dans le coffre, sous un paquet de cheveux qui semblaient avoir beaucoup poussé en deux heures. Elle avait rapetissé, ou alors elle était accroupie et profitait de l'inattention générale pour faire ses besoins dans la voiture du cow-boy. Charlie s'aperçut que la Ford était plus sale que jamais, il y avait du sang plein les portières, des traces de doigts, de mains entières. Végétarien, il avait le sang en horreur et ordonna à Sadie d'aller chercher un seau et une éponge. Johnny Swartz avait beau être un ivrogne, il risquait quand même de s'apercevoir de quelque chose. Sadie obéit et se dirigea vers le saloon. Charlie la regarda marcher, elle boitait bas, à croire que c'était les cochons qui leur avaient mis une raclée. Il jeta un coup d'œil sur la route pour s'assurer que le commando n'avait pas été poursuivi.

Au moment où Katie s'extrayait enfin de la voiture, Sadie revint de son pas traînant avec un seau en ferraille et la grosse éponge ménagère qui servait pour la vaisselle. Elle commença à nettoyer les traces brunes, l'éponge dégorgeait de longues dégoulinades sanglantes qui se mélangeaient aux éclats de rouille de la carrosserie. Quand la main de Sadie passait près du moteur, le liquide formait des vapeurs qui s'élevaient devant le pare-brise éclairé par le plafonnier, diffusant dans l'air ambiant une odeur ferreuse de lame de couteau souillée. Sadie ferma la porte du passager laissée ouverte par Katie et la voiture s'éteignit, replongeant la scène dans la pénombre. Les bougies aussi étaient éteintes, il ne restait que les étoiles. Personne ne parlait. Tex s'était effondré sur le canapé défoncé de la véranda, les pieds dans les pelures de chou que Sherry n'avait même pas eu l'idée de ramasser. Ses grandes jambes dessinaient deux arcs. Sa tête était passée dans l'obscurité. Derrière, comme un reflet distordu, les jambes de l'épouvantail s'arrondissaient dans leur vieux blue jean sur le toit disjoint de l'appentis.

Charlie, qui s'était éclipsé dans la pénombre du saloon, revint rhabillé. Il portait de nouveau un pantalon de velours uni et une liquette de daim ornée d'un lacet de cuir sur la poitrine. Au moment où Katie allait s'écrouler près de Tex comme un gros chien négligent qui, sans en avoir l'air, cherche la caresse, Charlie posa la main sur son bras. Charlie était la première personne à la toucher depuis la femme brune en chemise de nuit qu'elle avait poignardée. Il la fixa de ses grands yeux noirs et aussitôt Katie se sentit comprise et aimée. Charlie se retourna vers Sadie qui continuait de laver la voiture.

— Sadie, rejoins-nous quand tu auras fini.

Contrairement à son habitude, Sadie ne répondit rien, même pas une de ses vannes à la con. Charlie entraîna Tex, Linda et Katie vers un bâtiment rectangulaire qu'on appelait le fortin. Tex rechignait à se lever, épuisé. Linda, toujours bonne fille, l'aida à remonter sur ses jambes. À certains détails, Charlie comprit qu'il avait perdu un peu de son emprise sur le garçon. Tex était comme ces chiens qui ont vu le sang et qui s'ensauvagent, ne tardant pas à menacer leur maître.

C'est à lui que Charlie demanda un rapport complet sur ce qui s'était passé. Dès que Tex commença à parler et à raconter en détail le massacre, il redevint le petit enfant qu'il était en partant. Il s'exprima d'abord sobrement, décrivant les meurtres les uns après les autres avec exactitude, comme il le fit plus tard à chacune de ses déclarations à la police ou au tribunal. Ne connaissant le nom d'aucune victime, il expliqua simplement le déroulement des faits, la disposition et le nombre des cadavres. Puis, encouragé par Linda et Sadie qui venait de les rejoindre, il s'excita, insista sur le sang, l'épouvantable spectacle que constituaient tous ces cadavres et ce sang partout. Charlie le regardait d'un air narquois : l'étudiant propre sur lui, l'ex-vendeur de perruques en chemise hawaïenne était devenu un tueur sanguinaire. Si le Helter Skelter tournait mal, sûr qu'il finirait à la chambre à gaz. Pendant qu'il s'emballait ainsi, Charlie imagina la tête des parents Watson au Texas, sa mère surtout, et l'idée lui fit plaisir.

Les filles coupaient la parole à Tex pour se faire bien voir. Surtout Sadie, Linda, elle, était plutôt silencieuse, plus fouine que jamais. Charlie la surveillait du coin de l'œil en écoutant les autres en rajouter. N'étant pas des tueurs professionnels, ils donnaient des détails naïfs et précis, insistaient sur des phénomènes qui les avaient frappés, tels les gargouillements émis par certaines des victimes après leur mort. Entendant cela, Charlie s'inquiéta de savoir s'ils étaient vraiment si morts que ça, mais quand Tex lui expliqua la nature des coups portés et leur nombre approximatif, il fut rassuré. Il s'étonna en revanche qu'aucun voisin n'ait prévenu la police, vu le boucan qu'ils avaient dû faire. Lorsque Tex lui avoua ce qu'il avait dit aux victimes avant de les tuer, qu'il était le diable et qu'ils allaient tous y passer, Charlie saisit l'occasion de lui rabattre le caquet. À l'avenir, il faudrait agir avec un peu plus d'intelligence. Ils avaient eu de la chance qu'aucun des cochons ne se soit échappé pour aller se réfugier chez les voisins. Histoire de se mettre en avant, Sadie raconta qu'elle avait bu un peu du sang de la femme enceinte avant d'écrire les inscriptions sur les murs. Charlie lui intima l'ordre de n'en parler à personne, même pas aux autres filles de la Famille.

Quand ils eurent tous fini de s'épancher, surtout Tex et Sadie parce que les deux autres la mettaient en veilleuse, Charlie leur demanda, en regardant Linda bien droit dans les yeux, s'ils avaient des remords. Voyant qu'ils répondaient tous « non » comme des écoliers, il insista : « Vous êtes sûrs que vous n'avez pas de remords », tous répétèrent « non », même

Linda. Charlie leur ordonna d'aller se coucher, les prévenant qu'ils auraient à recommencer, et que ce n'était là qu'un début. Les filles sortirent les premières tandis que Tex souriait d'un air supérieur. Charlie le fixa longtemps de ses grands yeux noirs, Tex finit par baisser la tête et bâiller un coup mais Charlie ne bougeait pas. Il attendit que Tex se décide à passer devant lui, comme un dompteur dans une cage.

Alors seulement Charlie ramassa sa guitare, referma la porte derrière lui et se dirigea seul vers le saloon désert. Au fond, près de la fresque, se trouvait un vieux téléphone mural. Charlie posa sa guitare contre le bar, décrocha le combiné et composa un numéro. « Grr Grrr » faisait le cercle de plastique jauni à chaque fois qu'il redescendait vers le butoir de bakélite. Le ressort était paresseux. Une fois que Charlie eut fini de composer les chiffres, le téléphone sonna un moment sans réponse puis une grosse voix revêche se fit entendre dans l'écouteur :

— Ouais ?

Charlie s'amusait à enfoncer son doigt dans les trous du cadran comme s'il s'agissait du cul de Stephanie Schram. La bouche tordue, les lèvres immobiles, il susurra du ton métallique de ventriloque que prennent les types en prison pour se parler sans être vus :

— Ça y est... La chasse aux nègres est ouverte...

L'interlocuteur resta silencieux un bon moment, puis il dit :

— Ah ouais ?

Et il raccrocha. Charlie reposa le combiné et ramassa sa guitare.

Il sortit sur la véranda, laissant battre les portes du saloon derrière lui. Le ranch était endormi. Seul un oiseau de nuit qui criait quelque part dans les collines faisait de la concurrence à ce bon vieux Charlie, insomniaque et gambergeur comme pas un. Depuis qu'il avait investi ces décors avec sa tribu, il se faisait l'effet d'un metteur en scène de cinéma qui tournait un film avec la vraie vie, il n'avait qu'à décider et les choses prenaient forme. Les acteurs jouaient leur rôle. Ça en devenait presque ennuyeux. Trop facile. Heureusement, il lui restait les animaux. Il commença à parler à la chouette. Il poussa des petits cris comme elle et l'animal lui répondit, du fond de la nuit, du fond des âges. Sa sœur la chouette se foutait de sa gueule dans les grandes largeurs. Il rit avec elle. D'un animal, il acceptait tout. Les animaux, les arbres, les rochers, la rivière, dont il commençait à entendre le chuintement à mesure qu'il s'approchait du bord du talus, étaient les seuls êtres assez clairs pour le comprendre.

Ils dormirent tous beaucoup plus tard que les autres membres de la famille. Sadie se réveilla la première, elle avait passé la nuit dans le fortin après avoir fait l'amour avec un type, Clem sans doute. Au réveil, elle ne savait plus très bien. Sûr que ce n'était pas Tex, parce que Tex n'était pas un super coup et que de toute façon il avait fini on ne sait où, personne ne l'aperçut avant la fin de l'après-midi. Elle ouvrit les yeux vers midi alors que le soleil flambait déjà fort à l'extérieur, écrasant toutes les ombres avec la puissance de la jeunesse éternelle. Aussitôt éveillée, Sadie se souvint de tout ce qui s'était passé la veille sans émotion particulière, parce qu'elle était encore complètement défoncée et qu'en outre elle commençait à s'habituer à l'idée du Helter Skelter. Cette accoutumance à une drogue très dure lui donnait le sentiment d'être plus cool que les autres ; elle était allée plus loin qu'eux. Elle avait expérimenté des sensations beaucoup plus fortes que tous les bouffeurs d'acide à la con. L'été de l'amour de Haight-Ashbury en 1967, quand elle avait rencontré Charlie, lui semblait bien loin. Les cris de la femme enceinte, son beau visage de poupée, ses pleurs assaillaient sa mémoire. Ses mains étaient poisseuses et elle s'amusa un moment à coller et à décoller l'index du pouce de sa main droite. Ça lui rappelait l'école, quand elle jouait à se mettre un peu de colle en tube sur les doigts et ensuite à décoller et recoller ses doigts jusqu'à ce que la colle soit devenue une pellicule sèche et fine comme une peau morte qu'on pouvait arracher sans se faire mal. Tant qu'elle ne fit que bouger ses doigts, elle se sentit plutôt bien. Excitée même. Son sexe la démangeait, et elle finit par y fourrer la main pour se gratter un coup. En bougeant la nuque, une douleur diffuse lui rappela la présence d'une bosse et d'écorchures sur son cuir chevelu. Un malheur n'arrivant jamais seul, la blessure infectée sous la plante de son pied droit se signala aussi à son bon souvenir. Une grosse mouche n'arrêtait pas de lui chatouiller le dessous des orteils, juste à l'endroit de la coupure. Dès qu'elle remuait le pied, une douleur sourde irradiait jusqu'à son mollet. Passant de l'euphorie à une légère angoisse, la douleur physique et la saleté du sac de couchage qui se collait contre sa bouche lui rappelèrent qu'elle était seule au monde, sans homme qui tienne à elle, ni famille chez qui se réfugier. Son père était un salaud d'ivrogne, sa mère était morte quand elle avait quinze ans et son petit frère ne comptait pas plus pour elle qu'une compagnie de hasard qu'elle avait perdue de vue depuis longtemps. Depuis qu'elle s'était sauvée de chez elle à dix-sept ans – à vrai dire c'était son père qui s'était sauvé, la laissant seule dans leur maison dégueulasse de Los Banos sans payer le loyer –, la seule personne correcte qui s'était occupée d'elle, c'était Charlie.

La solitude la rendait à la fois impitoyable et très soucieuse de soi. Étirant les orteils de son pied intact (le gauche) dans l'air pur du matin, elle décida de se laver les cheveux et de se faire les ongles. Il ne lui resterait plus qu'à trouver dans le fatras de vêtements empilés où chaque membre de la Famille piochait ses frusques de la journée, une petite robe qui la mette en valeur et elle attaquerait une nouvelle journée. Jouer les pitres, danser, baiser, dire tout ce qui lui passait par la tête, faire des bêtises seule ou avec les autres, tout... même des meurtres maintenant... c'était cool, voilà des occupations qu'elle aimait. La Famille lui avait donné un cadre, des gens qui l'écoutaient assez gentiment et qui la supportaient plutôt mieux que tous ceux qu'elle avait connus jusque-là. À part Charlie, personne ne levait la main sur elle, c'était plutôt elle qui dictait sa loi aux filles, surtout aux plus craintives et aux plus gamines d'entre elles. Cette idée lui plaisait, et le Helter Skelter allait lui donner encore plus de prestige. Cette fois-ci, sûr qu'elle était en route pour la gloire. Wahou, la classe ! La froideur de Charlie l'avait déçue pourtant, elle aurait voulu l'impressionner davantage... En même temps c'était normal, il n'avait pas vu les cadavres. Elle aurait dû éventrer la blonde et rapporter l'enfant vivant pour l'offrir à Charlie… Là, il aurait été forcé de reconnaître qu'elle était la meilleure… Crazy Sadie… En attendant, elle brûlait de raconter ses exploits à quelqu'un. Les aînées de la famille, Sandy et Mary, dormant en prison, il restait Squeaky, mais elle ne pouvait pas lui parler devant le vieux George, dans le mobil-home, avec les cow-boys qui tournaient autour du bureau. Elle se rappelait en avoir touché un mot à Clem, pendant la nuit, quand Charlie était parti retrouver la petite Stephanie. Elle espérait maintenant que Clem n'était pas allé baver cette histoire partout, pas tant parce que Charlie lui avait demandé de la fermer, mais parce qu'elle voulait s'en réserver la primeur. C'est elle qui avait abattu le job, ce n'était pas à ce crétin de Clem de se faire mousser sur son dos.

Dehors ça s'agitait, comme tous les samedis. Sadie entendait les cris des cow-boys, les rires des enfants, le tintamarre. Les week-ends, le ranch s'animait plus qu'à l'ordinaire, surtout l'été, avec les cars de touristes qui venaient jouer au Far West pour un prix modique. De dix heures du matin jusqu'à la fin de l'après-midi, les filles de la Famille s'intégraient à la vie du ranch. Elles aidaient les enfants à monter à cheval, les promenaient dans la nature alentour. C'étaient surtout les filles qui bossaient, les garçons préférant en général bricoler les buggies ou fumer des joints, tous plutôt flemmards.

La porte grinça, laissant entrer le soleil infernal. Une silhouette menue, vêtue d'une liquette rouge, s'introduisit et s'avança vers Sadie dans la pénombre retrouvée. La visiteuse tenait une télé portative blanche à la main. Sadie remua sur son matelas :

— Squeaky ?

— Ouais.

— Viens dans mes bras, j'ai plein de trucs cool à te raconter.

— Attends, regarde ! j'ai piqué la télé du vieux, on parle de vous aux actualités, c'est cosmique !! The Soul a vraiment fait du bon boulot !!!

« The Soul » était un des surnoms de Charlie. Squeaky posa la télévision et l'alluma en fourrageant l'antenne. L'image grisâtre d'un portail que Sadie reconnut aussitôt apparut. Une foule de flics et de journalistes était agglutinée devant « la maison de l'horreur ».

Le volet de fer du magasin de cycles était à moitié baissé pour tempérer la canicule, ce qui n'empêchait pas Danny DeCarlo et Jim Bush III, le propriétaire, de transpirer. On était plutôt à l'étroit entre les bécanes alignées. Le mécano de Jim prenait son samedi, du coup personne n'avait sorti les motos en réparation sur le trottoir et la boutique restait ouverte seulement pour les bons clients. Suspendu à un chevalet d'acier par des chaînes, le train arrière du chopper de Danny flottait dans le vide sans sa roue. Les chaînes grincèrent quand Danny remua la selle pour faciliter l'introduction du moyeu dans l'axe de roue. Couché sur le sol de ciment, Jim surveillait l'opération en guidant la roue.

Sur le mur, sous l'horloge, une fille exhibait des seins énormes, tout blancs par rapport à son corps bronzé, elle portait un pagne indien à franges et une plume dans ses cheveux noirs divisés en deux grandes nattes. Elle ressemblait à Cher, la chanteuse, mais son visage, beaucoup moins typé, s'ornait du petit nez et de la bouche épanouie des pin-up de l'année 1969, date inscrite sous ses cuisses, au-dessus de l'éphéméride. Près de la pendule, une télé murale était allumée. Des policiers et des badauds s'attroupaient devant un long portail métallique, le mot « meurtre » revenait toutes les dix secondes. *« Deux corps dans la maison, trois corps dans le jardin. »* Un policier apparut sur l'écran de CBS. Il ne portait pas d'uniforme, c'était un inspecteur qui s'adressait au micro du reporter : *« Depuis que je travaille dans la police, je n'ai jamais vu une chose pareille. »* La voix du vieux Jim monta du sol en carreaux de ciment, Danny vit qu'il se tordait le cou pour regarder l'image noir et blanc de Sharon Tate sur la télé.

— C'est qui, cette fille ?

— Je sais pas, jamais entendu parler.

— Dommage qu'elle soit morte, elle était drôlement jolie. Je vais dire une bêtise…

— Ouais, vas-y, Jim.

— Les bécanes c'est comme les bonnes femmes, plus elles sont vieilles, plus elles sont chiantes.

Danny ne releva pas cette blague éculée. Il lâcha la moto et se mit à regarder fixement l'écran de la télé. L'image en plan fixe montrait une porte. Une inscription apparut en caractères d'imprimerie : le mot « PIG ».

— Qu'est-ce que tu fous ? La roue va pas se bouger toute seule.

— T'as vu Charlie, récemment ?

— Qui ?

— Mon pote, le gourou.

— Ah le petit salopard ! Ouais, il est passé la semaine dernière, il a essayé de me fourger un trike, mais je lui ai dit d'aller se faire foutre. Il fallait descendre le chercher dans son ranch, la bécane était même pas roulante, je suis sûr qu'il avait buriné le numéro de série. Ils sont pas nets, tes potes. Quand ton Charlie est venu avec ses nanas, il avait un buggy avec un gros madrier à l'avant, une des filles m'a dit que c'était pour défoncer les boîtes aux lettres.

— Quoi ?

— Tu devrais te coucher, Danny, t'as l'air bizarre.

— Ouais, t'as raison, je vais aller au ranch ronfler un coup.

— Tu ferais mieux de te rabibocher avec ta femme. Les filles hippies elles ont eu leur temps. Il va bien falloir que tous ces gamins s'arrêtent de déconner un jour et qu'ils se mettent au boulot. Ton pote Charlie retournera à sa place, en taule ou chez les fous, et elles se trouveront des types tranquilles qui leur feront de jolis gosses comme le tien. T'en as déjà un, sa mère est gentille, pourquoi tu déconnes ?

— Je sais pas, Jim, je les aime bien, ces nanas…

Jim se releva. Comme il avait au moins quarante ans, un âge canonique aux yeux de Danny, il le fit doucement avec les précautions d'un homme d'âge.

— … elles me font plus marrer que la mienne.

— Je vais dire une bêtise…

— Vas-y, papa.

— Vous, les motards, vous êtes aussi romantiques que des vieilles bonnes sœurs…

— Je vois pas de quoi tu parles.

— Pas grave.

Danny n'écoutait plus. Il aida Jim à pousser la moto en dehors du garage, zigzaguant en souplesse entre les bécanes. Un coup en avant, un coup en arrière.

Une fois dehors, Danny kicka sa moto sous l'œil de Jim et de quelques motards ahuris de soleil. L'avenue était poussiéreuse, sans arbre, rétrécie par une longue palissade de métal qui gênait la circulation. À cause des embouteillages, une vieille Dodge Woody Station Wagon de 1930 tout appareillée de bois était coincée devant le garage. Au volant, un surfer brun, brûlé, vêtu d'un imper mastic porté à même la peau, monta le son de l'autoradio. Danny pagayait avec ses jambes pour manœuvrer le chopper et fit signe au surfer de reculer un peu. L'autre s'exécuta mais sans trop se presser et, en se penchant à la fenêtre, il émit une sorte de bruit félin :

— Meawaaaa !

Voyant que le motard ne daignait même pas le regarder, le surfer monta encore le son de la radio qui diffusait pour la millionième fois depuis 1964 un tube de Jan & Dean aussi usé que le bois déverni du break. Libéré, le chopper s'éloigna dans un bruit triomphant en direction de Chatsworth.

La première personne qu'aperçut Danny en arrivant devant le ranch fut Johnny Swartz. Le cow-boy rouquin était assis sur le capot de sa vieille bagnole. Avec son chapeau, sa chemise à carreaux et son jean poussiéreux, il ressemblait à une publicité pour Marlboro, et en effet, Johnny rêvait de poser pour une affiche de ce genre-là. L'année précédente, les gens de la compagnie de tabac avaient fait des photos à Spahn Ranch et Johnny avait assisté aux prises de vue dans l'espoir qu'on le remarque. Cet ancien figurant du feuilleton *Bonanza*, payé 2,50 dollars la semaine par ce radin de Spahn, n'avait pas perdu espoir de percer dans le monde du cinéma et de la publicité. En attendant, Charlie lui avait proposé de jouer dans un des films érotiques amateurs que la Famille s'amusait à réaliser, mais il n'avait pas donné suite. Charlie n'en avait pas reparlé, de toute façon les hippies avaient revendu le contenu du camion télé volé et la production de bobines s'était arrêtée, tuée dans l'œuf comme beaucoup de projets familiaux.

Danny vint se ranger près de Johnny. Les deux hommes s'appréciaient, partageant un goût commun, prohibé par Charlie, pour les bières bien fraîches.

— Salut, cow-boy, t'as pas vu mon gamin ?

— Je crois bien qu'il est descendu à la crique prendre le frais avec les pouliches de Manson. Le petit salaud, il s'ennuie jamais !

Danny remarqua que la voiture de Johnny était plus propre que d'habitude.

— T'as vu ? Elles ont shampouiné Mémère, il y a pas à dire, elles sont gentilles.

— Ouais. De vraies petites fées… Je crois bien que je vais faire trempette, moi aussi.

— T'as bien raison, moi j'attends une cargaison de minettes japonaises pour les emmener se balader dans les collines. Juan m'a dit que les Asiatiques ont la chatte fendue dans le sens inverse des filles de chez nous.

— Ah ouais ?

Lorsque Danny déboula dans la crique, il vit tout de suite le corps nu de Linda, bien blanc dans la poussière. Assise près d'elle, jambes en lotus, se tenait Gypsy, et près de Gypsy, nu lui aussi, une guitare sur les genoux, se trouvait TJ dit « TJ le terrible ». Chauve comme un genou à vingt ans, cet ancien du Vietnam portait une grosse moustache noire reliée à ses pattes. La même grosse moustache que Danny, mais sur une carcasse de 1,85 m. Ils étaient tous occupés à chuchoter et s'arrêtèrent aussitôt que Danny s'approcha.

— Salut Donkey, j'espère que t'es pas venu pour faire le gorille !

C'était Gypsy. Elle aiguisait une baïonnette sur une pierre râpeuse, TJ se contentant de regarder Danny, l'air moqueur. Dans le langage de la Famille, « faire le gorille » signifiait vouloir faire l'amour sans rien donner en échange. Pour toute réponse, Danny retira son jean et son t-shirt et s'approcha de la flaque d'eau. Linda se retourna vers lui et Danny s'étonna de l'éclat terrifié de ses yeux. En général, elle avait la physionomie paisible d'une vache des prairies.

— Je cherche mon gamin, il est où ?

Gypsy leva la tête :

— Je sais pas, il était là tout à l'heure... T'inquiète, il est entre de bonnes mains...

Le bruit de la baïonnette sur la pierre semblait signifier le contraire. Danny eut l'intuition qu'il s'était passé quelque chose dans la Famille. Ça faisait un moment qu'il sentait monter des ondes négatives à son égard, hostiles même. La Famille se resserrait de plus en plus sur elle-même, rejetant tout élément extérieur. Son fils n'était plus vraiment traité de la même manière, plutôt comme une sorte d'otage, une garantie prise par Charlie en cas d'embrouille avec les Satans. Même là, dans la crique, l'atmosphère était lourde, la tension qu'il avait observée chez Charlie la veille s'était répandue et avait grandi désagréablement en quelques heures.

Danny plongea dans l'eau glacée, et quand il ressortit la tête, le froid resta sur lui comme une pellicule de gel anesthésiant. La lumière du soleil irradiait entre les plantes, dessinant des taches claires sur le sable et les rochers. TJ chantait d'une voix monotone. Il sembla à Danny qu'ils s'étaient tous rapprochés de lui même s'ils avaient la même position qu'avant. Deux autres filles s'étaient jointes au groupe. Elles s'étaient disposées symétriquement de part et d'autre du point d'eau. Danny entendait les voix des deux nouvelles arrivantes à travers l'écran de ses cheveux mouillés.

Comme toujours, il était question de Charlie. Danny barbota vers le bord où se trouvait la plus âgée des deux, dix-huit ans à tout casser, elle s'appelait Maria mais on l'appelait Crystal. Elle racontait à l'autre, une dénommée Kitty, mineure elle aussi mais enceinte, une histoire que Danny avait déjà entendue. Un jour qu'ils faisaient tous l'amour dans l'autobus scolaire qui leur servait de maison ambulante à l'époque (en 1967-1968) et qu'ils essayaient une fois de plus d'atteindre l'orgasme tous ensemble, un exercice difficile, voire impossible à réussir, puisqu'il y en avait toujours un ou une ou plusieurs qui prenaient leur pied avant les autres, la voix de Charlie était sortie de son corps pour s'installer dans la bonde d'évacuation du petit lavabo bricolé à l'arrière du bus. Il leur avait donné les directives pour qu'ils placent leur corps de manière à arriver tous à jouir en même temps, et ils y étaient presque parvenus, sauf Snake et Katie. L'une (Snake) était partie trop vite et l'autre (Katie) avait mal entendu les indications données par le lavabo…

Et bla, bla, bla… C'est fou comme ces jeunes radotaient, l'acide et la marijuana n'arrangeaient rien. Danny, qui regrettait de n'avoir jamais baisé Kitty, en profita pour leur dire ce qu'il pensait de toutes les conneries qu'elles se répétaient sans cesse comme parole d'Évangile :

— Pour moi, c'est pas un miracle, c'est un truc de ventriloque.

— Arrête de dire n'importe quoi, Donkey, t'es pas clair, de toute façon, vous les motards, vous êtes dans l'erreur. Charlie ne veut plus de vous ici.

C'était Gypsy qui avait lâché son venin. Elle tenait toujours sa baïonnette à la main. Au même instant, un petit gravier venu d'on ne sait où vint rebondir sur la tête de Danny.

— Vous feriez bien de dégager avant qu'il soit trop tard.

— Moi, je peux te garantir que c'est un truc de ventriloque à la con qu'il a appris en prison.

Très énervé par le caillou, Danny sortit de l'eau, son pénis à peine rétréci par le froid pendant devant lui comme une arme. Il croisa les yeux de Linda, l'air toujours aussi effrayé, ce qui, par contraste avec ses hanches larges et son visage de vierge, la rendait plus sexy.

— Oublie Linda, elle n'a pas d'amour à donner à des cochons comme toi. Elle sait comment les traiter, ouik… Ouik… Couiic… hein Linda ?

— Arrête, Gypsy.

Linda avait une expression vraiment étrange, celle d'un petit animal pris au piège. Danny sentait une ouverture. Il se rappela une fois où il l'avait baisée dans le tipi de Bobby... Sûr qu'elle s'en rappelait aussi. Rares étaient les filles qui oubliaient Donkey et son gourdin magique. Pourtant, sans se préoccuper de lui, comme s'il était transparent, Linda s'adressa aux autres filles.

— Charlie m'a dit qu'il fallait qu'on se prépare à partir dans le désert.

— Ouais, la guerre est commencée.

Elles continuèrent à jacasser mais dans un sabir que les étrangers comme Danny ne comprenaient pas. Une sorte de langage inversé ou d'argot ésotérique qu'ils employaient à certains moments pour évoquer les secrets internes de la Famille.

Tous se levèrent ensuite pour rentrer au ranch, sauf Linda. Comme la plupart des communautés hippies, la Famille reproduisait sans le savoir les rites ordinaires de la petite bourgeoisie américaine en vacances. Après l'heure de la plage venait celle du déjeuner. La marijuana aidant, la faim se faisait sentir. Danny décida de suivre le mouvement.

— Tu viens Linda ?

— Non allez-y, j'ai pas faim.

Gypsy la fixa un instant de ses yeux noirs. Les comportements individualistes étaient toujours suspects.

Linda n'arrivait plus à réunir ses pensées. Une partie de son cerveau lui semblait anesthésiée, insensible, un organe gelé. À mesure que la journée avançait, cette froideur gagnait du terrain. Elle aurait voulu partir, quitter le ranch, mais elle ne se résignait pas encore à laisser son bébé derrière elle. Dans son sommeil, elle avait revu le regard du mourant et entendu ses cris. Elle était restée un long moment immobile sous sa couverture dans l'espoir que les images s'évaporent, puis elle s'était traînée jusqu'à la crique. Elle ne voulait parler à personne. Il était prévu qu'elle aide à promener les touristes à cheval comme tous les samedis après-midi, mais l'idée de voir des gens ignorant tout des horreurs de la veille, de devoir leur parler comme s'il ne s'était rien passé lui paraissait insurmontable. Elle n'aurait pas supporté les vannes des cow-boys, les papotages des autres filles, les cris des enfants, l'odeur des chevaux, toutes les trivialités qui équilibraient plus ou moins sa vie depuis un mois. L'idée de faire la vaisselle lui donnait la frousse. Ce n'était pas le remords qui la submergeait, une fois les cadavres disparus de son champ de vision la seule angoisse restée en elle était l'imminence de la punition. La police devait leur courir au train. Il y avait des empreintes partout. La certitude d'avoir « gâché sa vie », comme aurait dit sa mère, lui brouillait la conscience. À la différence de Sadie, les vibrations négatives ne la faisaient pas jouir. La seule idée de devoir passer de longues années en prison provoquait chez elle une sensation d'étouffement. Elle savait que faire l'amour la détendrait, elle était très sensible sexuellement, les meurtres avaient encore aiguisé cette sensibilité, mais elle n'était pas certaine de supporter le poids d'un homme sur elle. De même qu'elle n'aurait pas pu aller s'asseoir sous le rocher laissé vacant par les autres, elle était devenue claustrophobe. Le mieux était de rester couchée sur le sable jusqu'à la nuit, peut-être qu'on l'oublierait. Un bruit de pas lui fit lever les yeux. C'était Snake.

— Salut.

— Salut.

Linda n'avait pas envie de faire la conversation à la gamine, aussi laissa-t-elle sa voix s'échapper de ses cheveux sans même relever la tête. Snake s'assit en tailleur près d'elle. Elle portait un jean retaillé en short effiloché et un t-shirt blanc sale. La plante de ses pieds était grise, ses ongles noirs et écorchés. Snake était tellement paumée qu'elle avait toujours envie de causer :

— Tu viens d'où ?

— Ben, du campement.

— Non, je veux dire avant…

Linda tourna la tête, étonnée. Dans la Famille on ne posait jamais de questions sur le passé. Charlie n'aimait pas ça, il disait que le passé n'existait pas, que seul le présent comptait. Snake avait une curiosité d'enfant pour la vie des autres.

— Je suis née au nord, dans le Maine.

— Il y a de la neige ?

— Ouais, beaucoup de neige et de glace. Comme au Canada.

— Je sais pas où est ce fichu Canada. J'ai jamais été à l'école et j'ai jamais vu la neige.

Linda se souvint que les parents de Snake l'avait offerte à Charlie pour ses treize ans. Sadie lui avait raconté qu'il l'avait recrutée au Nouveau-Mexique, dans la Hog Farm, communauté où Linda et son mari avaient eux aussi vécu sous l'égide d'un autre gourou, un clown, membre du Grateful Dead.

— Et toi, tu viens de la Hog Farm ?

— Bien sûr, c'est là que j'ai grandi. Le vieux clown m'a appris à lire sur ses genoux… Il me donnait du D. La première fois que j'ai eu mes règles j'étais en plein trip.

Linda ne releva pas. Elle repensait à sa propre jeunesse dans le New Hampshire, à l'autre bout du pays. Sa mère avait eu quatre enfants après elle avec un homme qu'elle détestait. C'est pour ça que Linda était partie à seize ans en stop, couchant avec presque tous les garçons qu'elle rencontrait entre le Nord-Est et la Californie. Puis elle avait épousé Robert Kasabian, un gars du New Hampshire, comme elle. Il était hippie et ils avaient vécu en communauté. Depuis la naissance de Tania, Robert avait disparu en Amérique centrale pour suivre une initiation au chamanisme, avec Mellon, le type à qui elle avait volé 5 000 dollars. Aux dernières nouvelles, il était de retour…

— C'était sympa, la Hog Farm, tu trouves pas ?

— Ouais. Bof. Le vieux clown il n'aimait pas du tout Charlie. Quand Charlie a essayé de lui voler sa femme, il a fait une procédure magique contre l'autobus de Charlie et c'est pour ça que Charlie a eu mal au ventre. Il disait que Charlie émettait des ondes négatives…

Linda ne répondit pas. Snake se gratta une croûte séchée sur le mollet.

— Il paraît que t'en étais, hier, et que t'as voulu t'enfuir ?

Linda sentit le froid l'envahir.

— C'est Sadie qui t'a dit ça ?

— Non, c'est Clem, tout le monde en parle là-haut, il y a des actualités spéciales à la télé… Aïe !

Un gravier venait de rebondir sur la tête de Snake.

Charlie était en haut du talus, près de la route. Il les regardait fixement. Le cœur de Linda se mit à battre très fort.

Sadie n'en pouvait plus d'excitation. Les noms de Sharon Tate et de Roman Polanski venaient d'entrer dans son vocabulaire depuis une heure grâce à la télé et ils revenaient dans sa bouche toutes les trente secondes. Elle qui avait toujours été mondaine, curieuse des autres, prompte à assimiler les prénoms et les noms propres, n'en revenait pas d'avoir rencontré quelqu'un d'aussi célèbre. Elle avait même bu son sang, mais ça, elle n'avait pas le droit d'en parler pour le moment, même pas à Leslie, qui l'aidait à coiffer ses beaux cheveux noirs. Sadie dit à Leslie :

— Tu te rends compte ! Charlie peut être fier de ses filles… On vient de lui offrir le monde sur un plateau.

— Ouais, j'ai hâte de saigner des cochons moi aussi.

— C'est con, Sharon avait des super trucs dans son dressing, je voulais lui piquer mais j'ai oublié en partant.

— Ah ouais, quel genre ?

— Attends chérie tu me fais mal, tire pas trop, c'est là que ce salaud de Voytek (Sadie avait même retenu le prénom du Polack blond) m'a arraché les cheveux. Il y avait de tout chez Sharon. Des malles et des malles de fringues super sexy et élégantes en même temps. Des liquettes, des robes indiennes, des trucs comme on en porte, mais avec des beaux tissus brodés à la main. Genre pop star européenne... hippie chic...

— Un peu comme les fringues des copines de Dennis Wilson ?

— Ouais mais plus chic. Plus Beatles que Beach Boys...

Leslie soupira un grand coup. Tout en peignant Sadie, elle ne put s'empêcher de se regarder dans le miroir fêlé que Soupspoon avait accroché au-dessus du vieil abreuvoir à chevaux qui leur servait de baignoire à bébé. Leslie était très jolie, sans doute la plus jolie fille du ranch, une grande brune à nez court avec un sourire d'enfant. Hanches étroites, petites fesses en pommes, jambes de mannequin, elle n'était pas le contraire d'Ali MacGraw en plus grande, ou de Michelle Phillips en brune. Son seul défaut : elle manquait totalement de personnalité, c'était une suiveuse et pour l'instant Sadie était son idole numéro un. Leslie rêvait elle aussi de faire partie d'un commando d'élite. Sadie surprit son regard et lui sourit dans la glace.

— La prochaine fois, tu viendras saigner le cochon avec moi. Je t'apprendrai à jouer du couteau.

— Oh ouais !

— Tu ne peux pas savoir quel pied c'est de les sentir agoniser contre toi. Le plus énorme orgasme que tu puisses imaginer.

— *Pretty girl, pretty girl, cease to exist, come an' say you love me.*

Charlie les avait rejointes sur le sable. Il avait chassé Snake et chantait pour Linda et pour Linda seule. Il réclamait son amour, tout son amour, avec plus d'insistance et de persuasion que le bébé qu'elle avait porté en elle. Il la voulait tout entière pour lui, il ne devait rien rester d'elle qui s'oppose au don total qu'il exigeait. Assis sur la pierre qu'il avait gravée de ses initiales, *CM*, il jouait de la guitare et modulait chaque syllabe des mots qu'il prononçait de manière à imiter le rythme tressautant de la grenouille verte, sagement assise près de sa sandale. Des milliers d'yeux noirs ou dorés sortaient des feuilles, de sous les brins, des fourches des branches. Tous les animaux présents dans la crique semblaient suspendus au tambour miniature de sa langue heurtant ses dents. Un rayon de soleil traversa les branches, dessinant des ronds multicolores, puis Charlie cessa de jouer, releva les yeux de sa guitare et regarda Linda si intensément qu'elle sentit fondre sa nudité baignée de bas en haut dans une douce chaleur.

— N'aie pas peur. Il faut que tu cesses de penser à toi. Plus tu penses à toi, plus tu t'enfermes, l'ego est une prison.

— S'ils nous attrapent, ils vont nous envoyer à la chambre à gaz.

— Et alors ? Si je te le demande, tu iras à la chambre en chantant... Je sais que tu le feras. Et tu sais bien que la mort n'est rien. Une hallucination... La mort, c'est la vie que tu menais avant de me rencontrer. Si tu t'enfermes dans la peur de la mort, tu te prives toi-même de la liberté. Tu te mets toi-même en prison. Il faut cesser d'avoir peur. Tu es une sorcière... Tout est permis... Tuer n'est rien... Mourir n'est rien.

Linda se replia instinctivement sur elle-même, resserrant son sexe au plus profond de sa chair. Elle aurait voulu qu'il ait raison, s'ouvrir, écouter Charlie comme elle avait appris à le faire, s'oublier soi-même pour se donner à l'amour qu'il réclamait, mais quelque chose en elle résistait. Une voix, celle de sa mère, de la société, lui hurlait « fiche le camp, toi, tu n'as tué personne ! ».

— Il y a une voix en toi qui te trompe, c'est la voix de tes parents, la voix de la société, la voix des cochons ignorants, il faut que tu tues cette voix comme tu as tué les cochons.

— Je n'ai tué personne ! hurla-t-elle.

— Ce n'est pas grave, Linda, rien n'est grave, tout est permis...

En criant, Linda s'était redressée, écartant involontairement les jambes. Elle vit soudain Charlie contre elle qui caressait doucement ses cuisses. Elle ne l'avait pas vu bondir. Comment pouvait-il avoir entendu cette voix ? Et comment savait-il que c'était la voix de sa mère ? Elle ne lui avait jamais parlé de ces voix intérieures et pourtant il savait. C'était donc vrai qu'il était en elle et qu'il avait des pouvoirs surnaturels. Rien à voir avec un ventriloque. Aucun autre homme n'aurait prêté attention à cette voix minuscule. Même les filles, pourtant plus attentives, ne l'auraient pas entendue. Charlie était en contact direct avec son moi secret. Il avait compris sa peur et il allait la soigner avec ses doigts. Il savait dénicher la douleur, déplier les peurs, les blocages, manipuler l'âme comme certains masseurs asiatiques connaissent les secrets du corps. Linda écarta encore les jambes. Elle souhaitait que Charlie entre au plus profond d'elle, en maître absolu. Elle n'avait plus envie de partir. Un bouillonnement interne l'ouvrait à lui et elle le précipita en elle aussi vite qu'elle pouvait.

— Ce soir nous irons en ville, je serai là près de toi et je t'apprendrai à donner la vie en donnant la mort.

— Oui !

Elle cria son acceptation, l'abandon le plus total à sa volonté.

Comparé au reste du monde, le personnel du ranch prenait la nouvelle des meurtres de Beverly Hills plutôt calmement. Le samedi était un gros jour pour les promenades à cheval et personne ne lisait le journal. Il n'y avait que quelques transistors et la télé du vieux Spahn.

Réveillé de sa sieste, inquiet de la disparition de son poste de télé portatif dernier cri (un cadeau de Charlie), de mauvais poil comme à chaque fois qu'il devait se débrouiller tout seul, le vieux pointa le nez hors du mobil-home avec ses lunettes, son chapeau, sa canne et le chihuahua qui se blottissait en frissonnant entre ses bottes.

— Squeaky ! Squeaky !!! Où est ma télé ?

Personne ne répondit. D'un geste automatique le vieux retira ses lunettes fumées, écrasés de soleil les bâtiments de bois du ranch semblaient presque invisibles dans le blanc aveuglant qui envahissait son champ de vision.

— Ne me dis pas que ta fiancée t'a plaqué parce qu'elle s'est enfin rendu compte que tu n'étais qu'un vieux crabe…

Ruby Pearl se tenait en bas des marches, s'éventant avec un Stetson à revers damier tout neuf. Plus coquette que jamais, l'ancienne dresseuse de caniches portait une chemise à carreaux du même rouge que ses cheveux, ceinturée par un cordon indien en serpent, et retombant sur une paire de jeans flambant neuve. Ses bottes étaient mieux cirées que celles du vieux Spahn.

— Ah ! Ruby, tu es là.

Laissant glisser sa main le long de la canne il tenta de se baisser pour ramasser son chihuahua.

— Laisse Pingpong tranquille, la pauvre bête est en train de faire sa crotte. Tu veux pas plutôt te rendre utile ? Il y a un cheval à ferrer dans le camion de Juan. J'aimerais bien finir le job.

Spahn se laissa guider par la petite femme rousse, à son âge le plein air et la vie physique demandaient une mise en route, mais après c'était comme au bon vieux temps.

À l'heure où les ombres se couchent, une fois les derniers touristes repartis en autocar, la coutume voulait que les cow-boys se retrouvent pour prendre une bière. Les samedis d'été, ce rite était aussi sacré que la paye à toucher dans le bureau de Ruby. Ce soir-là, ils avaient tous pris du retard à cause du cheval à ferrer, une jument blanche à masque marron. Randy Starr, toujours superbe, la moustache lustrée, les cuisses serrées dans des chaps de peau fatigués que la croupe des chevaux avait usés au point de les rendre semblables à du cuir ciré, aidait George à maintenir la patte arrière de l'animal pendant que Johnny Swartz, déjà un peu pété, son teint de rouquin tirant au violet, tapait sur les clous. Par-dessus ses épaules ployées, la grande tête de la jument écarquillait de l'œil. George, qui maintenait la cuisse de l'animal contre la sienne, avait récupéré son chihuahua et le tenait dans le creux de sa main. La binette du toutou faisait sourire Ruby et Juan Flynn. Juan était un métis d'Irlandais et de Panaméen, beau gosse endurci, vétéran du Vietnam qui fricotait un peu trop avec les filles de la Famille. Était présent aussi Donald « Shorty » Shea, mais il ne faisait rien de précis, à part parler. La conversation roulait sur les meurtres des collines. Comme toujours, Shorty avait son opinion sur la question, il avait entendu Squeaky et sa copine Sadie ricaner d'excitation devant la télé.

— Ça ne m'étonnerait pas qu'elles connaissent le salopard qui a fait ça. Vu le beau monde qui défile ici, les tordus ne manquent pas.

Spahn gratta le ventre de son chihuahua.

— Tu ferais mieux de moins causer et de ne pas te mêler des affaires des autres. Ces gamines sont gentilles...

— T'es aveugle, tu ne vois pas les mecs qu'elles ramènent ici.

Shorty avait encore haussé le ton. Manson venait d'apparaître au loin à contre-jour sur le soleil couchant.

— Tiens, voilà ce serpent. Je vais lui foutre mon poing dans la gueule.

— Arrête, Shorty.

Juan s'était détaché du cheval pour calmer le géant. La toute petite sihouette de Charlie s'approcha du groupe. Il avait l'air encore plus content de lui qu'à l'ordinaire. Ses yeux noirs brillaient plus que jamais, il portait des sandalettes, un pantalon de daim et une liquette coordonnée à franges fermée par un lacet de cuir pectoral. Il était avec Linda qui avait couvert sa nudité d'une robe indienne tout aussi frangée, celle que portait Stephanie Schram la veille, au dîner.

— Salut, Johnny, ça va comme tu veux ?

— Ouais, Charlie, on fait aller.

— Tu vois un inconvénient à ce que Linda t'emprunte la Ford pour aller en ville faire quelques courses ce soir ?

Le ton de Charlie était d'une politesse outrageante, le genre de voix que prennent les repris de justice quand ils ont un couteau dans la poche et veulent se foutre de la gueule d'un ivrogne. Johnny était trop saoul pour s'en rendre compte mais George, qui voulait prévenir un geste de Shorty, décida de défendre son employé.

— Vous faites quoi de tous les véhicules que vous avez accumulés dans ma cour ? Pourquoi tu as besoin de dépouiller mes cow-boys ?

Ruby vint à la rescousse.

— Peut-être que Johnny a envie de faire une petite virée en ville, après tout on est samedi soir... Hein, Johnny ?

Johnny avait peur de Charlie et plutôt l'intention de siroter tranquille dans son étable, mais il ne voulait pas perdre la face devant les autres.

— Faut voir... La petite a son permis ?

— Bien sûr, Johnny, en bonne et due forme.

Dégoûtés, Shorty et Ruby s'éloignèrent pour aller causer plus loin avec Randy Starr. Charlie ne lâchait pas Spahn et s'adressa à lui d'un ton moins moqueur que la politesse d'opérette qu'il avait servie au cow-boy.

— George, j'ai appris que vous étiez en négociation pour vendre le ranch.

— De quoi tu me parles ?

— Je sais pas, Shorty se vante partout d'être en contact avec votre nouveau voisin, l'Allemand...

— Frank Retz ? mais j'ai rien promis... Shorty a une grande gueule, c'est tout.

— Je le prendrais mal, vu que je vous ai fait une proposition bien avant lui.

— Laisse tomber mon gars, j'ai cinq enfants et j'ai pas l'intention de les dépouiller, même pour te faire plaisir.

— Sûr, George, vous avez raison… moi j'ai des dizaines d'enfants à ma charge et on sait tous les deux que c'est bien lourd…

Spahn fit un signe à Charlie qui s'approcha et le vieux s'appuya sur son épaule.

— Tu déconnes à pleins tubes en ce moment, le chef des pompiers m'a appelé hier. Ses gars ont vu des gens à toi qui faisaient le guet dans les collines armés jusqu'aux dents.

— C'est à cause des nègres, George, les Black Panthers nous ont menacés.

— Je te préviens, je veux plus d'ennuis avec la police, sinon tu déguerpis.

— De toute façon, on va bientôt partir dans le désert. La semaine prochaine, sans doute, ou celle d'après… Squeaky sera triste, elle vous aime tellement. Elle dit toujours aux autres que vous avez une belle aura.

Squeaky avait touché quelques mots de la philosophie indienne à George et il n'était pas insensible à la question. À plus de quatre-vingts ans, après une vie bien remplie, il ressentait un besoin de spiritualité et les conversations de Manson et de Squeaky lui permettaient d'éviter de trop roupiller. En rentrant dans le mobil-home, son étable à lui depuis trente ans, il se dit que la petite lui manquerait.

— Squeaky ?

— Oui, papa, viens là, je vais dessiner ton portrait.

Manson, qui avait servi de canne à George pour monter les marches, pencha la tête dans l'obscurité odorante du bureau. Squeaky était là, assise par terre, toute nue, en train de dessiner. Elle leva la tête, le visage rayonnant de joie.

— Charlie, écoute, j'ai fait un poème pour envoyer aux Beatles. Je leur raconte le Helter Skelter…

— C'est bien. Ne leur envoie pas tout de suite. Faut que je te parle avant le dîner, pense à récupérer la caisse.

La caisse que Squeaky rangeait sous le lit du vieux était une boîte de grenades de la Seconde Guerre mondiale qui contenait une partie du trésor familial, en majorité des cartes de crédit volées et le chéquier d'un compte bancaire ouvert par Marioche.

— Oui, Charlie.

— Et surtout prends bien soin de George.

— Elle est où ma télé ?

Malgré son état qui l'empêchait d'en profiter pleinement, le vieux tenait à sa télévision portative.

— Sadie va te la ramener tout de suite, papa, elle en avait besoin pour travailler… viens là, en attendant je vais te faire des bisous.

Spahn jeta son chapeau sur un meuble ; en dépit de l'âge il avait gardé une certaine énergie sexuelle.

Les deux enfants jouaient dans un coin de la pièce, près d'une tête de mort transformée en bougeoir. Leurs vêtements, qui n'avaient pas été changés depuis plusieurs semaines, étaient couverts de taches de nourriture, leurs cheveux ébouriffés leur montaient sur la tête comme des paquets de crins. Impossible de deviner à quel sexe ils appartenaient. Avec des pièces d'échecs et des petites voitures ils avaient organisé un jeu sur le bord extérieur d'un matelas crevé. La laine, tirée du matelas par un rongeur, un rat ou un raton laveur, formait une végétation, des buissons semblables à ceux du désert entre lesquels zigzaguait, conduit d'une petite main crasseuse, un modèle réduit d'Oldsmobile 64 délabrée, privée de coffre arrière. Une autre petite main écorchée maintenait une figure d'échecs – un fou – au volant d'un tracteur agricole d'une échelle très supérieure à l'Oldsmobile.

— N'entre pas dans mon ranch, sinon je t'écrase avec mon buggy.

— Et moi je vais t'égorger comme une charogne steak... Pan pan pan.

Pour seule réponse, la main crasseuse, propriétaire de l'Oldsmobile, lâcha une rafale de mitraillette qui fit envoler plusieurs grosses mouches.

Derrière les enfants, la télévision portative posée sur une caisse de bananes diffusait l'image fixe d'un portail, toujours le même, devant quoi s'agitaient des policiers. En bas un banc-titre annonçait : *Le principal suspect des 5 meurtres entendu par le LAPD.*

Des gémissements étouffés montaient du fond de la pièce, derrière la télévision, on aurait dit une dame qu'on chatouillait. Les gémissements s'arrêtèrent et le profil de Sadie apparut devant le châssis de la fenêtre. En face d'elle, des jambes d'homme assez courtes enveloppées dans un pantalon en tire-bouchon supportaient un tuyau perpendiculaire, raide comme un manche de pioche. Entre deux nattes impeccablement coiffées, le profil de Sadie approcha la tête du tuyau et on entendit des bruits de bouche, comme une sucette, au-dessus des jambes et du tuyau. La voix d'un homme se fit entendre, celle de Danny :

— Hé, les enfants, vous voulez pas aller jouer dehors ?

— Non, Pooh Bear a vu un scorpion, on regarde la dame morte à la télé.

D'un matelas voisin une autre voix monta, celle de Leslie écroulée sur un vieux sac de couchage devant la télévision.

— Vous savez pas la meilleure ? Les flics ont trouvé un coupable, c'est le gardien de la maison.

Sadie s'arrêta un instant de tirer sur son tuyau.

— Pff, encore des conneries de cochons.

Puis, chassant une mouche, elle recommença de plus belle à sucer le motard, excitée à l'idée de la tête de Charlie apprenant qu'elle avait bravé ses interdictions. Après tout, il n'avait qu'à tuer des cochons, lui aussi, s'il voulait qu'on lui obéisse !

L'atelier de préparation des buggies se trouvait à l'écart du ranch, en haut d'un sentier caillouteux, dans une zone plus sauvage surnommée « le campement ». Les carcasses de plusieurs Volkswagen volées par la Famille étaient dissimulées sous des bâches près d'une tente fabriquée avec la toile d'un ancien parachute acheté chez Jake Frost, le surplus militaire préféré de Charlie.

Tex avait dormi sous la tente d'un sommeil lourd une bonne partie de l'après-midi. Aussitôt réveillé, il s'était plongé le nez dans la poudre de métamphétamine qu'il cachait dans une boîte de nourriture pour bébé. Bruce Davis, alias McMillian, avait partagé ce petit déjeuner chimique. Les mâchoires vissées comme des clés à molette, les deux garçons étaient occupés à boulonner un moteur au châssis d'un nouveau véhicule. L'odeur de graisse et d'essence agissait sur Tex comme un anxiolytique, et ses yeux noirs brillaient sous sa petite frange. Il n'avait pas dit un mot à Bruce du massacre de la veille. Selon un processus courant chez lui depuis plusieurs mois, les actes commis en état de veille commençaient à se mélanger avec le tissu de sa vie onirique. Il savait qu'il avait tué cinq personnes, dont une femme enceinte, mais celui qui avait commis les crimes lui apparaissait aussi étranger qu'un frère ou un avatar nocturne avec qui il avait finalement peu à voir, même si celui-ci adoptait son apparence physique. Le sang humain qui s'était incrusté sous ses ongles s'était noyé dans la crasse du moteur, et chaque tour de clé qu'il donnait avec son poignet effaçait un peu plus de sa mémoire physique le mouvement de bras qui avait été nécessaire pour tuer tous ces gens. Seule son épaule, douloureuse, lui rappelait, à cause d'une sorte de tennis-elbow de l'égorgeur, combien la tâche avait été pénible. Quand les flics l'attraperaient, car il ne doutait pas d'avoir laissé ses empreintes un peu partout, si le Helter Skelter ne se déclenchait pas assez vite, il serait bien temps de repenser à tout ça. Pour l'instant, c'était l'arbre de transmission du buggy qui réclamait toute sa volonté. Lorsqu'ils eurent fini de fixer la masse de fonte au châssis d'acier, Bruce alla s'asseoir au soleil couchant sur le capot d'un buggy couleur sable dont le toit, la capote plutôt, était orné de ces mêmes cheveux humains qui décoraient la veste de cérémonie de Charlie. On aurait dit des poils de singe ou de chèvre mais c'étaient les cheveux des filles. Bruce caressa les toisons féminines. Il montra à Tex de belles dents blanches qui perlaient dans sa bouche comme une autre décoration sinistre. Tex se releva, il avait mal à la tête, une image fulgurante du visage de sa mère lui traversa l'esprit. Elle criait.

La nuit était tombée sur le ranch, seules quelques bougies allumées devant le saloon dessinaient les formes de la véranda. Sur le canapé effondré, deux filles assises côte à côte s'échinaient à éplucher des patates. Dans la pénombre avec leurs longs cheveux pendant devant leurs yeux, on aurait dit une même personne qui se serait dédoublée. À part Capistrano et Linda, les deux blondes, et Squeaky la rousse, la plupart des filles de la Famille étaient brunes. Parmi ces dernières, certaines comme Sherry et les deux Stephanie, Stephanie Schram et Stephanie Rowe, se ressemblaient étrangement, telles les victimes d'un tueur en série. Raie au milieu, petits seins, hanches étroites, corps de gamine. Elles avaient de gros sourcils, le visage poussiéreux et les dents blanches. L'une d'entre elles, partie en auto-stop, allait bientôt mourir dans les collines au sud vers Mulholland Drive, massacrée par on ne sait qui. Le LAPD retrouverait son cadavre sans jamais réussir à l'identifier. Personne ne saurait jamais de laquelle il s'agissait, sans doute Stephanie Rowe, que Ruby Pearl, interrogée, confondait avec Simi Valley Sherri, alias Sherry. On pouvait mourir dans la Famille sans être recherché pour autant. Selon Ruby, plusieurs bébés disparurent aussi pendant l'hiver 68-69. Morts de froid ou de malnutrition. La Famille les enterrait dans les collines comme des chiots.

Pendant que les deux brunes épluchaient leurs patates, Clem, penché sur une guitare, chantait une chanson de Charlie, avec la voix de Charlie. Ce simplet de Clem, échappé de l'asile psychiatrique de Camarillo, avait la même sensibilité musicale que Charlie et la même tessiture. C'était sans doute une des raisons pour lesquelles Charlie aimait Clem plus que tous ses autres disciples, à part Little Paul. Aussi, lorsque Charlie s'approcha, la guitare en bandoulière, et monta les marches de la véranda en reprenant les accords de Clem et en collant sa voix sur la sienne, on aurait dit deux anges qui offraient une sarabande au ciel noir. Les filles arrêtèrent leur besogne et se mirent à taper dans leurs mains et à chanter :

— Cesse d'exister, viens et dis que tu m'aimes. Comme je dis que je t'aime, ou plutôt que je m'aime à travers toi... Cesse d'exister...

Un hurlement interrompit cette cérémonie. En voulant se joindre au chœur, cette idiote de Snake venait de croiser un gros rat sur l'escalier. Charlie, qui ne souffrait pas qu'on touche à un animal, interdisait l'usage du poison, de sorte que les rongeurs s'en donnaient à cœur joie.

— Saloperie de rat !

— Tais-toi ! Il est plus clair que toi.

Snake se mit à pleurer et Charlie lui balança une vieille timbale en fer-blanc qui heurta son nez violemment et la fit hurler. Depuis un an et demi qu'il se chargeait de l'éducation de cette gamine, il n'arrêtait pas de la frapper. Il lui arrivait même de la fouetter publiquement à coups de ceinture. Charlie était un éducateur exigeant, nerveux, il reproduisait sur les gamins les violences subies en maison de correction et Snake, maladroite, geignarde et un peu vicieuse, était un parfait souffre-douleur. Après l'arrestation de Charlie, elle fut récupérée par un couple de flics qui l'adoptèrent et se chargèrent de parfaire son éducation, on ignore suivant quelles méthodes.

Comme chaque samedi, on entendait des vrombissements de motos venus des collines dont les crêtes se détachaient sur un dernier crépuscule bleu pâle. Le bruit se rapprochait et l'on vit leurs phares apparaître. Charlie cessa de gratter sa guitare et se leva. Il fixait l'horizon. Trois, quatre, cinq motos s'arrêtèrent en haut du tournant, à environ deux cents mètres du ranch. Les types faisaient ronfler leurs moteurs pour appeler au rassemblement. Ils furent bientôt une quinzaine de loupiotes rondes, puis une vingtaine. Une petite sihouette trapue se pointa sur le terre-plein. Danny, le premier, avait entendu l'appel des Harley.

— Hé Danny…

— Ouais, Charlie…

— Tu peux calmer tes copains, j'ai pas leur fric ce soir, c'est pas la peine qu'ils viennent.

— Ils ont bien l'intention de venir quand même, Charlie...

— J'ai une dizaine de shotguns et une mitrailleuse braqués sur eux en ce moment, s'ils veulent ils peuvent venir les chercher.

Danny regarda la frêle silhouette de l'homme qui venait de dire ça. Ce qui impressionnait chez ce fou de Charlie, c'était son cran. Désarmé, les pieds nus, entouré de gamines, du haut de ses 1,54 m (vu des 1,61 m de Danny cela semblait minuscule), il ne connaissait pas la peur. S'il reculait, c'était pour mieux frapper par surprise, dans le dos. Danny, qui s'occupait de l'entretien des armes, savait que Charlie était en dessous de la vérité. Hormis la mitrailleuse, l'arsenal du ranch comprenait des dizaines d'armes automatiques et plusieurs mitraillettes. Même s'ils ne se montraient pas en ce moment, un tas de gens au ranch étaient capables de tirer à vue sur les Satans ou même sur les flics sans la moindre hésitation, à commencer par cette dingo qui venait de lui faire une fellation et dont la salive imprégnait encore ses poils pubiens. Se grattant l'aine, Danny réfléchissait le plus vite qu'il pouvait. Comme nombre de motards, Danny était un flemmard pacifique, il traînait en outre une vieille affaire de marijuana datant de 1967 et risquait à tout moment d'être incarcéré. Sautant sur son chopper, il décida d'aller retrouver les autres et d'arranger le coup. Il venait d'avoir une idée au poil : leur proposer d'aller boire une bière à Topanga Beach.

Charlie, qui tolérait sa présence au ranch au prix de ce genre de service, le regarda s'éloigner.

— Sadie…

— Oui, Charlie.

Sadie venait de sortir du fortin, elle portait pour tout vêtement le même t-shirt long orné d'un point d'interrogation que la veille, mais ses cheveux étaient maintenant divisés en deux belles nattes. Cette coiffure de girl-scout la rajeunissait.

— Va chercher Tex, Katie et Linda et dis-leur de me retrouver à la prison.

— Oui, Charlie.

— Tu as rendu la télévision au vieux ?

— Oui, Charlie.

Charlie regarda Sadie d'un œil soupçonneux. Avec ses tresses et ses « oui, Charlie », elle lui semblait vraiment trop obséquieuse pour être honnête. Il avait vu certains membres de la famille, Tex ou Bruce Davis, tourner comme des mouches autour d'une boîte de nourriture pour bébé. Sadie n'était jamais très loin dans ces moments-là. Leur goût soudain pour les compléments alimentaires de nourrisson lui paraissait des plus louches. Il soupçonnait une nouvelle drogue introduite en fraude au ranch par Sadie. La règle numéro un voulait que ce soit lui qui contrôle la pharmacopée familiale. Tout contrevenant s'exposait à une exclusion momentanée qui s'accompagnait de privation sexuelle.

La prison de Spahn Ranch avait servi de décor au film d'Howard Hughes. Les téléspectateurs de NBC l'avaient revue dans *Bonanza*, et elle était depuis l'une des attractions de l'endroit, lieu de visite obligé des touristes. Avec sa cellule à barreaux, son parquet en planches brutes, ses murs peints en bleu confédéré, son armurerie et le classique bureau à cylindre sur lequel le shérif pose ses bottes poussiéreuses tout en tressant la corde du gibet, c'était un autel dressé aux divinités du western. Charlie ayant passé sa jeunesse à regarder la télé derrière d'autres barreaux, il s'y sentait comme chez lui. La prison constituait à ses yeux une salle de réunion idéale pour les conseils de Famille à effectif réduit. L'humour sinistre de la situation lui échappait car il était incapable d'autodérision, préférant rire du malheur des autres.

Charlie caressait sa barbe, ou plutôt la partie de chair placée entre sa lèvre inférieure et son menton proéminent. C'était un tic chez lui, triturer sa barbiche, réelle ou imaginaire, en faisant passer mille petites lueurs d'expression dans son visage mobile. Linda le regardait, avide de se réchauffer à la chaleur de son amour. Elle observait tous les minuscules mouvements qui agitaient sans cesse sa face, comme des milliers d'animaux indépendants les uns des autres forment un tout, un microcosme de l'univers qu'éclairait l'ancienne lampe à huile électrifiée qui pendait au bout d'une chaîne au-dessus du bureau. Linda échangea un coup d'œil complice avec Leslie. Pour les filles de la Famille, contempler Charlie des heures durant était le summum du bonheur. Elles ne se lassaient pas de ses beaux cheveux noirs, de ses yeux brillants, du doux serpent de sa bouche qui pouvait se transformer en une seconde, passer de la bonté angélique d'un sourire à la menace, babines relevées, d'un animal sauvage. Leslie passa son bras autour du cou de Linda et lui fit un baiser sur la joue. Se blottir entre filles dans la grave mélodie de la voix de Charlie était un avant-goût du Paradis, de ce pays souterrain arrosé de sources de chocolat tiède où il allait les emmener bientôt, quand le Helter Skelter serait passé. Elles en parlaient sans cesse, réamorçant leur désir, leur amour, du désir et de l'amour des autres filles en miroir. L'amour qu'elles avaient pour lui les fascinait par sa force, elles l'avaient construit ensemble, le fruit magnifique et maléfique d'une jeunesse passée à rêver dans leurs chambres d'adolescentes. Elles étaient si pures... La puissance de leurs hormones, la capacité d'amour et d'abnégation des jeunes filles d'alors, élevées pour un homme unique et donc d'une ferveur à son égard supérieure à celle des filles d'aujourd'hui, confluaient autour de cet homme divin dont elles avaient fait grandir la force grâce à leur désir partagé. Aucun étranger ne pouvait comprendre ça. Aux yeux des cochons ordinaires, les flics, les cow-boys, les psychiatres, leur dévouement pour Charlie qui les poussa à commettre des crimes inutiles, à gâcher leur vie et à braver la chambre à gaz resterait un mystère. On accuserait l'hypnose ou la drogue mais il ne s'agissait que d'amour. Elles avaient trouvé en Charlie l'époux idéal, celui que cherchent les religieuses mystiques et les jeunes héros de toutes les guerres depuis l'Antiquité.

Posée sagement sur un matelas en toile rayée dont un flanc taché d'urine ou de bière rebiquait en vague immobile contre le mur de la cellule, les corps de Leslie, Linda et Sadie formaient une figure d'amoureuse à trois têtes. Les garçons, les fils spirituels de Charlie, Tex et Clem, se tenaient au garde-à-vous, entourant un poster rouge cloué sur le mur bleu, la photo d'un homme, un acteur de télévision, surmonté de la traditionnelle inscription REWARD écrite dans des caractères majuscules fortement ombrés de manière à figurer en trompe l'œil le relief d'un bois découpé façon western. Une affiche de chasseur de primes. La somme était mille fois inférieure à celle que Roman Polanski allait réunir en récompense de la capture de chacun d'entre eux.

— Où est passée Katie ?

Clem ricana de son rire d'idiot.

— Elle arrive, Charlie, je l'ai trouvée en train de roupiller avec Mamy dans le chenil.

La vieille, surnommée « Mamy », était une des trois mascottes du ranch, avec le chihuahua de Spahn et l'épouvantail de Randy Starr. Une clocharde édentée que les cow-boys laissaient vivre comme un animal au milieu des chiens, dans une baraque délabrée qui servait de chenil. Clem regarda Leslie, elle se mit à rire. Leslie riait facilement et de tout. Clem était un de ses amants préférés.

Charlie restait impénétrable, ses longs cheveux fraîchement nettoyés avec un shampooing sec que Sadie avait volé pour lui dans un drugstore, flottaient sur les épaules cintrées de sa liquette en daim marron. Il étira ses orteils à l'intérieur de ses sandalettes, regardant un à un les cinq disciples en extase de l'autre côté des barreaux.

— Ce soir, pas question de dire aux cochons ce que vous allez leur faire. Hein Tex ?

— Oui, Charlie.

Les yeux noirs de Tex ombrés par sa petite frange disparurent presque complètement dans le creux de ses orbites.

— Il faut les noyer dans l'amour. Que les choses se passent naturellement, avec douceur. Pour cela, il faut les calmer, les convaincre de se laisser attacher. Tuer c'est libérer l'âme, quelqu'un qui a les mains attachées dans le dos se laisse plus facilement aller…

Sadie l'interrompit :

— Personne n'y croira... Tex a une putain de tête d'assassin !

Leslie et Clem pouffèrent. Tex pâlit encore un peu plus, il allait se justifier, mais Charlie l'arrêta d'un geste.

— Sadie, tu n'aurais pas rentré des speeds au ranch sans me le dire ?

— Non.

Bouche tordue, Sadie avait l'expression d'une voleuse de bonbons prise en faute. Les yeux de Tex s'enfoncèrent encore davantage derrière ses pommettes d'un gris cadavérique. Clem et Leslie baissèrent la tête comme s'ils se retenaient de rire. On entendait grincer les dents de Tex. Charlie regarda longtemps Sadie qui tripotait ses nattes en dansant d'un pied sur l'autre. Un gros bruit brisa le silence, c'était Katie qui venait de faire son apparition. Elle portait une minijupe qui dévoilait des jambes masculines et ses mains semblaient encore tachées de sang. Katie répandait une odeur inhabituelle, un parfum bon marché, le genre d'eau de toilette dont s'arrosaient les cow-boys le samedi avant de partir en virée.

Clem fit une remarque marrante en lâchant à Katie qu'elle avait dû « trouver chaussure à son pied », sous-entendant qu'elle avait couché avec un des cow-boys. Leslie rigola. Katie se défendit avec la brusquerie d'une vierge.

— Non ! c'est Mamy qui m'a désinfecté les pieds.

Quelqu'un cria soudain, Charlie venait de bondir. Une détente d'animal sauvage l'avait propulsé à travers la pièce. Une détente de trois mètres au moins. Au passage, il attrapa Linda, tétanisée, coinça sa tête ronde aux pommettes larges dans le pli de son coude. Charlie montrait ses dents jaunes, éjectait les mots comme un crachat :

— Leslie, prends un couteau et viens ! Viens frapper ta sœur. Montre-moi comment tu vas faire…

Leslie, toujours souriante mais troublée malgré tout, déplia son long corps élégant, ramassa un canif Buck sur le bureau du shérif et l'ouvrit maladroitement :

— Charlie, tu ne veux pas que je la frappe vraiment ?

— Fais ce que je t'ordonne, salope !

Les grosses joues de Linda s'étaient empourprées sous la pression sanguine. Les autres regardaient, fascinés, leurs visages juvéniles s'alignant en rang d'oignons devant le mur bleu qu'Howard Hughes avait spécialement fait peindre avec une vieille couleur au plomb pour que ce bleu permette certains effets de lumière. Charlie serrait toujours le cou de Linda mais il s'était radouci. Il regarda Leslie, les yeux écarquillés comme un hypnotiseur :

— Si je te le demande ? Tu n'hésiteras pas à la frapper ?

— Non Charlie, j'obéirai.

— Alors d'abord montre-moi comment tu vas t'y prendre.

Linda essaya d'échapper à l'étreinte de Charlie mais celui-ci resserra la pression puis la balança brutalement dans les bras de Leslie qui pour une fois avait cessé de sourire de son air de belle plante idiote. Leslie approcha le couteau de la gorge de Linda et, sans appuyer, elle fit semblant de l'égorger. Aucun doute que si Charlie le lui avait demandé, elle l'aurait fait. Elle avait trop envie d'aller en mission.

Tous avaient l'habitude de ce genre de séance, en général c'était Snake qui, du haut de ses quinze ans, servait de « mulet », comme disait Charlie. À chaque fois, ils se laissaient surprendre par la violence que Charlie insufflait dans ces jeux. Comment ne pas obéir, même à son corps défendant ? Il était capable de jeter toute son énergie dans la bagarre, sans perdre une seconde sa maîtrise ironique.

Squeaky entra sur la pointe des pieds au moment où Leslie faisait hurler Linda avec son couteau. Elle pouffa de rire en voyant la scène. Charlie fit un geste de la main et Leslie lâcha Linda qui tomba lourdement par terre dans la poussière et les crottes de souris. Squeaky l'enjamba et tendit à Charlie une grande feuille de papier et une vieille boîte militaire peinte en kaki. Charlie s'approcha du bureau, y posa la boîte et déplia la feuille de papier : c'était un dessin qui représentait Tex, reconnaissable à sa moustache et à ses bottes western noires, Katie et Sadie, figurées par de petites silhouettes en jupette en train de poignarder des gens couchés à terre. Très coloré, le dessin aurait pu décorer une salle de maternelle.

— C'est bien, Squeaky... cache ce dessin... Je ne tiens pas à ce que Ruby ou George tombent dessus.

Squeaky renifla, l'air coquin et chagrin à la fois :

— Shorty a encore bavé, je l'ai entendu dire à George que tu étais sûrement pour quelque chose dans les meurtres.

Clem frémit, projetant un filet de salive qui s'échappait de ses lèvres.

— On va le piquer ! Tu veux que je m'en occupe de suite, Charlie ?

— Calme ! Clem.

L'autre recula comme un chien. Charlie, sourcils froncés, inspecta les cartes de crédit que contenait la boîte de grenades. En principe, c'était Bruce le responsable de l'intendance, il assurait la gestion des cartes de crédit volées, celle du compte en banque, la distribution des espèces quand il y en avait. Mais le mois dernier, Bruce était parti en mission pour Charlie et Squeaky avait récupéré la gestion de la boîte de grenades. Elle manquait de jugeote et c'est à cause d'elle et d'une carte de crédit vieille de plus d'une semaine, donc inscrite au fichier des titres de paiement volés, que Mary et Sandra étaient tombées. Charlie n'avait pas pu la surveiller parce qu'il s'était absenté plusieurs fois du ranch depuis quinze jours sans qu'on sache si c'était pour échapper aux Black Panthers ou à une descente de police, imminente depuis l'arrestation de Bobby. Charlie était en conditionnelle. Ses disparitions restaient toujours inexpliquées.

Tout en fouillant la boîte, Charlie leur expliqua qu'il avait décidé de déménager définitivement la Famille au complet dans le désert. Avant, il voulait lancer plusieurs autres attaques, toute la police criminelle de Los Angeles étant accaparée par les meurtres de Cielo Drive. Il dirigerait lui-même le commando de cette nuit, avec le renfort de deux nouveaux volontaires : Leslie et Clem. Malgré son insistance à faire partie de l'équipe, Capistrano avait été écartée (Sadie sourit à cette nouvelle). Ils ne seraient pas trop de sept pour mener à bien une nuit de meurtres qui s'annonçait encore plus sauvage que la précédente. L'air inspiré, dans le langage imagé et prophétique qui était le sien, Charlie commenta le retentissement extraordinaire du meurtre de Sharon Tate (la première fois qu'elle entendit Charlie prononcer le nom de Sharon Tate, Sadie redressa la tête toute fière). En dépit d'une exécution hasardeuse, ce succès lui avait donné confiance. Comme disait Adolf Hitler : « On ne peut plus parler de hasard quand – en une seule nuit – le destin d'un pays est changé sous l'influence d'un homme. » La certitude d'avoir créé une effervescence sociale durable et d'avoir bouleversé les certitudes de ceux qui l'avaient écrasé si longtemps dans leur système répressif lui donnait une force extraordinaire. Il était venu le temps où la Famille allait réveiller le monde pour le confonter à ses peurs profondes et libérer l'homme blanc de ses illusions en le rendant à la vie animale... La guerre raciale souhaitée par Charlie, né en 1934 dans une région hantée par le Ku Klux Klan, était le préalable du retour à la nature. Cette utopie négative formait la part la plus profonde et la plus ésotérique de son enseignement, un mélange de scientologie et d'un nietzschéisme sauvage. Pour cesser d'être esclave et redevenir « clair » comme les coyotes, l'homme devait tuer l'homme en lui.

Durant ce petit discours, ses yeux noirs lancèrent des éclairs plus sombres et plus brillants. Le paranoïaque qu'il était irradiait de beauté et d'autorité.

Les femmes vibrèrent d'un seul mouvement. Seule Linda, mortifiée par la violence de l'attaque, et qui ne s'était pas rassise sur le matelas près des autres filles, l'aperçut sous un autre jour. Elle vit un petit homme mal rasé, un clochard tatoué et chétif âgé d'au moins trente-cinq ans que les barreaux de prison faisaient ressembler à un vagabond malade placé en cellule de dégrisement. Pendant son discours, les mains de Charlie tremblaient. Ce détail négatif lui donna envie de s'enfuir du ranch avant qu'un nouveau massacre ne la conduise plus sûrement que le précédent dans le couloir de la mort.

Charlie se tourna vers elle comme s'il avait lu ses pensées. Il savait mettre une telle intensité dans un seul regard qu'il la fit aussitôt douter. Au procès, tous les jurés avoueraient aux journalistes avoir baissé les yeux devant Charles Manson. Il pouvait rester une demi-heure à fixer quelqu'un sans ciller. C'est à cela que lui servait toute la violence subie, l'absence de tendresse, les nuits de peur passées en milieu carcéral depuis l'âge de treize ans : à récupérer la dette dont toutes les femmes et tous les hommes sans exception lui étaient redevables.

Refermant l'agrafe de la boîte métallique, il tendit une carte de crédit Exxon par-dessus la table. Sa petite main musclée restait dans le vide, éclairée par la vieille lampe à huile électrifiée dont la chaîne de suspension dessinait des ombres sur le mur. Elle tremblait toujours légèrement mais seule Linda s'en aperçut. Sans un mot, Charlie la força à sortir de l'obscurité et à s'approcher de la table. Tous les autres regardaient. Linda tendit la main vers la carte de crédit mais Charlie retira la sienne. Il approcha la carte de ses yeux, lut ce qui était écrit dessus et la rendit à Linda avec ce petit sourire oblique, cette lueur dans le regard qui lui donnait parfois l'air de se foutre du monde, comme si tout, au fond, n'était qu'une blague.

— Cette nuit, Ex-xon travaillera aussi pour Man-son ! Tiens, tu paieras l'essence.

Linda prit la carte de crédit, alors que toute sa volonté lui ordonnait de s'enfuir en courant. Charlie lui serra les doigts un instant, caressant cette main d'enfant dans la sienne.

Lorsqu'ils sortirent, les motards avaient disparu, les collines retrouvaient leur apparence tranquille.

On se serait cru au cœur de la nature. En l'absence des Satans, le ranch semblait mort. Seules quelques bagnoles étrangères indiquaient qu'on était samedi soir. Le vent de terreur qui était tombé sur Los Angeles à la nouvelle du quintuple meurtre de Beverly Hills avait même touché les ivrognes et les vagabonds que la présence des filles attirait d'ordinaire comme des matous.

Deux gros phares ronds brillaient toutefois dans la nuit. C'étaient ceux d'un tacot d'avant-guerre, une Dodge Woody Station Wagon de 1930. Un vrai corbillard tout caparaçonné de bois. La voiture était garée contre la Ford de Johnny Swartz, si serrée qu'elle empêchait l'accès aux portières du côté passager. Un type se tenait au volant et de temps à autre la pointe de son cigare rougissait, éclairant une paire de lunettes fumées. Par la vitre ouverte on entendait, très bas, un vieux tube de surf music. Une fille blonde était assise à la place du mort, elle portait une casquette militaire sur ses cheveux décolorés. Quand Charlie et Clem s'approchèrent de la voiture pour faire décamper les intrus, sans doute de jeunes connards de Malibu venus chercher de l'herbe ou du sexe, la Dodge démarra en douceur, se glissant entre Charlie, Clem et les filles. Sadie ne put s'empêcher de frapper du plat de la main sur le capot et le type s'arrêta à son niveau. Il portait un imper mastic, genre Burberry de l'armée anglaise, directement sur son maillot de bain, et malgré ses cheveux courts il ressemblait à Jim Morrison, le chanteur des Doors. Le type se pencha par la fenêtre et décrocha un super sourire de la mort à Sadie qui toucha ses nattes en gigotant des hanches comme si elle avait soudain voulu se débarrasser d'une culotte imaginaire gênante.

— Salut.

— Salut…

Charlie poussa Sadie et se colla contre la portière, les cheveux pendant sur le volumineux rétroviseur chromé de la Dodge.

Le type tirait sur son cigare.

— Salut à toi, Charlie Manson, tu te souviens de moi ?

— Non et j'ai pas le temps de te causer mon pote, désolé.

Charlie n'avait pas l'air désolé, plutôt menaçant, mais l'autre ne se démonta pas. Vu de près, il avait au moins l'âge de Charlie et l'air d'un gros frimeur de Malibu.

— Mais si, on s'est vus chez Dennis Wilson. Tu m'as parlé de l'Apocalypse ou de je ne sais plus quelle connerie. Trop marrant… Je m'appelle Miki, moi et ma sirène on cherche de l'herbe.

— Désolé mon pote, je sais pas de quoi tu parles, va chercher ailleurs…

Toujours sans se démonter, le surfer tira sur son cigare sous l'œil concupiscent de Sadie.

— Ok, Genius, on vous laisse…

La Dodge décolla dans un chuintement, effleurant les filles avant de repartir dans la nuit. À l'arrière, posées sur la tôle impeccable, les planches bariolées glissèrent sous les yeux des hippies comme un dessin animé d'un autre âge. La passagère blonde n'avait pas plus bougé qu'un mannequin de cire, sa casquette de tankiste allemand de la dernière guerre vissée sur les yeux. Ces deux-là avaient l'aura de la Californie idéale, un parfum d'extase, de rock'n'roll et de noix de coco synthétique… le cool méprisant que Charlie voulait exterminer.

IV

California dreaming on such a winter's day
Stepped into a church I passed along the way...

Ils s'étaient vautrés tous les sept dans la vieille Ford de Johnny Swartz, comme une bande de gosses en virée. Linda conduisait, Tex à côté d'elle à l'avant. À l'arrière, sur la banquette que Swartz avait gentiment reclipée en leur honneur, se serraient, jambes mêlées, chair contre chair, Charlie et ses filles, Sadie, Katie, Leslie. Clem s'était tassé contre la portière droite. Il tripotait un transistor. Charlie, de très bonne humeur, se laissait pour une fois aller à chantonner la musique des autres, en l'occurrence celle de Mama Cass, une grosse cliente à lui quand il dealait avec Tex chez Dennis Wilson. Avant de partir, il avait donné à chacun un carré de buvard d'un nouvel acide très fort qu'il avait rapporté la semaine précédente d'une de ses escapades : l'Orange Sunshine. Mélangé à ce qu'ils avaient avalé les jours précédents, le STP, la Belladone et la méthédrine, ce buvard orange joliment orné d'un soleil rouge dessiné à la main par un artiste faisait merveille. Tex et Sadie semblaient carrément perchés sur la planète Mars, incapables l'un et l'autre de proférer le moindre son articulé. Clem riait stupidement en tripatouillant son poste de radio, enfermé dans les circuits, les résistances, les gouttes d'argent des soudures et les petits fils colorés de ces circuits miniaturisés. Seules Leslie et Katie étaient sur la même fréquence. Jouant à fermer les yeux, elles s'amusaient à comparer leurs visions, surprises une fois de plus par la manière fluide dont leurs intérieurs s'étaient connectés naturellement depuis qu'elles avaient abandonné leur ego. Au contact de Leslie, une bonne copine, gaie, généreuse et très ouverte, bien collée contre Charlie, Katie s'animait et prenait de l'assurance, elle devenait presque jolie. Les deux filles penchaient la tête l'une vers l'autre par-dessus les genoux de Charlie, elles échangeaient leurs visions en pouffant de rire. Leslie voyait des lustres de cristal qui défilaient, d'immenses fleurs opalescentes comme les éclairages des vieux palaces. Les pampilles reproduites à l'infini éclairaient de grandes salles vides. Katie voyait la même chose mais le traduisait différemment sur sa fréquence à elle, plus organique. Elle décrivait des pétales blancs qui flottaient dans un bourbier noir. Puis les lustres de Leslie et les pétales de Katie se transformèrent en une fontaine commune, une féerie aquatique, celle des films d'Esther Williams.

— Au prochain feu, je me le fais.

Une belle voiture blanche, une décapotable européenne, n'arrêtait pas de tourner autour d'eux, les dépassant puis se laissant rejoindre. Le conducteur, un type blond vêtu d'un polo de tennis bleu ciel, aimanté par la gaieté des occupants de la Ford, voulait jouer les jolis cœurs avec Linda. Avant le feu, Charlie se pencha sur Katie, ouvrit la portière puis l'enjamba pour se frayer un passage. Katie interrompit son histoire de fontaine lumineuse et Charlie sortit sur le boulevard que parfumait l'odeur d'échappement. Une nappe de brume s'accrochait à la Ford comme s'ils transportaient avec eux une part de mystère, un brouillage. Charlie s'avança sur l'asphalte, indifférent aux pinceaux des autres phares. Il semblait à Linda une petite silhouette chétive, un scorpion presque transparent prêt à donner la mort. Les phares, les lumières passaient à travers son corps si frêle. De dos, le type à la voiture blanche ne le vit pas venir. Ou alors il aperçut dans son rétroviseur un petit mendiant chétif armé d'un dard ou d'une baguette de magicien. Dès que le conducteur comprit ce dont il s'agissait, la voiture blanche démarra en trombe, le laissant sur l'asphalte. Le temps que Charlie rengaine son arme et remonte dans la Ford sous les huées des klaxons, la voiture blanche avait disparu.

Charlie ne perdait jamais la face. Il se rassit à l'avant en poussant brutalement Linda pour prendre le volant. Personne ne commenta. Même Sadie n'avait pas le cœur à oser se foutre de lui, elle était trop schlass pour ça. Ce soir elle n'avait pas assez tapé dans la métamphétamine et les fatigues accumulées entre les parties de jambes en l'air, l'acide et les émotions de la veille lui faisaient piquer du nez vers l'épaule de Clem. Elle tomba dans un gros sommeil d'adolescente. À côté d'elle, les deux autres filles continuaient d'échanger leurs visions, persuadées désormais de ne former qu'un seul réseau de tripes à elles deux. Il leur semblait que leurs cerveaux connectés faisaient passer les informations à travers le circuit ordinaire de la bouffe et des matières fécales.

Charlie avait dévalé la 210 en direction de Pasadena. Il obliqua sur la sortie Rose Bowl, passa devant la grande silhouette Tudor du Castel Green et s'arrêta à une station-service. Les couleurs du sigle de la compagnie pétrolière Exxon brillaient dans la nuit. Il laissa Linda se débrouiller avec le pompiste et la carte de crédit volée, sachant qu'il n'y avait aucun risque de bévue puisque les cartes de crédit d'essence n'étaient pas nominales, à la différence de celles des magasins de bouffe. Il avait une grosse envie de sucre. Il visita la boutique et revint avec trois milk-shakes. Il en donna un à Clem et passa l'autre au binôme Katie-Leslie qui continuaient de rigoler. Il s'installa ensuite au milieu de la banquette avant, près de Tex, toujours raide comme un jouet en panne, et ordonna à Linda, qui n'avait pas faim non plus, de reprendre le volant. Tout en sirotant, il donnait des ordres à Linda, l'entraînant dans un labyrinthe d'avenues à travers les quartiers paisibles et arborés de South Pasadena. Dans la voiture, tout le monde se taisait. Clem avait éteint son transistor, ou alors la pile était morte, il regardait le paysage par la fenêtre arrière en tirant sur sa paille comme un enfant sage, sans trop déranger Sadie qui s'était rendormie sur son épaule. Les deux idiotes en binôme avaient sifflé le milk-shake en un temps record et maintenant s'amusaient à faire des glouglous avec la paille au fond du gobelet. Le bruit agaça Charlie, il leur envoya une gifle qui fit tout valser. Pris d'une rage froide, il n'arrêtait pas de donner des ordres du genre : « à gauche », « non à droite » ou « tout droit ». Linda conduisait comme une mémé affolée en retard pour la messe. D'ailleurs, ils n'arrêtaient pas de passer devant des églises, à moins que ce ne fût toujours la même… Un gros truc en stuc genre pâtisserie mexicaine eut le don de mettre Charlie en colère et lui donna l'idée de tuer un prêtre.

C'était parti… voilà qu'il voulait se faire un cochon de curé ! Il annonça la nouvelle à Linda qui jeta un coup d'œil sur sa petite tête chevelue et vit le lac noir de ses grands yeux trop écartés briller, comme enflammés par l'envie de tuer un putain de cochon de curé… Sous ses cheveux bouclés, il avait l'air d'un diable nain. Ils se garèrent dans un petit coin tranquille, ombré d'orangers. Un vrai bled mexicain planté dans Los Angeles. L'église blanche et jaune se dressait dans la nuit, comme un lieu de paix. Sa silhouette rappela à Clem celle de l'asile psychiatrique de Camarillo. Craignant dans une parano d'acide qu'on l'y ait ramené, il commença à s'agiter un peu.

Charlie poussa Linda d'une bourrade et sauta sur le trottoir. Il s'éloigna sous les orangers en mimant une sorte de danse peau-rouge. Il n'avait pas pris la baïonnette ou alors il l'avait parfaitement dissimulée sous sa longue chemise de daim. Sa silhouette s'effaça dans l'ombre, avant de réapparaître plus loin sous le porche de l'église. L'éclairage urbain permettait de deviner au-dessus du portail une fresque, ou plutôt une mosaïque représentant Jésus le bras dressé en signe de bénédiction sur un fond jaune pâle, délicatement meringué.

Charlie dansait toujours, à distance il semblait s'acharner sur le portail, heurtant le pin verni avec un gros anneau de fer forgé qui servait de poignée. Par rapport à Jésus ou même à ses disciples, sa stature paraissait toute petite, un animal nocturne, un rongeur, s'acharnant à vouloir forcer la porte du garde-manger.

— La nuit, il n'y a personne dans la maison de Dieu.

C'était Sadie qui avait parlé d'une voix d'enfant somnambule. Elle s'y connaissait un peu en religion, avant la mort de sa mère elle avait fait partie des chœurs de l'église de Los Banos. La phrase sembla très profonde à Clem qui la regardait bouche bée en mâchant un vieux chewing-gum retrouvé dans sa poche.

Quand Charlie regagna la Ford, sa rage avait monté de plusieurs degrés. Il reprit le volant et le temps sembla rentrer dans une sorte de tourbillon. La voiture tournicotait dans des rues sans fin, passait devant d'autres églises, tout aussi décevantes et placides. Puis Charlie suivit une avenue large bordée de vieux oliviers noueux, obliqua à gauche vers les collines, accéléra et entreprit une montée en ligne droite sur une éminence meublée de maisons de plain-pied de style moderne.

En haut de la côte, Charlie s'arrêta devant une grande bâtisse, beaucoup plus haute que les autres. D'une époque antérieure, flanquée d'une tourelle à créneaux, elle ressemblait à la conciergerie de Disneyland. Il gara la voiture dans l'ombre, non loin d'un porche fissuré qui imitait l'entrée à mâchicoulis d'un château fort d'opérette. Le portail était ouvert, la maison était allumée. Une gigantesque bougainvillée couronnait de grappes écarlates les balustres d'une terrasse.

La sihouette de Charlie s'était enfoncée sous le portail. Les autres restaient tapis dans la voiture. Tex et Clem avaient ouvert leurs couteaux et attendaient que Charlie revienne pour leur donner le signal de l'attaque. Tex, toujours droit comme un i, s'acharnait à manger sa moustache. Il grinçait des dents si fort que Linda avait envie de le frapper pour le calmer. Sadie s'était rendormie contre l'épaule de Leslie, elle aussi toute calme et tranquille. Katie avait retrouvé sa rigidité d'épouvantail.

Charlie ressortit du mâchicoulis et se remit au volant sans dire un mot. Il redémarra et fit demi-tour, bouche serrée, l'air sombre ; quand ils furent redescendus sur l'avenue, il daigna leur expliquer qu'il avait aperçu par la baie vitrée des photos d'enfants et qu'il ne voulait pas tuer des enfants mais les libérer du joug de leurs parents. Ça avait tout l'air d'un prétexte mais personne ne voulut s'en apercevoir à part Linda qui n'avait pas son mot à dire et préférait s'écraser. À partir de ce moment, comme par magie, ils cessèrent d'errer au hasard. Charlie redescendit sur Hollywood et rattrapa Sunset. Au croisement de Vermont, il prit à droite et remonta jusqu'à Franklin et Los Feliz. Arrivé aux abords de Griffith Park, il tourna dans plusieurs rues à sens unique sans la moindre hésitation. Ils eurent tous l'impression que Charlie avait de nouveau un plan, comme s'il avait trouvé dans le jardin mauresque de la maison Disneyland les instructions d'un jeu de rôles.

— On va faire deux équipes. La première agira seule et rentrera en stop par ses propres moyens, la seconde restera avec moi.

Personne ne dit un mot. Toujours plus ou moins endormie, Sadie semblait vouloir disparaître dans l'épaule de Leslie. Elle surjouait la loque humaine dans l'espoir d'éviter de devoir recommencer la lourde besogne de la veille, sans bénéficier de l'assistance d'une voiture et d'un chauffeur pour le retour. En plus, elle trouvait que la soirée commençait mollement et que le Helter Skelter 2 s'annonçait nettement moins drôle et glamour que le premier. Les abords de Griffith Park dégageaient une atmosphère paisible et bourgeoise, beaucoup moins flashante que les canyons de Bel Air. Elle n'avait pas envie de trucider un vieux schnoque en pyjama rayé ou une toupie en pantalon corsaire aux dessous armaturés comme celle qu'elle vit dans un demi-sommeil promener son chien sur le trottoir. Quitte à finir à la chambre à gaz de San Quentin, autant rester flamboyante...

Charlie avait arrêté la Ford dans un coin tranquille, une petite rue pentue et arrondie, Waverly Drive. Il s'était garé en plein tournant, près d'une allée privée qui montait dans les hauteurs du lotissement en direction des arbres. Lorsque Sadie ouvrit les yeux, Charlie venait de sortir de la voiture. Elle se dit qu'il allait sans doute revenir bredouille comme la dernière fois et regarda d'un œil morne le paysage autour d'elle. Juste devant la Ford, de l'autre côté de l'allée, elle aperçut un bateau de plaisance sur une remorque. Le bateau, un hors-bord modeste, la surprit, elle se dit qu'ils s'étaient peut-être rapprochés de l'océan pendant son sommeil. Elle ouvrit carrément les yeux et s'aperçut que Tex aussi avait disparu. Il n'y avait plus que les filles et Clem dans la voiture. Linda se tourna vers l'arrière, sans réveiller Clem qui avait piqué du nez, et s'adressa à Sadie :

— Tu as vu, on est à côté de chez Harold...

Sadie reconnut une maison où elle avait passé une nuit quelques mois plus tôt. Un rendez-vous de défoncés occupé par un certain Harold True, un vague copain de Charlie.

— C'est là ?

— Non, Charlie est entré à côté... Là...

Linda désignait de la main une autre maison, plus proche que celle d'Harold. Une bâtisse blanche, de style espagnol, datant des années 1920. Elle était plantée en haut d'une pelouse en pente, beaucoup moins discrète que les autres, et paraissait calme. Leslie se mit à parler, dans le noir sa voix chevrotait comme celle d'une nouvelle à l'école qui récite sa leçon.

— Charlie nous a désignées moi et Katie pour le Helter Skelter. Ils sont rentrés avec Tex pour attacher les gens. Charlie va leur faire croire qu'il s'agit d'un cambriolage, ensuite il nous laisse agir et vous emmène ailleurs.

Sadie, soulagée de ne pas faire partie de la première équipe, cessa de jouer les endormies.

— Comment ils savent qu'il y a des gens là-dedans ? Moi je dirais que c'est des vieux qui sont partis en vacances.

Le bateau garé devant lui rappelait des choses normales, oubliées depuis longtemps, des plaisirs qu'elle n'avait d'ailleurs jamais trop connus...

— Tu sais bien que The Soul n'a pas besoin de voir pour savoir.

Plus réveillée ce soir que la veille, Katie venait de prononcer cette vérité sentencieuse. Sadie décida d'asticoter Leslie :

— Alors Leslie, t'es prête à saigner du cochon ?

Leslie rit stupidement sans répondre. Sadie, qui la connaissait bien, la savait inquiète sous ses airs. Elle avait envie de la torturer encore un peu :

— Allez, montre-moi comment tu vas piquer, t'as un bon couteau, au moins ?

Leslie allait docilement sortir son Buck pour le montrer à Sadie quand Clem l'interrompit.

— C'est à vous, les filles.

Charlie venait d'apparaître derrière les haies décoratives qui bordaient la façade de la maison. Leslie et Katie se précipitèrent. Sadie se dit que Katie était un sacré pistolet pour arriver à enquiller deux soirées de meurtres avec la même énergie bourrue. Elle profita du mouvement pour s'étirer sur la banquette, posant ses pieds nus sur l'entrejambe bien chaud de Clem. Léger comme un chat, Charlie était déjà de retour dans la voiture. Sadie remarqua que sa liquette était ouverte, il avait retiré le lacet de cuir pectoral pour ligoter ses victimes. Il se retourna vers elle et lui jeta une pochette marron sur les genoux.

— Garde ça, on va l'abandonner dans un quartier de nègres.

Sadie ouvrit la pochette, il y avait un peu d'argent, des cartes de visite et des papiers d'identité au nom d'une femme italienne.

Quand Leslie et Katie entrèrent dans la maison, encombrées par un paquet de vêtements de rechange, elles furent accueillies par un gros labrador qui vint leur lécher les mains. Le toutou n'était pas un gardien très sérieux. Ses caresses firent marrer Leslie qui jeta le paquet de fringues par terre pour jouer avec lui.

Dès qu'elles passèrent au salon, défoncées comme elles étaient, la décoration atroce attaqua tout de suite leur mental. Des chromos et une peinture représentant un clown s'animaient le long des murs tels des esprits diaboliques, une caricature suprême du style de vie petit-bourgeois. Leslie poussa un cri quand elle aperçut sous un abat-jour à franges, près d'un fauteuil renversé, les gros pieds nus d'un bonhomme. Il était posé stupidement par terre, ventre en avant, dans un pyjama qui bâillait sur un large ventre poilu. Ses bras avaient disparu sous son corps difforme et sa tête était cachée sous une taie d'oreiller. Un fil de lampe en tissu tressé jaunasse serrait la taie au niveau du cou comme un garrot. Au premier coup d'œil, Leslie espéra qu'il était déjà mort, mais elle vit les pieds remuer et la taie mouillée au niveau de la bouche gonfler et se dégonfler sous l'effet de la respiration. Il respirait même très fort... pire, il se mit à parler :

— Pitié, détachez-moi, vous m'avez trop serré les mains, j'ai mal.

Tex le regardait sans bouger. Ces supplications mettaient Leslie mal à l'aise, elle était gentille et ne pouvait supporter aucune souffrance. Ce qui ne l'empêchait pas de rester immobile à regarder le bonhomme pleurer sous sa taie d'oreiller, en spectatrice. Tex s'approcha d'elle jusqu'à ce que leurs deux corps se retrouvent collés épaule contre épaule. Il puait le fauve. Bizarrement, il avait les mains dans les poches, on aurait dit un vieux gamin en visite chez sa tante.

— Est-ce que Charlie a dit qu'il fallait les tuer ?

Leslie sursauta en se demandant comment Tex pouvait lui poser une question pareille alors qu'il était rentré le premier dans la maison avec Charlie. En plus, Tex contrôlait mal sa voix et avait parlé à voix forte. En l'entendant, l'homme attaché se mit à hurler sous sa taie d'oreiller et une voix de femme que Leslie ne connaissait pas, forte, bien vivante, monta en renfort de la pièce adjacente dans laquelle Katie avait disparu.

— Arrêtez ! Qu'est-ce que vous faites à mon mari ?

La femme semblait en pleine crise de nerfs. Leslie rentra la tête dans les épaules, s'attendant à la voir apparaître et foncer sur eux mais la voix ne bougeait pas. Elle devait être attachée, elle aussi, on le devinait à ses cris sans pouvoir expliquer vraiment pourquoi. Leslie se demanda combien de temps ils allaient tous les deux crier comme ça. À cause de l'acide, il lui sembla que le boucan dura au moins vingt minutes, un concert de hurlements plus forts les uns que les autres. Au bout de ce long moment, Katie revint dans le salon. Elle avait un couteau à pain à la main, une lame de vingt centimètres dentelée, et se tenait près du grand clown peint, occupé à pleurer. Leslie eut l'impression que le clown ne pleurait pas tant que ça, qu'il bougeait derrière la lame brillante et qu'il allait bondir tel Charlie au milieu de la pièce, éclater de rire et sauter avec ses grandes chaussures rouges sur le ventre du gros bonhomme comme sur un trampoline poilu. Katie regarda Leslie et lui dit d'un ton brusque :

— Va chercher d'autres couteaux, il y en a plein dans la cuisine.

En l'entendant, le gros en pyjama et la femme dans la pièce à côté recommencèrent à couiner de plus belle. Tex posa à nouveau sa question, en chuchotant cette fois.

— Est-ce que Charlie a dit de les tuer ?

Les chuchotements semblèrent encore plus louches aux oreilles des deux victimes, ils criaient maintenant tellement fort que Katie fit un geste éloquent en direction du ventre nu du bonhomme couché par terre. Leslie fouilla la poche de sa salopette, tâtant le canif Buck sans oser en parler. Elle hésitait : peut-être valait-il mieux prendre un couteau sur place comme Katie le lui avait suggéré... peut-être était-ce un changement de plan qu'elle n'avait pas capté... Quand elle vit Tex se diriger vers ce gros jambon poilu, sa baïonnette à la main, elle fonça ni une ni deux vers la pièce voisine, non pas celle où elle entendait la femme crier, mais une autre, une salle à manger encore plus horrible que le salon avec encore plus de bibelots, d'images et de décorations moches à faire peur. La salle à manger sentait le renfermé, une vie bourgeoise et sinistre que Leslie avait fuie en vivant au grand air, au ranch ou dans le désert. Ici, c'était confiné, des chaises chromées à coussin de velours, des rideaux double épaisseur, une moquette, des tapis par-dessus la moquette, un buffet rempli de vaisselle, de décoration, de bouteilles de liqueur italienne en forme d'étrons, de sculptures en biscuit grimaçantes. La cuisine offrait tout le confort baroque que les magasins de décoration pouvaient proposer aux ménagères à la fin des années 1960. Une vraie batterie d'objets utiles ou inutiles, rustiques et compliqués. Dans toute cette camelote propre et graisseuse à la fois, Leslie choisit un couteau et une fourchette à jambon dont les deux piques pointues et le manche en bois orné de motifs décoratifs en forme d'yeux lui paraissaient solides. Elle se sentait au fond d'elle incapable de tuer qui que ce soit.

L'homme attaché dans le salon hurlait sans interruption, puis il perdit sa voix et se mit à pleurer comme un petit chien, ou bien était-ce le labrador ? Un nouveau fracas retentit dans la pièce du fond, elle entendit Katie qui criait.

— Leslie ! Leslie !

La voix de la bonne femme retentit :

— Arrêtez-vous !!! Qu'est-ce que vous faites à mon mari ?

La voix était montée d'un cran, plus claire, plus articulée. Plus autoritaire, aussi... On sentait que la femme avait défait ses liens. Leslie ne put faire autrement que d'affronter sa peur.

En comparaison du reste de la maison, la décoration de la chambre à coucher paraissait sobre. Un grand lit, des rideaux en tissu vert, des voilages derrière les rideaux, une descente de lit en peluche couleur bronze, des poupées décoratives habillées en velours et dentelles synthétiques, certaines tombées par terre dans la bagarre.

Katie était de dos, son couteau à pain à la main, elle essayait d'approcher une femme, une vieille d'au moins trente-cinq ans, encore assez jolie. La femme, très brune, les yeux noirs, de type mexicain ou italien, était en combinaison de dentelle, on voyait qu'elle était nue en dessous car les poils de son sexe et les pointes violettes de ses seins apparaissaient à travers la dentelle. Réfugiée dans la ruelle du lit, dos au mur, elle tenait une lampe à la main comme une épée ou une massue et menaçait Katie avec l'ampoule encore allumée malgré le cordon électrique en tissu couleur bronze vaguement enroulé autour de son cou.

Quand Leslie se rapprocha, la brune se tourna vers elle, lui fourrant l'ampoule sous le nez. Leslie essaya mollement de l'atteindre derrière la lampe mais la fourchette à gigot ne rencontrait que du vide ou un bout de tissu qui s'échappait aussitôt, farouche comme un papillon de nuit. Katie monta sur le lit, le matelas à ressorts n'était pas une base très solide, elle commença de danser la gigue en risquant à chaque instant de perdre l'équilibre. Le couteau à pain qu'elle cherchait à rapprocher de la femme brune valsa dans l'air en balancier affolé puis se prit dans la passementerie du rideau. La femme lança la lampe vers elle pour la déséquilibrer et Leslie éblouie aperçut sa silhouette qui se dégageait au niveau du flanc. C'est à ce moment précis qu'elle aurait dû frapper, enfoncer les deux dents de la fourchette sous les côtes, dans la chair molle et les organes fragiles, mais son bras était figé, glacé, impossible à bouger.

Une odeur de bouc bien chaude lui monta aux narines, c'était Tex qui la bousculait, la collant contre le mur de gauche, brutal, tel un sportif avide de toucher au but. Leslie sentit les muscles durs de l'épaule de Tex, son bras qui passait près d'elle boxant vers le coin pour donner la mort. Elle vit la baïonnette et ses tympans explosèrent presque aussitôt. L'air se remplit d'un cri terrible. Le dos de Tex, les muscles de ses épaules, toute sa grande carcasse se faufilèrent entre elle et la femme blessée, l'expulsant de la zone de combat.

Leslie s'assit au bout du matelas au bord du lit confortable, recouvert d'un dessus-de-lit matelassé à motifs imprimés terrifiants. Le lit bougeait en criant, il avançait seul vers la porte, faisant plisser le tapis sous les pieds nus de Leslie.

Il gigotait par à-coups, poussé par Tex, Katie et la femme, tous tombés au sol. À chaque bourrade de Tex, un cri montait et le lit bougeait, agité par une force diabolique. Leslie enjamba les poupées qui traînaient sur la peluche jaune du tapis et s'enfuit pour échapper aux cris et aux maléfices.

Dans le salon, par terre, derrière le fauteuil renversé et la lampe dont l'abat-jour frangé pendait, en partie décollé de son armature métallique, sous un coussin taché, un cendrier et des tas de vieux journaux, près de cette merde, à moitié enfoui… se trouvait toujours cette culotte de pyjama rayé, au bout de laquelle pendaient deux pieds et au-dessus, entre les journaux, un coussin sanglant énorme, poilu. On aurait dit un cochon de tissu rouge, un morceau de viande graisseuse enveloppé par un mauvais boucher dans un vieux slip ou une toile à matelas. Leslie ne pouvait pas regarder, elle ne supportait pas la souffrance, les animaux blessés, les charognes, les bouts de viande tombés sur des tapis. Elle leva les yeux. Le clown avait bougé. Il avait sauté d'un mur à l'autre comme ces animaux hargneux et lâches qui volent les chairs mortes dans la nuit. Il s'était rapproché de sa proie. Il regardait Leslie, les pieds en éventail avec ses grosses chaussures en V. Derrière lui, d'autres clowns plus petits, encore plus voraces. Ils étaient cachés derrière le grand clown, furtifs, joueurs, coquins, affamés. L'un d'entre eux, penché, regardait la scène, l'air plus malin et glouton que les autres : bien planqué derrière la veste à carreaux du grand papa clown, il inspectait en douce l'horrible salon, la pauvre petite Leslie terrifiée, la table avec les journaux de turf, les coussins sanglants, la lampe tordue, les franges en cheveux de poupées, le fauteuil renversé, et surtout, il regardait les jambes, les pieds nus, le polochon poilu qui pissait le sang et bougeait – non, Leslie ne rêvait pas – légèrement, un orteil par-ci, un ongle par-là, soulevant en douce les chiffons sanglants de sa respiration avec un bruit de sifflet d'enfant à cause de l'air, du gaz carbonique plutôt, qui ne sortait plus par la bouche – une autre plaie seulement reconnaissable à cause des dents – mais par les nombreuses petites fentes rouges, bordées de gras, ouvertes dans la chair à vif.

Leslie retourna dans la chambre. Katie était assise sur le lit, l'air triste ou plutôt ennuyé à côté de Tex debout, les bras ballants. On aurait dit qu'il venait de retirer son chapeau, un chapeau imaginaire, pour faire une petite prière, comme les héros de western quand quelqu'un est mort. La femme brune avait disparu, sans doute cachée derrière le lit qui avait encore avancé vers le milieu de la pièce avant de s'arrêter définitivement. Tex se tourna vers Leslie et lui fit signe d'approcher. Toujours obéissante, Leslie se dirigea vers le bout du lit. Elle avait moins peur que tout à l'heure. Le silence la rassurait.

— Allez ! pique-la... Charlie veut que tu la piques. Tout le monde doit participer.

Tex parlait d'un ton sérieux, un garçonnet qui demande à une petite fille venue jouer avec lui de bien observer les règles. C'est normal, pas de favoritisme, tout le monde doit jouer. Leslie comprend cette logique-là, elle ne comprend même que ça, faire comme les autres pour que les autres vous acceptent, alors elle s'approche. Ce qu'il reste de la femme brune, un petit paquet de dentelles enveloppé dans le cordon électrique de la lampe, est coincé entre le lit et le mur. Elle ne crie plus, elle ne bouge plus, elle est devenue plus petite, un chiot qu'on a étouffé et qui est resté dans son doudou, le tissu qu'on lui a donné pour se blottir quand sa mère a mis bas. Ça ne doit pas être bien confortable pour mourir, un bout de tapis, un coin de lit, une plinthe sale, de la dentelle synthétique, rêche, moche et plissée qui remonte sur une croupe jolie, fendue, brune au milieu, avec des poils là où s'ouvrent les entrailles, le trou du cul, et plus bas le sexe noir qu'on ne voit pas parce qu'il est caché au fond des cuisses sous la chair morte et tiède. Leslie se penche et donne des coups de poing dans les fesses de la dame brune, avec son couteau au bout, trois quatre pour faire genre, accomplir sa BA de girl-scout. Ça ne lui procure aucun plaisir, rien à voir avec ce que Sadie racontait. Elle a l'impression de larder un rôti tiède. Elle rit pour frimer mais c'est triste et surtout vite fait.

— Tex ! Le mec n'est pas mort. Il bouge…

C'est Katie. Elle en veut encore, insatiable. Elle se tient debout dans l'encadrement de la porte.

— Tex ! Il est pas mort, je te dis.

Tex paraissait rêvasser ou alors il disait vraiment sa prière. Peut-être qu'il avait la flemme, qu'il en avait marre de finir à chaque fois le boulot tout seul. Finalement, il obéit à Katie en la bousculant au passage pour bien montrer que c'est lui l'homme, le chef. Depuis que Charlie n'est plus là il respire, il se sent de nouveau exister, même si l'Orange Sunshine mélangé avec toute la méthédrine qu'il s'est enfilée lui brouille les idées. Il faut finir le travail, alors malgré son peu de goût pour ce corps obèse, vieux dégoulinant de graisse, il s'agenouille sur le tapis, prend appui sur le canapé de cuir éclaboussé de sang et plonge, puis replonge sa baïonnette, une fois, deux fois, trois fois, jusqu'à ce que tout s'arrête pour de bon. Il se retourne, toujours à genoux et il demande à Leslie sa fourchette. Il la prend d'abord par le manche, puis par la tige entre le manche et les pointes. Il entrouvre le pyjama encore plus, dégage bien le ventre poilu et appuie les pointes sur la chair grise comme s'il voulait la crever. En forçant, il pousse, il tire sur la fourchette et il grave bien profondément sur le ventre de l'agonisant en majuscules d'imprimerie les trois lettres du mot « WAR ». Les deux pointes de la fourchette appuyées symétriquement lui ont permis de réussir le W à la perfection, pour le A et le R il s'est appuyé davantage sur la pique de droite afin de ne pas dédoubler les bâtons. Du coup, il est obligé de revenir à deux reprises sur la barre horizontale du A. Une fois satisfait de son travail, il jette la fourchette sur le tapis près d'un coussin taché et se relève, fatigué, sur ses deux jambes.

Leslie est là, debout, elle voit tout mais elle ne voit rien. Elle rit nerveusement, elle est perdue, elle cherche les clowns. Eux se sont calmés, ils sont rentrés dans leur cadre. C'est alors que Tex dit :

— Je vais prendre une douche.

Les douches n'existent pas à Spahn Ranch, pas plus que l'eau chaude. La veille, l'histoire du robinet, la bagarre avec le flic et sa bonne femme, ont fait regretter à Tex de s'être sauvé trop vite, de ne pas avoir pris le temps de faire un brin de toilette dans une des baignoires de la maison de Sharon Tate. Là il va s'étirer, se détendre enfin sous une bonne grosse douche bien chaude avec du savon et des serviettes propres. Après le boulot, la récompense, et en même temps qu'il enlève sa chemise et son pantalon trempés de sang tiède, dont les boutons et l'agrafe de ceinture lui collent aux doigts, à moins que ce ne soit le contraire, en même temps qu'il demande aux filles de chercher dans le frigo un morceau à croquer. Il a faim, il a soif, il a envie de poser son cul sur une chaise après sa douche et de prendre un peu de bon temps, avant de repartir en stop.

Du melon d'eau, un pot de fromage, un bout de pain de mie... Tex a une faim dévorante, il parle la bouche pleine tout en mâchant.

— Leslie, prends un chiffon et efface les empreintes sur les portes. Les poignées, les couteaux... Tout ce qu'on a pu toucher. Ensuite, Katie, tu feras les inscriptions.

Katie écoute à peine, elle aussi dévore tout ce qui lui tombe sous la main. Tex prélève une part de melon avant qu'elle n'ait tout avalé et la pose entre le pain de mie et le pot de fromage à tartiner. Leslie qui tient à sa ligne et qui a sûrement honte de son inefficacité (Sadie va se marrer quand elle saura) se rattrape avec son chiffon. Méthodique, attentive, elle fait un ménage très calculé. Les experts le diront au procès, elle nettoie bien les poignées du Frigidaire, les portes, la table basse du salon, le socle de la lampe... Voilà qu'elle lave la baïonnette que Tex a oubliée sur le lavabo de la salle de bains. Elle l'essuie avec la serviette de bain encore tiède du corps de Tex et se regarde en même temps dans la glace. Un petit coup d'œil juste pour voir si elle est toujours jolie. Soudain, elle se rappelle qu'elle a oublié dans le salon la fourchette avec ses empreintes et celles de Tex. En revenant, elle voit Katie à genoux devant le cadavre du gros bonhomme poilu, occupée à jouer près de la tête sous la lampe frangée. Elle touche un objet, retire sa main... Puis elle recommence, en riant toute seule comme une gamine. Leslie la regarde un bon moment sans bouger, elle entend dans la cuisine les bruits de mastication de Tex qui se goinfre comme un cochon. Puis le bruit de la poubelle à pédale, et le ploc des peaux de melon qui tombent sur le plastique du sac-poubelle.

Katie joue toujours, l'objet brille sous la lampe, on dirait un ressort ou une toupie. Leslie comprend enfin. Katie a planté la fourchette dans la masse graisseuse du double menton, un vrai goitre, sous les dents et au-dessus des poils, et s'amuse à la faire osciller dans l'air. Le manche de bois bouge comme une petite catapulte devant le fond sombre du fauteuil renversé, des coussins souillés de sang et des journaux de turf chiffonnés par les piétinements meurtriers de Tex.

Katie se relève en riant.

— Tu as vu, c'est marrant !... Comment ça bouge.

— Trop poilant...

Leslie n'a jamais été contrariante, c'est pas maintenant qu'elle va commencer, elle est encore jeune, un rien la fait marrer. Elle n'a pas envie de toucher le gros cadavre alors elle donne le chiffon à Katie afin qu'elle essuie le manche de la fourchette. Leslie regarde ailleurs, elle a mis ses mains dans le dos, comme à l'époque où elle portait encore un tablier dans la cour de l'école. En se mordant les lèvres pour ne pas rire ou pleurer ou crier elle regarde les murs, le décor, toujours aussi affreux. La bague de chrome du manche envoie des petits scintillements sur la veste du grand clown.

RISE. Katie a trempé le chiffon dans le sang, elle a écrit avec le bout, soigneusement, ce mot, « rise », sur le mur du salon au-dessus d'un tableau. Puis, plus loin, au-dessus d'un autre tableau, plus petit, elle inscrit : DEATH TO PIGS. Ensuite, dans la cuisine, sur la porte du Frigidaire avec le reste du sang elle pose les mots magiques : HEALTER SKELTER en faisant une faute d'orthographe, et elle jette le chiffon sur les vêtements de Tex. Le sang avec le sang.

Les deux filles doivent se changer à leur tour, elles aussi ont eu envie de prendre une douche, l'une après l'autre, dans la salle de bains embuée qui commence à sentir le fauve et le moisi mélangés. Pendant ce temps-là, Tex s'est brossé les dents puis il est allé dans la cuisine boire un peu de jus d'orange et jouer avec le labrador. Le chien est poussif, rhumatisant, mais il est resté très gentil. Un vrai bon toutou, un joyeux compagnon pour Tex qui ne pense à rien, juste à lui flatter le poil. Dès que Katie et Leslie ont fini, il se lève du tabouret et donne une tape sur le museau de son nouveau copain.

— Vous avez récupéré les fringues ?

Leslie s'est mis en tête de trouver un sac pour les transporter afin d'éviter d'en semer dans la rue sur leur passage. Dans une pièce de débarras, parmi des affaires de sport et des piles de revues nautiques, elle trouve plusieurs mallettes contenant une collection de pièces de monnaies anciennes. Un trésor de pirate à offrir à Charlie. Les mallettes sont très lourdes, elle décide de verser une partie des pièces dans un vieux sac de sport où elle empile aussi les vêtements sales imbibés de sang. Le transvasement se passe mal, certaines pièces roulent par terre sur les carreaux de ciment vitrifié chinés de virgules blanches comme le tweed des vestes zoot suit. Le sac pèse son poids, elle n'a plus qu'à espérer que les poignées tiennent bon.

— Leslie, tu viens !

Tex s'impatiente. Défoncés comme ils sont, ils n'arrivent jamais à estimer le temps qui passe. Au moins cent cinquante ans et demi qu'il joue avec ce chien... Charlie a beau dire que le temps n'existe pas, cette inexistence empêche de se repérer. Quand Leslie revient dans la cuisine, elle a le sentiment que Katie et Tex ont beaucoup vieilli. L'année qui s'est écoulée depuis leur rencontre a passé comme un éclair, les années 1960 ne sont déjà plus qu'un souvenir, mais leur attente dans la cuisine paraît avoir duré plus longtemps. Tex, surtout, s'est éloigné dans l'espace-temps, il a diminué, il s'est rabougri. Le chien pourtant si vieux avec son museau blanchi sous le poil sable, a l'air plus vaillant. Leslie exhibe sa trouvaille. Tex trouve la force de dire qu'il faut rapporter cet argent au ranch. Il se lève, une dernière caresse au chien puis, toujours dur à la besogne, malgré ses huit cents ans, pénètre à pas ralentis de petit vieux dans le débarras, saisi par une odeur de placard, de poussière et de reliquat d'insecticide. Il inspecte les mallettes. Voyant toutes ces piécettes, il est découragé. Ils ne vont pas transporter tout ça en stop, c'est absurde. Il abandonne le chargement et revient dans la cuisine, regarde Leslie qui a oublié pourquoi il était parti, et Katie qui dort à moitié devant le réfrigérateur :

— On y va.

Sur l'évier, il reste une peau de melon d'eau, il hésite à la jeter dans la poubelle mais il se sent las, il répète patiemment aux deux filles immobiles :

— On y va.

Leslie éclate de rire sans qu'on sache trop pourquoi puis elle ramasse le sac inutilement lourd et ils sortent dans le jardin par la porte de derrière, celle par où il sont entrés, tout simplement, comme des employés de maison.

Le camp de girl-scouts comptait plusieurs tentes militaires proprement disposées autour d'un feu. Le ciel rose-orangé brillait comme un vitrail derrière les cactus-cierges, énormes phallus couverts d'épines qui alignaient leurs silhouettes de carton-pâte en perspective jusqu'à l'horizon. À l'avant, à moitié engloutie dans le sable du désert mojave, se dressait une carcasse de pick-up brûlée, rouillée, crevée de partout. Sur la portière disloquée était inscrite à la peinture noire l'inscription HELTER SKELTER. Les girl-scouts portaient des chemises ornées d'écussons de couleur pour leur jamboree. Elles se guettaient les unes les autres sur une ligne impeccable, au garde-à-vous. Elles attendaient toutes le signal de la cheftaine. Quelqu'un avait allumé un vieux poste à lampes qui surfait tout seul sur des radios de la côte. Rock'n'roll et grosses voix d'animateurs survoltés… Montée sur le toit du pick-up, la petite Susan Atkins était la vedette du show. Armée d'une mitraillette, elle était vêtue comme les autres de sa chemise d'éclaireuse qui grattait un peu. Surtout les écussons. Quelqu'un avait coupé au rasoir tous les boutons et ses seins de bébé pointaient dès qu'elle bougeait sous la chemise ouverte pendant son échauffement. Elle portait deux jolies tresses bien divisées sur le sommet du crâne.

Soudain, un bruit d'arme automatique se fit entendre. La musique des Beatles lança le début du numéro : un défilé de choppers et de buggies transformés en blindés légers. Entouré d'une garde rapprochée de Straight Satans, Charlie ouvrait la marche, debout dans son buggy d'apparat, vêtu de sa plus belle veste de cérémonie. Dans le ciel orange, plusieurs soleils dessinés par des illustrateurs pop souriaient en clignant de l'œil.

Tell me, tell me, tell me, come on tell me the answer
You may be a lover but you ain't no dancer.

Helter skelter, helter skelter
Helter skelter.

Susan dansait pour Charlie, les talons de ses babies à brides claquaient au son des mitraillettes sur la tôle rouillée. Puis, le défilé s'arrêta et elle vit Charlie lui tendre la main et l'inviter à le rejoindre dans son buggy. Il avait l'air plus doux qu'à l'ordinaire, amoureux même… Pas de doute qu'il allait la demander en mariage et lui offrir de régner avec lui sur son royaume souterrain. En montant sur les sièges couverts de fourrures elle vit, accrochée à l'arrière de la voiture, une grande corde blanche en nylon de trois mille mètres de long. Elle allait leur permettre de descendre au fond de la caverne, dans le nombril du monde, le pays des fontaines de chocolat…

Charlie se pencha vers elle et l'embrassa sur le front. Sa barbe était douce et parfumée comme celle de Jésus…

— Hé, Sadie, réveille-toi. Aboule le portefeuille.

La Ford était de nouveau arrêtée dans une station-service. Charlie n'avait plus du tout la même aura que dans le rêve de Sadie. Il claquait de ses doigts secs sous son nez.

Sadie tendit à Charlie le portefeuille de cuir marron, orné d'une agrafe en forme de lys, qui contenait des papiers au nom de « Rosemary LaBianca ». Il contenait un permis de conduire avec la photo d'une vieille peau de trente-cinq ans, et plusieurs autres cartes nominatives, dont celle d'une salle de sport. Une photographie vue du ciel représentait des gamins en uniforme d'université pendant une cérémonie de remise de prix.

— Qu'est-ce que t'as fait du fric ?

Sadie fouilla la poche de son jean et tendit quelques billets froissés. Charlie s'en empara, les empocha et donna le portefeuille à Linda :

— Ça sent le nègre à plein nez ici. Va dans les toilettes et pose-le sur la chasse d'eau.

Le plan de Charlie était clair mais Susan se demanda pourquoi il avait choisi un quartier tranquille comme Sylmar. Il n'y avait pas beaucoup de nègres à Sylmar, plutôt des retraités de l'armée. En admettant que les flics découvrent un jour les papiers de la victime, ils ne feraient jamais la connexion entre les Black Panthers et les cochons de Los Feliz. Vu l'humeur de Charlie, Sadie préféra garder ses remarques pour elle. De toute façon, cette soirée était bizarre. Deux ou trois heures à tourner pour rien dans Los Angeles... Ils avaient parcouru au moins cent cinquante kilomètres. Elle n'avait pas cessé de piquer du nez, on aurait dit une de ces soirées qu'elle passait chez son père à regarder la télé toute seule en changeant de chaîne sans arrêt, sans arriver à choisir. Le Helter Skelter tournait en eau de boudin. Dommage... son rêve était sympa.

Elle regarda Linda se diriger vers la boutique de la station-service. Elle avait de grosses jambes et des petits seins, sans ça, avec sa jolie tête d'angelot, elle aurait été à croquer.

Derrière les longs cheveux de Charlie, dans le rétroviseur, découpés sur les lumières d'une enseigne jaune, elle vit ses yeux noirs, perdus, pensifs.

À quoi pensait-il ? Quand Sadie le regardait à la dérobée, elle surprenait souvent un air préoccupé, soucieux même. Le fait qu'il fût leur chef à tous le forçait à tenir sa réserve, à ne pas tout leur dire. Ses relations avec Dieu, les messages qu'il recevait de l'au-delà étaient des trucs très intimes dont il ne faisait pas part aux filles. Sadie n'aurait jamais oser lui demander à quoi il songeait. C'était sacré, il avait écrit une chanson sublime là-dessus : *Never Ask Why Love Never Dies...*

— On retourne à Venice.

Ces mots s'adressaient à Clem et ce n'était pas une question, un ordre plutôt, mais Sadie saisit sa chance, car braver les interdictions, c'était son truc. Futée, comme toujours, elle se colla sur le dossier de la banquette avant, devançant ce qu'elle croyait deviner des pensées de Charlie :

— Tu crois que ça c'est bien passé pour Leslie et les autres ?

Charlie lui jeta un coup d'œil dans le rétroviseur sans daigner se retourner.

— Ne me pose pas à moi les questions que tu te poses à toi-même.

Sadie recula. Charlie répondait souvent de cette manière : une énigme en échange d'une peur ou d'un doute. Il le répétait sans cesse : il n'avait pas d'ego, il n'était qu'un reflet de leurs désirs et de leurs peurs à tous. Il ne fallait pas espérer de réconfort, Charlie n'était pas un père à qui on peut se confier, il n'y avait rien à attendre de lui, son âme était morte, elle était devenue celle du monde, de la nature en général. Il ne fallait pas exiger de lui plus que d'un coyote ou d'un serpent ou même d'un arbre... ni haine, ni amour, ni réponse, ni consolation. Charlie ne savait plus ce que voulaient dire ces mots-là depuis longtemps.

Linda passa devant la voiture d'un pas rapide avec son petit air sérieux, sa bobine de bobonne qui va faire pipi ou payer l'essence. Rien qu'à sa manière de s'asseoir sur la banquette, on voyait son caractère. Sérieuse, lente, gros cul, pas joueuse pour un sou.

— Linda, tu te souviens où habitait le cochon d'acteur qui t'a prise en stop avec Sandy la semaine dernière ?

Linda regarda Charlie sans répondre. De profil, vu de l'arrière, on aurait dit un animal empaillé.

— Le mec qui vous a prises en stop et qui vous a baisées toutes les deux, à Venice. La semaine dernière !

— Ah oui.

Visiblement le verbe « baiser » lui disait quelque chose mais ça restait quand même lointain. Faire du stop et baiser avec n'importe qui n'était pas vraiment une expérience exceptionnelle.

— Euh ? Saladin... il n'a pas fait l'amour avec Sandy, juste avec moi... Sandy, elle roupillait.

— Ouais... bon, tu m'as dit qu'il était acteur de cinéma ?

— Oui.

— Tu peux retrouver son immeuble ?

— Oui...

— Alors on va se le faire. On va s'occuper de ce cochon... T'es prêt, Clem ?

— Ouais, ouais, Charlie, bien sûr héhé...

Sadie regarda Clem rigoler comme un méchant loup de dessin animé. Avec ses longs cheveux blonds de fille, sa peau bronzée et sa jolie bouche toujours baveuse, elle le trouvait très sexy. « Le meilleur d'entre vous », disait toujours Charlie qui aimait les simples d'esprit, car ils étaient nus, naturels, de bons sauvages sans les complexes à la con infligés par l'éducation des adultes. S'étendant sur la banquette, Sadie remit ses pieds sur sa bite pour essayer de voir si Clem ne bandait pas un peu. À l'avant, Charlie avait forcé Linda à ressortir pour changer de nouveau de place avec lui. Ils repartirent en cahotant. De plus en plus nerveuse, empotée, Linda allait finir par rentrer dans une voiture de flics ou par les foutre dans le fossé.

À peine la voiture repartie, Sadie vit Charlie qui la regardait dans le rétroviseur.

— Raconte-nous comment elle est morte.

— Qui ?

— Sharon Tate…

Sadie n'en crut pas ses oreilles, elle se redressa, retira ses jambes de la bite de Clem, trop contente que Charlie s'intéresse à elle et lui donne l'occasion de se mettre en avant. Au moment précis où elle allait ouvrir la bouche, Charlie détourna les yeux et s'adressa à Linda d'un ton dur :

— Prends la 405…

Linda se rapprocha nerveusement du volant comme une gamine à l'auto-école. Sadie s'était penchée vers le siège avant jusqu'à toucher les cheveux de Charlie.

— Ben, elle a appelé sa mère tellement elle avait peur. Elle a répété deux fois : « Maman, maman au secours ! »

— Comme ça : « Maman, maman au secours » ?

Sadie hocha la tête, entendre Charlie crier « maman » avec une petite voix de gonzesse, même pour rire, ça faisait bizarre. Charlie passa la langue sur ses lèvres, puis la laissa pointer, la mordant comme un gamin farceur. Sa voix devint sifflante, intime :

— Elle s'est sentie mourir ?

— Ouais, ça tu peux le dire.

— J'ai lu dans ses yeux qu'elle avait peur de sa mort.

— Quand ? T'étais là-bas pendant qu'on les a tués, Charlie ? J'en étais sûre ! J'ai entendu ta voix...

— Ne pose jamais de questions dont tu connais mieux la réponse que moi. Je l'ai vue une première fois bien avant vous. C'est parce qu'elle m'a offert sa peur en cadeau de bienvenue, que je vous ai envoyés là-bas...

Tout le monde restait silencieux, même Sadie. Charlie se confiait rarement, ils étaient tous suspendus à ses lèvres. Linda manqua de se faire tamponner par un camion qui resta derrière eux un moment à leur lancer des appels de phares, collé contre le pare-chocs arrière.

Charlie frappa Linda au visage. Puis il sortit un revolver d'une sacoche qui traînait par terre à l'avant, mais le camion obliqua sur une bretelle et Charlie rangea son arme. Ils se taisaient tous. Une fois dans la bonne direction, celle de Santa Monica et des plages, Charlie se détendit, posant une de ses sandales sur le tablier avant, près du pare-brise. Il regarda une nouvelle fois Sadie et Clem dans le rétroviseur, ses yeux noirs plus brillants que jamais.

— Vous vous rappelez, le jour où je suis monté avec Tex à Benedict Canyon pour mettre à l'amende ce cochon de Melcher ? Ouik ouik…

— Ouais, Charlie, bien sûr qu'on s'en souvient.

Charlie se touchait le menton. Ses yeux scintillèrent de malice. Un éclair qui fit venir la salive dans la bouche de Sadie et de Clem. C'était comme ça qu'ils le préféraient, leur Charlie, il y avait de quoi jouir dans sa culotte rien qu'à le regarder.

Il leur raconta qu'il était monté avec Tex sur les collines de Bel Air en fin d'après-midi. Qu'il était rentré seul dans le jardin de la maison. C'était en avril et Terry Melcher avait déménagé…

— Je suis tombé sur un putain de cochon d'étranger, un genre de demi-nègre (un Iranien en fait, Hatami, un photographe ami de Sharon Tate). Je lui ai dit qui je cherchais et à ce moment-là elle est apparue.

— Qui ?

— Sharon Tate ! Elle m'a regardé comme on regarde une merde dans les chiottes avant de tirer la chasse d'eau…

Tout le monde restait silencieux. Un animal bougeait dans l'habitacle, gigotait sur le pare-brise. C'était un genre d'oiseau ou de chauve-souris.

Charlie ordonna à Linda de ralentir. Avec une douceur infinie il guida l'animal, un énorme papillon de nuit, sans le toucher pour ne pas gâter la précieuse poussière qu'il portait et qui dessinait des taches vieux rose sur ses ailes couleur fumée. Il le guida doucement, patiemment, vers la fenêtre, avec une délicatesse de magicien. Il montra pour cette créature la bonté de Dieu le jour de la création. Une fois l'insecte libéré, il continua son histoire :

— Mais vous le savez bien. On ne la fait pas au vieux Charlie. J'ai lu la terreur dans ses yeux. Elle était terrifiée par l'idée de sa mort. Elle me l'a offerte en me regardant. Alors j'ai décidé de la lui rendre.

Les yeux de Charlie jetèrent un nouvel éclat. Ses lèvres remontèrent et ses dents apparurent. Il riait.

— Repète-nous, Sadie, elle a appelé sa putain de mère au secours ?

— Oui, Charlie : « Maman, maman je veux avoir mon bébé ! »

Sadie l'imitait, elle y mettait du cœur, un vrai talent d'actrice. Charlie rigola et rigola encore, Sadie continuait à crier « Maman ! Maman ! » puis Charlie cessa de rire et l'interrompit d'un geste, l'air de trouver soudain qu'elle en faisait des tonnes :

— Vous vous êtes occupés d'elle en dernier ?

— Oui, il fallait qu'elle voie les autres mourir.

— Pourquoi ?

— Je ne sais pas, elle m'énervait.

— Tu m'as dit que tu as bu son sang ?

— Ouais.

Clem émit un petit cri d'admiration, et la voiture fit une embardée.

— Vous avez pensé à lui faire la même balafre que celle de Gary ?

Sadie eut un instant d'hésitation, dans le noir absolu qui avait suivi les meurtres elle ne se souvenait pas que Tex ait mutilé Sharon Tate. Mais elle décida de ne pas contrarier Charlie.

— Ouais bien sûr, comme ça les flics vont libérer Bobby... Et j'ai écrit « Pig » sur la porte d'entrée pour que les flics pensent que c'est les négros qui ont fait le coup.

— Tu lui as donné la vie, Sadie, car tu lui as retiré sa peur. Maintenant Sharon est heureuse, elle est libre. La mort est un bad trip, une hallucination.

Sadie fronça les sourcils, elle avait beau être amoureuse de Charlie, elle se souvenait du cadavre de Sharon Tate, cette méduse écrasée sur le tapis, et doutait un peu qu'elle fût heureuse que Tex se soit occupé d'elle. Par moments, Charlie perdait le contact avec le réel, voilà peut-être pourquoi il évitait d'assister aux meurtres... Sadie se pencha vers lui comme si elle voulait lui suçoter le bout de l'oreille :

— En tout cas, Charlie, tu peux dire qu'on t'a offert le monde sur un plateau.

Charlie se referma, il détestait devoir quelque chose à quelqu'un...

— Disons plutôt que vous m'avez offert un aller simple pour San Quentin.

Linda fit une embardée. C'était rare que Charlie parle de retourner en prison. Unique même… Pour dire ça il avait pris une voix sardonique de taulard, plus rien du gourou mystique… Sadie se recula sur le siège arrière avec un mauvais pressentiment. Elle avait parfois l'impression que Charlie ne croyait pas à ses histoires de Helter Skelter. Qu'il provoquait tout ça juste pour les emmener pourrir en prison avec lui. À croire qu'il avait un compte à régler avec les femmes et les gens élevés en liberté. Une sorte d'amertume horrible, de jalousie haineuse qui remontait parfois par giclée et qui les laissait tous tristes, sales et terrorisés. Anesthésiés par les drogues et la promiscuité, trop jeunes pour douter de son amour, ils s'efforçaient de refouler cette évidence.

Linda vit de grosses citernes d'essence qui couraient le long de la route, l'air avait changé, les odeurs… l'appel du large… l'océan n'était plus loin, elle obliqua à droite vers Santa Monica et les plages. Elle avait pris sa décision : fuir. Retourner dans une communauté d'où elle venait, chez le clown, au Nouveau-Mexique ou ailleurs… Tant pis pour le bébé. Dans l'ombre, elle sentait le regard de Charlie pendant qu'elle conduisait. Derrière lui, elle voyait défiler les lumières, la liberté.

— Tu es fatiguée, hein Linda ? Tu as envie de prendre l'air, de t'éloigner un peu de nous…

— Oui, je vais partir quelques jours pour essayer de retrouver mon mari. Après je reviendrai avec lui…

Sadie pouffa au mot « mari » et Linda serra le volant. Elle vit Charlie se pencher vers sa besace et remonter un truc sur ses genoux. Le revolver, dont il avait posé le canon sur sa jambe, se dirigeait presque innocemment vers elle.

— Ce n'est pas le moment... Linda... Pas du tout le moment, en fait... Tu crois que tu vas retrouver l'immeuble ?

Linda jeta un œil vers lui. Il s'était redressé et lui bouchait entièrement la vue.

— Oui, c'est pas loin.

— Ben gare-toi alors, tu te rappelles le numéro de son appartement ?

Linda se dit qu'elle devait mentir, là, maintenant... la décision la plus importante de sa vie. Fixant les barrettes rouges des phares de la voiture devant elle, elle brancha le clignotant, entraînant un signal lumineux sur la planche de bord. Une flèche rougeâtre, faible et irrégulière comme le cœur plein d'espoir d'un agonisant.

— Oui, 414.

C'était le 504.

— Bon, alors tu vas monter chez lui avec Clem et Sadie. Tu vas sonner, tu vas expliquer au cochon que tu as envie de le voir. Quand il ouvrira la porte, vous vous occuperez de lui. Clem le menacera avec ce revolver et toi tu l'attacheras. Ensuite vous savez quoi faire ?

— Oui mais moi, j'ai mal à la main.

Sadie avait pointé le nez sur la banquette, toujours aux aguets. Charlie la regarda dans le rétroviseur.

— Tu guideras la main de ta sœur.

— Oui, Charlie.

Sadie souriait de son plus mauvais sourire en regardant le dos de Linda pendant que cette gourdasse s'échinait à manœuvrer la Ford pour la garer. Linda espérait que Charlie allait les déposer et garder la voiture, mais visiblement il avait envie de prendre l'air et de surveiller aussi qu'ils ne se défilent pas.

Malgré l'heure tardive, il y avait encore du monde sur l'immense esplanade qui va de Santa Monica à Venice. Dans la masse noire, invisible et sonore de l'océan, les rouleaux dessinaient des lignes blanches que cassaient parfois de grands pontons de bois ornés de balises de couleur. À l'avant, dans le sable, on voyait les lueurs des feux de bois et des lanternes allumés par des groupes hétéroclites : des hippies mais aussi des étudiants, des gangs de latinos ou de nègres. On était samedi soir, en plein mois d'août, et la canicule finissante attirait beaucoup de noctambules sur la plage.

Charlie et Linda marchaient devant, suivis d'assez loin par Clem et Sadie qui traînait des pieds, encombrée par le ballot de vêtements de rechange. Charlie avait confié son revolver à Clem et il se sentait plus léger, respirait l'air du large comme quelqu'un qui prend des réserves. Veillant à ne pas effaroucher les mouettes occupées à vider les boîtes à ordures et à se disputer des restes de *spare ribs* ou de cornets de glace abandonnés, il marchait d'un pas sautillant, prêt à danser à chaque fois qu'une musique rapportée par le vent, guitare ou transistor, lui inspirait une chorégraphie.

Ils passèrent devant un groupe d'Afro-Américains qui écoutaient la radio. Charlie les regarda intensément avec la curiosité d'un enfant en visite au zoo. Personne ne se préoccupait de ce petit homme frêle qui avait l'air d'un vieux mendiant ivre ou, sous d'autres lampadaires, d'un jeune dieu, un satyre dansant pour ses nymphes devant l'immensité de l'océan.

— Salut l'ami, on se promène ?

Charlie se retourna et vit deux grands flics en uniforme, des mastards de plus de 1,90 m qui patrouillaient sur la plage la nuit, à la recherche de mineurs en fugue, de drogue ou d'alcool. Les hippies étaient leurs souffre-douleur favoris.

Linda les avait aperçus avant lui et elle se figea dans l'attente de la délivrance. Clem, revolver en poche, avait ralenti, jouant les promeneurs innocents.

Charlie accueillit les deux policemen sans le moindre signe d'inquiétude, aussi cool que s'il s'agissait d'amis de la Famille ou de simples péquenauds en goguette.

— Salut ! Vous ne me reconnaissez pas ?

Le groupe formé par Charlie et les deux policiers s'écarta un peu et Linda n'entendit pas la suite. À en croire son témoignage au procès, l'échange fut bref et cordial, au point qu'il sembla à Linda que Charlie connaissait les flics. Ils ne furent jamais retrouvés par l'accusation.

Dès que les deux géants eurent tourné le dos, le groupe reprit sa promenade. Linda les conduisit au pied d'un petit immeuble blanc, neuf, haut de quatre ou cinq étages, dont l'entrée ouvrait sur une allée perpendiculaire. C'était ici, dit-elle, qu'habitait l'acteur Saladin Nasser.

Charlie leur annonça qu'il avait des « affaires » à régler de son côté. Il allait récupérer la Ford, ils n'auraient qu'à rentrer tous les trois en stop.

Les filles en déduisirent que sa braguette le démangeait, ce qui arrivait au moins cinq fois par jour, et qu'il voulait foncer au ranch retrouver sa petite chérie du moment. Sadie risqua une comparaison drolatique entre le puits d'abîme et le cul de Stephanie Schram, s'attirant un coup d'œil meurtrier de Charlie. Clem se marra et Linda serra les dents, obsédée par le nombre 414.

Conçu pour des locations saisonnières, l'immeuble se composait de studios rangés par numéro. Un escalier peint en blanc et moquetté de gris desservait les cinq étages. Linda monta les marches la première, suivie de Sadie et de Clem. Tout était silencieux, il faisait encore très chaud et la lumière électrique de l'escalier aveugle, non climatisé, donnait une impression d'étouffement par rapport à l'air salé de l'océan et aux rumeurs de la plage. Tous trois marchaient pieds nus. Au quatrième étage, Linda poussa une porte à valet ornée du chiffre 4 peint en rouge au pochoir. Elle retint le battant pour Sadie et Clem qui se faufilèrent derrière elle dans un couloir sans fenêtre longé de portes numérotées. Une conduite d'eau anti-incendie courait au plafond comme une potence de boucherie. Linda priait intérieurement pour qu'il existe un 414. Elle se souvenait que Saladin était moustachu, très poilu, avec une voix douce. Il avait joui entre ses jambes et leur avait lu des poésies de Khalil Gilbran, un poète arabe. Ils avaient fumé des joints de H et mangé des pâtisseries pendant que Sandra dormait nue sur le lit. Sandra Good, alias « Blue », était comme ça, elle s'endormait n'importe où, toujours en confiance, peut-être parce que c'était une petite fille riche, l'« aristocrate » de la Famille, comme la surnommèrent certains journalistes.

Il n'y avait pas de 414. L'immeuble était trop petit. Linda décida de frapper au 403, avec un peu de chance les deux autres étaient tellement défoncés qu'ils n'avaient pas retenu le numéro. Surtout Clem, dont on n'était même pas certain qu'il sache lire.

— Saladin ?

— Non, c'est une erreur.

La porte s'était entrouverte et refermée aussi vite. Les trois se consultèrent du regard. La rencontre des deux flics les avait refroidis, Linda avait maintenant l'air de douter non seulement du numéro du studio mais de l'étage : 403 ? 304 ? 204 ? Sadie l'écoutait hésiter, l'œil vide. Elle était fatiguée de cette soirée de merde, elle n'avait pas envie d'entendre encore des cris de douleur, de se battre avec un type. Seul Clem était déçu… il aurait bien voulu se servir du revolver que Charlie lui avait confié. Ils restèrent à chuchoter quelques secondes jusqu'à ce que la lumière s'éteigne. Sadie se baissa pour pisser sur la moquette grise du palier comme elle avait l'habitude de le faire un peu partout. Le temps que Linda tâtonne jusqu'à une veilleuse d'interrupteur, la décision était prise, un repli stratégique.

En redescendant l'escalier, les marches semblèrent à Linda douces et tièdes comme des caresses. Elle ne voulait pas avoir l'air trop gai devant Sadie et Clem, mais elle triomphait intérieurement. Non pas d'avoir sauvé la vie d'un homme, comme elle le prétendrait plus tard de sa petite voix franche au procès, plutôt d'avoir évité à nouveau de tremper ses mains dans le sang. La prochaine étape était la fuite, mais elle ne sentait pas encore cette force-là. Vivre en communauté l'avait rendue craintive face au monde extérieur. Elle n'avait plus de papiers d'identité, même plus la charge de son bébé qui s'élevait seul, selon les principes de Charlie, séparé de sa mère. L'acide était tellement fatigant, sans parler du sexe à outrance. Pourtant, elle se sentait presque tirée d'affaire, il fallait seulement qu'elle descende encore un peu plus bas dans la peur.

— Hé qu'est-ce que tu fous ? Tu vas à la cave !

Linda avait raté le palier du rez-de-chaussée. Sadie l'attendait, lui tenant la porte extérieure. L'air de l'océan les fouetta au visage. Le vent s'était levé, dégageant la brume. Il y avait des étoiles. Ils décidèrent d'aller marcher sur la plage à la rencontre des hippies qui pouvaient traîner dans le coin. Clem devait se débarrasser du revolver et Sadie cherchait des speeds afin de se « remettre en selle », suivant son expression.

— Clem, range ça, putain ! tu vas nous faire prendre.

Clem regarda son beau jouet chromé avec une tristesse enfantine puis il se laissa tomber les fesses dans le sable, les filles crurent qu'il allait pleurer ou tirer dans tous les sens mais il éclata de rire en montrant son arme en offrande au ciel noir. Linda ferma les yeux, Clem posa le revolver entre ses jambes et se contenta de chanter une chanson pour le ciel et les anges de sa jolie voix fine.

Sadie s'éloigna vers un groupe de hippies rassemblés autour d'un feu. La manière dont ils dansaient lui laissait penser qu'il y avait peut-être un peu d'herbe ou un cacheton pour elle… Clem rota, puis il jeta un coup d'œil à Linda avec l'air de quelqu'un qui a un secret à révéler :

— Il paraît que Charlie est connecté avec les extraterrestres. Tu crois qu'il a rendez-vous avec eux ce soir ?

— Qui t'a dit ça ?

— C'est Ouisch, elle le sait par son père.

Après cette confidence, Clem resta silencieux un moment à jouer avec le cran de sûreté du revolver. Linda avait du mal à croire à son histoire, car Charlie n'avait jamais dit un mot des extraterrestres dans son enseignement. Clem lui lança un clin d'œil complice :

— Me dis pas que t'as pas vu que les deux flics étaient des robots envoyés par les martiens ? J'ai bien capté qu'ils connaissaient Charlie et qu'ils nous ont laissés filer. Eux aussi ils sont programmés pour le Helter Skelter.

Clem regardait son revolver, l'air vraiment plus triste que d'habitude.

— On n'a qu'à tuer des gens sur la plage...

Devant le peu d'enthousiasme de Linda, Clem fronça les sourcils...

— Il faut pas qu'on s'endorme ! On part au désert la semaine prochaine...

Linda savait qu'elle n'irait jamais dans le désert mais elle se contenta d'insister pour qu'il enfouisse l'arme. Clem n'en avait pas envie... Le revolver bien graissé par Danny DeCarlo, ancien armurier des gardes-côtes au Canada, était impeccable, une vraie mécanique de précision. Le plonger dans le sable lui arrachait le cœur.

— T'as qu'à le mettre en boule dans les vêtements de rechange, on l'enterre proprement et si tu en as besoin, tu viendras le chercher le soir du grand Helter Skelter.

— Ah ouais, ouais, bonne idée Linda... héhé. T'es ma sœur !

Clem creusa un gros trou avec les deux mains. Il rangea le revolver dans une vieille chemise de l'armée et enterra le tout. Au moment où il tapotait le sable, un t-shirt froissé d'un point d'interrogation lui tomba sur les genoux et il leva les yeux.

— Vous venez ? On va prendre notre pied dans les vagues !

C'était Sadie, revenue de chez les voisins. Elle avait retiré ses vêtements et se tenait nue, bien droite, en danseuse, matant la plage autour d'eux. Clem se leva, retira sa chemise et son pantalon, il avait un joli corps. Linda se déshabilla à son tour. Sadie la prit par la taille, s'emparant de la bite de Clem de l'autre main. Clem se détacha pour courir dans l'océan et s'amuser à les arroser en projetant de grandes gerbes blanches avec ses paumes. Sadie lâcha Linda et fit un signe de la main à un autre type nu qui dansait comme un diable près du feu de camp.

— Il y a une fête au Snake Pit. Ils ont des places pour nous dans leur bus.

Linda acquiesça sans arrière-pensée, l'eau fraîche et vivante de l'océan lui faisait du bien. C'était comme si les vagues lui enlevaient un peu de poids à chaque fois qu'elles la secouaient. Sadie l'attrapa par la taille, mélangeant ses cheveux mouillés aux siens et Clem les rejoignit en courant dans l'écume. Ils se mirent tous les trois à chanter une chanson de Charlie. La voix de Clem était vraiment super et les bulles d'écume brillaient comme de grosses perles de mercure à la surface de l'eau.

Charlie gara la Ford sur Hollywood Boulevard non loin d'un cabaret, le Coconut. Les murs lumineux dessinaient des colonnes roses en forme de cocotier. Charlie connaissait le portier du cabaret, Slim. Les deux hommes s'étaient croisés pour la première fois en 1958 ou 1959, juste avant que Charlie ne retourne au pénitencier. À l'époque, Charlie vivait avec un barman dénommé Benny, à Malibu, ils avaient trois filles au tapin. Slim, un grand type brun, était resté très classique, à la différence de Charlie qu'il avait quitté les cheveux proprement gominés en queue de canard et vu revenir dix ans plus tard, la tignasse aux épaules, couvert de bijoux, entouré d'une bande de gamines en fugue qui avaient l'air de tout sauf des gagneuses d'autrefois. Il avait beau se dire que Charlie était un gros malin, Slim était dérangé par les hippies, comme nombre de voyous.

— Salut, Charlie ! T'as pas une bagnole pour moi ?

Une manière comme une autre de se raccrocher au passé… Slim se souvenait qu'en dehors de ses activités de proxénète, Charlie excellait dans le vol de véhicules, un vieux travers datant de l'adolescence qui lui avait coûté ses premières années de prison à l'âge des culottes courtes.

— Ouais, ça se pourrait…

Charlie disait rarement non.

— Sinon dans ton harem t'as bien au moins une minette baisable en réserve ? On cherche des danseuses.

— En topless j'ai que Sadie, mais elle bosse au Chuckie's.

— Où ça ?

Au contact de Slim, Charlie reprenait ses vieilles habitudes de mac, balayant le trottoir de l'œil en même temps qu'il parlait. Comme Slim faisait pareil, ils avaient l'air bizarre tous les deux à se parler sans se regarder, le visage rougi par les ampoules de couleur.

— Le Chuckie's, à Chatsworth.

— Connais pas.

Slim regarda la liquette de daim de Charlie, coordonnée avec son pantalon.

— Elles sont cool, tes fringues… très chouettes… Elles existent aussi pour homme ?

Charlie ne fit même pas semblant de rire. Il avisa la montre de Slim, dorée, pleine de brillants.

— Il est quelle heure ?

— Une heure et demie mon pote. T'es toujours branché dans la musique ?

— Ouais.

— Tu pourrais m'avoir des places pour le concert de Frankie Avalon ?

Slim avait des goûts de merde en musique.

— Ouais, peut-être. Moi je cherche de la corde pour spéléologue, mais une grosse quantité...

— Genre ?

— Genre deux mille mètres...

Slim siffla d'admiration.

— Tu prépares un coup ?

— Non, non, je dois explorer une caverne dans le désert. C'est bientôt la fin du monde, mon pote, tu devrais y songer parfois.

Slim savait que Charlie était obsédé par ces histoires de Jugement dernier. Un truc religieux bizarre, ça le prenait par crises, en général quand les affaires ne marchaient pas comme il voulait.

— Et la musique, ça va ?

— Ouais ouais, je suis en contact avec les Beatles...

— Un bon contrat ?

— Un genre de contrat comme t'en as jamais vu, mon pote.

Avec Charlie tout était possible... Slim l'avait vu débouler un soir au cabaret en compagnie du batteur des Beach Boys dans une Rolls. Ils étaient pieds nus comme des types venus de la plage mais ils avaient fait péter trois bouteilles de champagne avec des danseuses en salon privé. La grande classe...

— C'est fini avec les Beach Boys ?

— Non, non... ça baigne. T'as pas idée d'où je pourrais trouver ma corde ?

— Tu sais, moi je m'intéresse pas trop aux cailloux, je préfère grimper les gonzesses...

Un groupe de vieux sortit du cabaret. Prenant Charlie pour un mendiant, un type coiffé d'un chapeau à large bord lui glissa une pièce pendant que Slim sifflait un taxi. Charlie fit une dinguerie bien dans sa manière : il s'agenouilla sur le trottoir, baisa théâtralement les pieds du touriste et caressa ses bottes ornées d'un aigle américain. Le plouc resta bouche bée et sa femme éclata de rire... En se relevant, Charlie joignit les mains en un salut bouddhiste.

Quand Slim eut claqué la portière du taxi, il remit sa casquette et se retourna vers Charlie, mais l'autre avait disparu, comme par enchantement. Il n'y avait personne sur les trottoirs d'Hollywood Boulevard éclairés par les lumières des cabarets. Charlie avait toujours été comme ça : il apparaissait et disparaissait par magie, sans qu'on sache trop comment ni où.

Pourquoi Charlie était-il passé le voir ? Cette histoire de corde ne tenait pas debout. Il voulait sans doute qu'on se souvienne de lui à cette heure, à cet endroit. D'où les simagrées avec le touriste... Un bel alibi... Sacré Charlie, rusé comme un serpent. En attendant, jusqu'ici tout ce jus de cervelle ne l'avait pas mené bien loin... C'est bien le problème, avec les dingues. Ils travaillent du ciboulot, mais comme ils prennent les caillasses pour des pépites, ils restent sur le pavé.

V

« The Snake Pit » fut longtemps le surnom d'une zone marécageuse située en bas de la descente de Topanga, juste avant l'embouchure du ruisseau, sur Malibu. Les milliers de serpents qui frayent dans le marigot de Lower Topanga contribuaient à la mauvaise réputation du coin, d'où ce surnom de « nid de serpents » évoquant la faune reptilienne et plus symboliquement une population interlope aujourd'hui envolée qui campait dans ces parages depuis quelques années.

Deux ou trois grandes maisons avaient été bâties ici dans les années 1920, quand William Randolph Hearst avait récupéré une ancienne pêcherie japonaise pour y retrouver à la belle saison sa maîtresse, l'actrice Marion Davies, et des amis tels Johnny Weissmuller, Shirley Temple ou Bertolt Brecht. Longtemps abandonnées après le départ de leurs occupants illustres pour un palais plus vaste sur Santa Monica, ces maisons de bois « victoriennes », suivant l'appellation erronée qu'on donne en Californie au style colonial hollandais, ainsi que tout un lotissement de cabanes plus simples, construites avec des matériaux de récupération, étaient devenues dans les années 1960 un paradis hippie. Une faune y vivait dans des conditions précaires. Une lumière peu abondante sourdait de bougies, de lampes à pétrole ou d'éphémères piquages clandestins opérés dans l'éclairage urbain. Les édifices les plus instables s'effondraient régulièrement dans la boue chaque hiver puis se relevaient au printemps comme les plans de marijuana, dessinant un souk psychédélique, un réseau pittoresque de vieilles planches, de lanternes de marine et de braseros. On y trouvait des drogues illégales bien sûr, mais aussi des produits d'artisanat, des cours de percussions balinaises, quelques nattes de massage, une librairie alternative consacrée à l'ésotérisme et tant d'autres fadaises de la contre-culture qui pleuvaient telle la manne céleste des communes hippies du haut canyon de Topanga.

À la différence des communautés de l'intérieur, comme Spahn Ranch, plutôt tournées vers les vallées, le désert, la méditation et les éléments secs tels l'air ou le feu, les communautés proches des plages étaient ouvertes aux ondes positives, féminines, de la mer. Il y avait au Snake Pit un maximum de belles filles blondes bien roulées, et même les gourous avaient plutôt des allures de surfers sédentarisés que d'hommes des cavernes ou de mendiants médiévaux. On vivait dans une préhistoire relative, ouverte par la Pacific Coast Highway sur les plages et les cultures extérieures. Les minibus de surfers apportaient une note de villégiature pop aux tipis indiens et autres baraquements ornés d'objets d'art brut inspirés par les cultes syncrétiques. L'ouverture sur la mer se matérialisait par cette extension du Snake Pit qu'était Topanga Beach, une portion de l'immense plage de Malibu annexée par les hippies. Les journées s'y passaient à surfer et à danser au rythme des bongos en dégustant des poissons grillés ou des recettes indiennes mitonnées dans de grands woks fabriqués avec des fonds de citerne.

Un minibus vert pomme décoré de fleurs de lotus peintes à la main vint se garer sur le parking d'une épicerie, devant un de ces plants de bambous géants. Le conducteur, un barbu maigrichon d'une vingtaine d'années, se laissa glisser sur le sable, tout contre une bagnole de surfer, un monstrueux break ancien caparaçonné de bois. Il portait un pagne et une sorte de turban de style kashmiri. Les trois filles blondes assises sur la même banquette descendirent à leur tour. La plus jeune arborait des lunettes fumées et un bébé sous le bras dans un couffin, à moins qu'il ne s'agisse d'une poupée.

Le volet latéral du minibus grinça et Sadie apparut, elle avait défait ses nattes et, avec ses yeux exorbités par la marijuana, elle ressemblait plus que jamais à une sorcière de film gothique. Linda suivait, toujours cachée derrière cette mine mièvre et sérieuse qui était sa marque. Quant à Clem, de petites lunettes fumées bleues rondes comme les protections des soudeurs en faisaient, avec trente ans d'avance, l'exact précurseur de Woody Harrelson sur l'affiche de *Natural Born Killers*. Comme tous les gens simples et authentiquement stylés, Clem était plus sobre que son futur clone. Il s'approcha du couffin et, tirant la couverture rose pâle, dégagea en guise de bébé le museau noir d'un petit singe capucin. La fille qui tenait le singe dans ses bras lui demanda :

— Tu cherches le chou-bong ?

— Ouais…

— Je crois qu'on l'a laissé sur la plage.

— Ah ouais ?

Sadie aperçut un chopper qui dépassait des bambous. Elle reconnut une croix gammée familière sur le réservoir et cria :

— Donkey !!! Donkey !!!!

Une voix se fit entendre de derrière les roseaux.

— *Eany…*

Sadie hurla, remuant comme une gamine :

— *Meany !*

La voix derrière les roseaux reprit :

— *Miney…*

Sadie s'élança dans les bambous vers une lanterne de couleur rouge comme celle d'une fumerie d'opium ou d'un bordel :

— *Mo !*

Des hurlements et des rires guidèrent les cinq hippies vers une grande maison fantomatique qui commençait d'apparaître entre les tiges noires et vertes des roseaux.

Dressé au milieu d'une impressionnante colonnade végétale, l'édifice ressemblait à une sorte de temple asiatique, précédé d'une lourde odeur d'encens et annoncé par des dizaines de petites bougies allumées sur deux grands balcons se surmontant l'un l'autre en terrasses successives. Il n'y avait aucune lumière électrique, seulement les bougies et quelques torchères disposées entre la forêt de bambou et les fondations de la maison. De larges escaliers montaient jusqu'au premier balcon surélevé sur des pilotis. Les motards avaient investi le bas des marches. Ils étaient une dizaine, groupés autour de leur leader, un grand type glabre, coiffé d'un casque militaire, orné de deux cornes de bouc.

— Salut, Al, tu t'es déguisé en bison ?

Sadie fit la bise au grand type qui bégaya une réponse bourrue et inaudible avant de s'écrouler sur les marches en manquant d'ébranler la bâtisse entière. À l'en croire, ce couvre-chef était le fruit d'une expédition punitive exercée à l'encontre d'un moto-club rival. Mais là, tous l'air complètement bourré, ils n'avaient visiblement même plus la force de s'en prendre à Clem, le seul représentant mâle de la Famille. Bob, le copain de Danny, le regarda passer, couché par terre, l'œil vide, sans le reconnaître.

Des gens étaient assis sur les balcons, certains avaient les jambes qui pendaient dans le vide, un enfant faisait même du vélo à plus de huit mètres du sol sans qu'aucun adulte ne s'en préoccupe.

Une femme blonde plus âgée que Sadie apparut sur le palier central entre deux colonnes inspirées des fétiches mélanésiens. Elle était vêtue d'une robe 1920 couverte de perles brodées dont certaines pendaient au bout de leur fil comme des asticots, et le long de son col déchiré par les morsures des rats courait une frange de plumes d'un rose passé presque blanc. Sur ses cheveux blonds, un chapeau-cloche blanc taché de rouille faisait ressortir des joues pleines et bronzées et des yeux d'un bleu lagon. Un chic aussi flagrant impressionna Sadie qui s'approcha pour tâter le tissu fragile. La femme lui caressa le visage en faisant cliqueter les dizaines de bracelets qui enserraient ses bras :

— Tu as vu ce *mysterioso* ! c'est une robe de Marion Davies, elle vient de chez Worth…

Elle avait l'accent de Boston ou de New York. Très classe. Sadie ne connaissait pas le mot « *mysterioso* », sans doute du charabia de surfer, pas plus que le nom de Marion Davies ni de Worth…

— C'est qui, Marion Davies ?

— Une grande movie star des années 1920. On est chez elle ici.

— Cool, il y a d'autres fringues pour moi ?

— Bien sûr, viens…

Sadie siffla d'admiration en passant sous le seuil de trois mètres de haut. Il avait dû être fermé par deux grandes portes, dont l'une était abattue par terre. La maison était bâtie autour d'un monumental escalier en spirale dont la rampe était sculptée d'une tête de faucon. Un lustre chinois, autrefois électrifié, était recouvert de centaines de bougies et dégoulinait de cire. Les chimères dorées qui formaient ses branches soutenaient tant bien que mal des dizaines d'abat-jour frangés de rouge de la taille d'un gobelet à dés, tous recouverts d'une pellicule rose translucide semblable à de la gelée. Négligeant Linda et Clem qui ne se détachaient plus qu'à peine des tapisseries du hall, la femme en robe perlée prit Sadie par la main et l'entraîna au premier étage, dans une pièce entièrement laquée de rouge. Des types étaient assis un peu partout autour d'un grand lit sculpté, indistincts dans la pénombre.

— Salut.

— Salut.

Allongé sur le lit, un des types regardait de vieilles photos en noir et blanc représentant des gens en tenue de soirée. Il s'adressa à Sadie comme s'il la connaissait depuis longtemps :

— Je te connais, je t'ai déjà vue, tu fais partie d'une communauté de la vallée.

Pour ce genre de mec à la coule, le terme « fille de la vallée » était une injure. Sadie lui fit sa plus belle tête de spectre ; avec des yeux exorbités, bien globuleux.

— Fais gaffe ! On m'appelle Sadie Mae Glutz, la sorcière !

— Et lui… il est du FBI.

Un autre type venait de lâcher ça, un brun avec des lunettes fumées de pilote de l'Air Force. Sadie s'écarta du flic. Elle cria à la fille blonde qu'elle ne voulait pas rester dans une maison où il y avait des flics. Le type aux lunettes noires rigolait en tirant sur un énorme cône de marijuana.

— Je veux dire de *notre* FBI, le club des Fucking… Bastard… Idiots…

Plusieurs rirent. À ses tongs et à son imperméable porté à cru sur ses jambes brunes et musclées, Sadie reconnut le gros surfer qui se prenait pour un caïd et qui avait voulu acheter de l'herbe à Charlie au ranch juste avant leur départ.

Le type qui était couché sur le lit s'empara du joint et il tira dessus à son tour sans lâcher Sadie des yeux :

— Je sais où je t'ai vue. À Frisco, chez Anton LaVey… Tu es copine avec Bobby Beausoleil.

— Tu parles du siècle dernier… j'ai connu au moins trois réincarnations depuis.

Elle avait pris son ton cassant car le nom de Bobby la rapprochait des meurtres. Tout en se déshabillant pour essayer une robe tendue par la nana blonde, elle jeta un coup d'œil au type, pas le surfer, l'autre, celui qui continuait de mater les vieilles photos. Avec ses bagues à tête de mort, ses grosses lèvres et son aspect vaguement négroïde, il lui rappelait un souvenir. Une maison peinte en noir à San Francisco, où elle avait traîné en 1967 peu avant de rencontrer

Charlie. Il avait bien le style des freak brothers avec qui Bobby faisait du cinéma.

Il continuait de la fixer, l'air rêveur :

— Il paraît que Bobby est accusé d'avoir tué un mec à Topanga. On m'a dit qu'il était en taule.

— Ouais ? Je ne sais pas...

Pour une fois, Sadie n'était pas d'humeur à se confier. Il y avait trop de mecs assis dans l'ombre et la blague sur le FBI l'avait fait flipper. Miki, le grand surfer en imper, se leva et s'approcha d'elle pour attraper un gâteau, une pâtisserie du genre loukoum posée sur une assiette de cuivre martelée de symboles arabes. Il lui accorda un point de vue exclusif sur ses dents blanches, il était vraiment craquant, Sadie eut envie de se le faire, puis de lui sortir son couteau sous le nez, juste pour casser sa frime. Tous les mecs étaient des dégonflés à côté de Charlie.

— Tu es dans la communauté de Spahn Ranch... « La Famille Manson », on vous appelle...

Un troisième type qu'elle n'avait pas vu se tenait au fond de la pièce. Elle n'arrivait pas à le distinguer d'un lourd tissu orné de dragons, une tenture à moitié détachée du mur.

— J'ai fait une étude sur ton groupe.

— Une quoi ?

La fille au chapeau-cloche aida Sadie à enfiler la vieille robe fragile.

— Dave est docteur en ethnologie, rien que ça. On a du beau monde ce soir. Il ne manque plus que Mr. Timothy Leary. Tu sais qu'il était ici la semaine dernière ? En personne, avec sa sublime femme, Rosemary… On a eu un trip génial avec eux…

La blonde avait beau jouer les affranchies, avec son accent de l'Est, elle avait le ton d'une vieille marquise à la con dans un film en noir et blanc. Elle avait plein de petites rides dissimulées sous la poudre et au moins trente ans. Sadie se foutait complètement de Timothy Leary et encore plus de ce que ces gens-là avaient bien pu fabriquer ensemble la semaine précédente. Eux et leur monde étaient appelés à disparaître. Miki, le surfer, lui semblait juste un beau mec de plus, bon à sucer et à jeter, le freak brother sur le lit avec ses vieilles photos était un clown, seul Dave, le doc, l'intéressait car visiblement il connaissait Charlie. Même pas une heure qu'ils étaient séparés et – c'était physique – elle ressentait le besoin de parler de Charlie, de prononcer son nom, de dire aux autres à quel point il était plus clair qu'ils n'arriveraient jamais à l'être eux-mêmes, avec leurs mensonges de lâches, leurs simagrées, leurs ego. Charlie était libre parce qu'il affrontait la peur, il était sorti du système dont ils étaient tous prisonniers malgré leurs airs relax. Elle vit passer son reflet dans une grande glace de Venise fêlée qui pendait du mur comme une draperie d'eau et croisa le regard d'une enfant terrifiée, une toute petite gamine sanguinaire qui portait des loques. La blonde lui passa un collier de plumes d'oiseaux morts autour du cou et lui sussura le nom de Janis Joplin, autre habituée de la maison.

Dans cette grande pièce sombre, entre ces types qui mesuraient tous plus de 1,85 m et cette femme si vieille et si snob, sans se l'avouer complètement, Sadie avait peur, de nouveau, autant que le jour où elle avait entendu pour la première fois Charlie jouer de la guitare dans le squat de Haight-Ashbury. Elle ne le connaissait pas encore, et sa voix qui venait d'une chambre close au premier étage l'avait envoûtée comme un appel. Depuis ce jour, cet après-midi d'avril 1967, elle n'était plus seule. Un homme, un dieu, l'occupait tout entière.

Elle les regarda tous, dommage que Clem ait jeté son revolver, elle aurait eu envie de les massacrer, comme elle avait saigné les autres. Des gens encore plus vides et prétentieux, si c'était possible, que ces hippies de pacotille dans leur baraque de cinéma avec leurs ego qui cherchaient à l'écraser. Ils n'étaient pas libres, ils jouaient des rôles, comme Sharon Tate, tous les connards d'Hollywood et la majorité des hippies de luxe.

Dave, le prof d'ethnologie, avait une tête de flic et une voix précieuse :

— J'ai étudié bon nombre de communautés urbaines et rurales en Californie et en Oregon. Les rites sexuels de ton groupe sont très particuliers, toutes les filles font l'amour avec le chef, et les enfants issus de cette relation polygame sont élevés par le groupe entier.

Dave ne parlait pas, il faisait un cours. Sadie détestait les profs, elle lui rit au nez mais il continua sans se démonter :

— C'est à cause d'une de tes sœurs que j'ai découvert ta communauté. Elle avait transmis un virus à son enfant à l'accouchement et elle est venue consulter mon frère qui est médecin à la free clinic de Haight-Ashbury.

Sadie se souvenait vaguement d'être allée avec Marioche et Pooh Bear, alors âgé de deux ou trois mois, dans un ancien bordel pour marins transformé en clinique associative. C'était un flic, l'officier de probation de l'heureux papa de Pooh Bear, Charlie, qui les avait orientés vers cet établissement.

— La fille qui a été assassinée chez Polanski à Beverly Hills, Gibbie Folger, elle était bénévole là-bas... Très sympa... Toi, à l'époque, tu étais enceinte. L'accouchement s'est bien passé ?

Sadie ricana. Elle avait accouché par terre dans le saloon au milieu de la Famille réunie, c'est Charlie qui avait coupé lui-même le cordon ombilical avec une corde de guitare.

— Comment s'appelle ton enfant ?

— Zo Zo Ze Ze Zadfrack... mais tout le monde le surnomme Zo Zee...

La seule photographie existante du fils de Sadie Mae Glutz révèle un nourrisson hagard, le visage dévoré par un lupus eczémateux. On dirait une photo de foire affichée sur une baraque à monstres.

— Votre onomastie est très particulière. Elle imite le babil des enfants en bas âge.

Dave continuait son cours comme si de rien n'était. Il commença à pérorer sur la sexualité de groupe, les orgies rituelles qu'organisait Charlie pendant la veillée. Visiblement, il avait assisté à l'une d'elles. C'était le grand truc de Charlie pour susciter les vocations et convertir les mecs... Le doc décrivit la cérémonie en détail : comment ils se mettaient tous en cercle, Charlie à la guitare et Gypsy à la cithare... les chansons, un premier jeu surnommé « le cercle », chacun cherchant le contact avec son voisin pour lui transmettre, par une légère poussée des mains, l'énergie du cercle, puis les filles qui commençaient à se déshabiller, à s'embrasser et à s'occuper des hommes, minoritaires, et donc forcément favoris dans l'assemblée.

— Charlie doit avoir un charisme incroyable ! C'est un chaman !

La femme blonde semblait émerveillée par ce qu'elle entendait. Sadie se dit que ça procédait plus d'une attitude que d'un intérêt véritable. Les hippies étaient comme ça, surtout les vieux. Passé vingt-cinq ans, ces gens se sentaient souvent largués alors ils frimaient.

— Charlie est l'homme le plus puissant du monde.

Sadie avait lancé ça pour les faire taire. Le surfer siffla, l'air faussement impressionné. Puis, se désintéressant de Sadie, il commença à parler à la blonde d'un endroit qu'il avait visité, au Pérou, un spot à surfer du nom de « Pico Alto ».

Sadie n'avait jamais voyagé, ce genre de conversations d'agence de voyages qu'elle avait subies chez Dennis Wilson ou d'autres riches faux derches l'ennuyait. Se mirant dans les glaces, elle se mit à danser et à chanter pour elle-même d'une voix douce pour ne plus les entendre. Elle crevait d'envie de leur annoncer que c'était elle qui avait assassiné Sharon Tate-Polanski, le crime rituel dont le monde entier parlait. Avec un tel exploit elle passait dans une catégorie très supérieure. Le mépris de ces connards devenait doux comme du miel dans sa gorge. Elle se sentait une princesse en exil, obligée de cacher son identité.

Le freak brother l'invita d'un geste à s'asseoir près de lui sur le lit. Il voulait qu'elle goûte quelque chose. Sans doute de la mescaline ou des champignons, vu l'éclat bizarre de ses yeux. Sadie adorait toutes les expériences nouvelles, l'acide ingéré en continu depuis deux ans au rythme d'une ou plusieurs tablettes par jour ne lui faisait plus vraiment d'effet.

Pendant que le mec préparait sa potion, un truc à fumer dans du papier d'aluminium, Sadie laissa son regard errer dans la pièce. Près du lit, sur un guéridon de bois noir incrusté de nacre, une boule de cristal semblait flotter dans l'air. À l'intérieur, elle aperçut le reflet déformé de son visage. La sphère accentuait la taille de sa bouche ou de ses yeux selon la façon dont elle se plaçait. On aurait dit un poisson d'aquarium. Elle s'amusa un moment à faire des grimaces en tirant sur le joint que le type aux bagues lui avait passé. Un frôlement l'avertit que quelqu'un venait de s'asseoir près d'elle sur le lit. Linda. Elle l'avait oubliée, celle-là…

Depuis combien d'heures étaient-ils tous ici ? Lorsque ses yeux revinrent à la boule de cristal, elle aperçut distinctement une image qui n'était plus un reflet mais une véritable vision en trois dimensions. Elle se vit, en compagnie de Katie et de Leslie, habillée d'une blouse bleu ciel qui lui descendait à mi-cuisse et de pantoufles. Pas du tout son genre, mais Leslie et Katie portaient la même tenue, elles avaient l'air d'un trio vocal. Elles se tenaient toutes les trois par la main à la manière d'écolières et semblaient très heureuses, chantaient en marchant. Des reporters les photographiaient comme des stars de cinéma arrivant aux Oscars. Sur le front, entre les yeux, elles portaient toutes les trois une marque sanglante en forme de croix.

Linda se leva pour aller chercher une clope et l'image disparut. Lorsqu'elle revint s'asseoir, la vision se réactiva et les trois petites figures réapparurent dans la boule.

— J'ai du D, si vous voulez…

D'où Linda tirait-elle cette réserve de buvard ? Cette nana était un écureuil. Un des types dans la pénombre s'approcha et lui tira la main sous la lampe. Trois petits soleils orange apparurent, divisés chacun en quatre parts, soit douze doses d'acide.

— Qui t'a donné ces buvards ?

La brusquerie de la question surprit Linda qui répondit :

— Ben, Charlie… Pourquoi ?

— Tu sais où il s'est procuré ça ?

Sadie ricana :

— Dans ton cul, connard !

Sadie se souvenait vaguement d'avoir déjà vu ce grand dealer quelque part. Peut-être chez Dennis Wilson. Un superbe steak de 1,90 m, très brun, très mat de peau, très poilu, craquant à mort. Décidément, la soirée était riche en beaux mecs.

— Ce n'est pas du D. C'est de l'Orange Sunshine. C'est un produit synthétique fabriqué par des chimistes de la CIA. C'est Charlie Manson qui t'a donné ça ? Ça ne m'étonne pas, c'est un ancien taulard.

— Et alors ?

— Ben je me comprends… C'est un agent provocateur.

— Provocateur de quoi ?

— Le gouvernement est inquiet de voir le mouvement hippie se politiser, se rapprocher des Panthers et appeler à l'insoumission au Vietnam. La police l'infiltre avec des provocateurs… J'ai entendu dire que les flics cherchent à discréditer les Panthers auprès des gens d'Hollywood. Ils veulent leur montrer que *Black isn't beautiful*…

Sadie scruta le visage du dealer, il avait l'air d'un mulâtre.

— Tu tombes mal, Charlie déteste les flics et les nègres, dans l'ordre…

Sadie entendit chanter. Charlie était là, quelque part, dans la maison. Elle tendit l'oreille et posa la main sur la cuisse de Linda qui avait capté la même voix. La présence rassurante de Charlie allait faire taire tous ces connards. Contrarié par l'allusion raciste, le dealer tenta de se justifier :

— Je ne fais que rapporter ce qu'on m'a dit. Je suis sûr d'un truc, l'Orange Sunshine est un D contaminé qui fait monter les pulsions négatives.

La blonde estima que l'heure était venue de mettre son grain de sel.

— C'est vrai que je vous trouve super négatives, toutes les deux...

Sadie se mit aussitôt à mâcher un bout de buvard contaminé en la regardant de ses plus beaux yeux de sorcière.

Un bruit de cavalcade résonna dans l'escalier. On aurait dit un troupeau de vaches. Charlie cessa de chanter, sa voix douce laissa la place aux échos d'une altercation, un fracas de lutte suivi de cris. Sadie et Linda se regardèrent le cœur battant, cette fois c'était certain, les flics venaient les arrêter. Un moustachu entra dans la pièce, vêtu d'une djellaba qui recouvrait bizarrement une chemise d'employé de bureau serrée d'une cravate couverte de taches de graisse. Malgré l'affolement, la blonde eut la présence d'esprit de le présenter comme « l'héritier Rockefeller ». Au mot de « Rockefeller », le type eut un drôle de geste de la main, comme s'il voulait se débarrasser d'un truc collé sur sa manche, puis il annonça à Linda et Sadie que les motards étaient devenus enragés et qu'ils s'en étaient pris à leur copain. Sadie lui demanda si c'était Charlie, mais le type croyait se souvenir qu'il s'appelait plutôt Clem. Sadie et Linda comprirent qu'elles avaient une fois de plus confondu les voix de Clem et de Charlie. D'après ce que racontait le type, les Satans avaient forcé Clem à leur donner son pantalon et sa chemise, l'autre avait sauté du balcon et s'était enfui tout nu dans les roseaux. Les Satans avaient gardé la guitare, ce qui avait l'air d'ennuyer le type parce que ce n'était pas celle de Clem :

— C'est un ami qui me l'a prêtée. Alors ça m'arrangerait si vous pouviez leur expliquer. Ils nous squattent depuis le début de la soirée, personne ne veut d'eux ici et j'ai vu que vous les connaissiez...

Linda toujours aussi lâche fit celle qui n'avait pas entendu, mais Sadie en avait marre d'écouter les conneries de l'autre taré sur Charlie, l'héritier Rockefeller était mignon avec sa cravate, elle craquait toujours pour les moustachus, et elle décida de lui rendre service. Elle descendit le grand escalier en spirale et retrouva Danny qui écouta gentiment son baratin même s'il était tellement bourré qu'il ne voulait plus bouger de sa moto. Il siffla le grand Bob pour qu'il déniche Al Springer. Al avait accroché son casque à cornes sur le phare avant de son chopper, ce qui pouvait signifier qu'il était allé tirer un coup. La bonne nouvelle, c'est qu'en réalité il s'était endormi et que Bob le trouva facilement vautré par terre dans les bambous. En cachette d'Al, son président, le grand Bob accepta de céder la gratte si une des filles de la soirée s'occupait de lui. Sadie estimait avoir assez donné. Au moment de remonter les escaliers, elle avisa la guitare cachée sous un yuka et la ramassa discrètement.

De retour dans la chambre rouge, elle fut étonnée de trouver Linda en train de parler aux autres du Helter Skelter. La petite fouine avait profité de son absence pour prendre ses aises sur le lit. Elle avait étalé ses grosses jambes blanches et s'était lancée dans un blabla dont Sadie ne la savait pas capable. Sans doute un effet de l'Orange Sunshine. Coupée à la méthédrine, cette molécule rendait plus bavard qu'un acide ordinaire. Pour quelqu'un qui avait envie d'abandonner la Famille quelques instants plus tôt, elle paraissait à bloc. Les autres avaient dû grappiller du buvard eux aussi parce qu'ils l'écoutaient avec des yeux ronds.

Tout y passa : la guerre entre les noirs et les blancs, le grand projet de Charlie, réservé aux initiés, de se réfugier dans la vallée de la Mort et de descendre dans le puits d'abîme. Linda évoqua même, sous les yeux envapés de l'assistance, un truc dont Charlie n'avait parlé qu'une fois : l'existence d'une population souterraine, un peuple de l'abîme, des albinos vivant sous le désert depuis le déluge universel et dont la civilisation était très supérieure à celle de la Californie. En l'absence de Clem, les extraterrestres ne furent pas convoqués.

— Votre trip, c'est la mort, en fait ?

— Ouais, si tu veux. Mais ce que tu appelles la vie n'est que l'autre nom de la mort. Lis les livres tibétains...

La blonde essaya un nouveau chapeau avec une voilette trouée comme un vieux filet à papillons.

— Je connais, c'est super...

Toutes les théories de Charlie ne paraissaient à l'époque ni pires ni plus bizarres que celles de beaucoup de chapelles locales. Dans la vaste constellation New Age, elles n'étaient qu'une utopie parmi des centaines d'autres.

— La mort, c'est une hallucination. C'est un truc que ta mère et ton père t'ont mis dans la tête... Ton esprit, ton cerveau, ton ego doivent mourir, mais ton corps il peut vivre pour toujours si tu es beau et si tu as laissé mourir le reste.

Du pur Charlie... Durant le silence qui suivit, Linda répéta une ou deux fois cette longue phrase mot pour mot, silence par silence, comme un jouet mécanique qui bute contre un mur. Était-ce la fatigue ou les drogues accumulées ? Sadie eut le sentiment que Linda essayait désespérément de se convaincre que les cochons qu'ils avaient tués la veille n'étaient pas aussi morts qu'on le disait à la télé.

Le regard perdu de Linda, le sourire mauvais de Sadie, l'espèce d'intensité que ces deux sorcières mettaient à parler de leur gourou excitaient les curiosités. Toujours docile, Linda essaya de se raconter, mais ça n'avait plus aucun intérêt. Sa jeunesse dans le

New Hampshire, son beau-père qu'elle n'aimait pas, son mariage, ses expériences en communautés manquaient d'originalité. Le surfer bâilla et décida d'aller faire un tour au bar, du côté du réfrigérateur à gaz, voir si le jour se levait, si les vagues étaient bonnes, si les motards leur avaient laissé quelque chose.

Sadie recommençait à piquer du nez. Elle alla s'écrouler sur le lit près du freak brother aux bagouzes dont elle avait capté qu'il était le compagnon de la blonde et sans doute son gigolo. Rien que l'idée qu'elle pouvait déranger ce bel arrangement l'avait poussée à se caler bien contre lui, laissant remonter sa robe noire sur les cuisses jusqu'au buisson.

La blonde s'était jetée sur le pieu si serrée contre Sadie que ça commençait à sentir l'amour de groupe. Le lit de Marion Davies était gigantesque, tous les rescapés de la fête auraient pu tenir dessus sans se gêner.

Mais la porte s'ouvrit sur le moustachu en cravate et djellaba, il avait dû partir pisser et il fut content de retrouver sa guitare gentiment appuyée sur la tapisserie. Sadie, qui n'avait pas envie de raconter son enfance délinquante ou sa carrière de strip-teaseuse chez Anton LaVey à San Francisco, décida d'inverser les rôles.

— Qui c'est qui t'a filé cette guitare ?

— Un musicien de Detroit, un jeune type génial, il s'appelle Jimmy, il a un groupe, les Stooges.

— Stooges, comme les comiques à la con ?

— Ouais.

— Detroit, c'est là où il y a les usines de bagnoles ?

— Oui, mon chou… Tiens, je vais te faire écouter un de leurs morceaux. Ça s'appelle *1969*.

Avec une énergie étonnante vu son embonpoint et sa tête d'employé du train, le mec à la djellaba commença à gratter sa guitare, frénétique, on aurait dit un blaireau s'acharnant sur une vieille souche. Le son sembla abominable à Sadie. Ça parlait de l'année 1969. Sadie, que les trips musicaux des garçons faisaient en général plutôt chier, se marra comme une gamine devant ce gros type qui jouait de la gratte avec le côté foufou d'un ado dans une cave. Il lui rappelait ses premiers fiancés, les deux malfrats qui l'avait conduite direct en maison de correction. Eux aussi ils venaient du Nord ouvrier, de Detroit. Ils écoutaient des cassettes, avec le même genre de vacarme, d'autres agités de fonds de cave qui avaient un nom de moto-club : MC5.

L'héritier en djellaba continuait sa transe :

— *1969 okay all across the USA. It's another year for me and you…*

— C'est une chanson de Noël ?

— T'as un drôle de sourire, mon chou… un sourire moderne.

C'était bien la première fois qu'on disait à Sadie, future vedette de *Life magazine*, qu'elle avait un sourire « moderne ». Elle ignorait que Malcolm McDowell et Sid Vicious s'en inspireraient dans les années suivantes pendant qu'elle chanterait des cantiques en prison.

Linda se leva soudain toute pâle, elle avait envie de vomir. Elle fonça vers la fenêtre et la fille blonde lui dit :

— Tu devrais boire de la tisane avec du miel.

Sadie s'écroula sur le dos, la tête tournée vers le plafond. Au bout d'un moment, elle aperçut Charlie qui lui faisait un clin d'œil. Il était niché entre les poutres, six mètres plus haut, sur le bois noir badigeonné de goudron. C'était peut-être une ombre ou une tache, une forme hasardeuse dont Charlie, par la grâce de l'amour, animait les molécules.

Profitant de l'endormissement général, un colibri voletait sur le grand escalier de bois. Voilà déjà au moins une demi-heure que les Straight Satans s'étaient repliés sur Venice, filant sur la Pacific Coast Highway le long des brumes de l'océan dans la lumière rose. Un motard attardé, le plus jeune de la bande, était resté seul posé là, sur les marches, la tête en bas, la bouche ouverte comme un oiseau tombé du nid. La doublure en molleton rouge de son blouson de cuir lui dessinait un oreiller couleur de sang. À chaque ronflement, un peu de bave, quelques bulles opalescentes surgissaient sur les coins roses de ses lèvres. Il portait un t-shirt noir où se découpait dans un rond blanc la figure d'un scorpion. Son bras droit pendait vers le bas des marches, reproduisant le geste d'un guerrier blessé sur une peinture du XIXe siècle, son bras gauche replié vers son ventre disparaissait à partir du poignet dans la ceinture de son jean poussiéreux dont les traces de terre jaune soulignaient l'usure. Le colibri, léger comme une libellule, effleura son visage et il ouvrit les yeux.

Il se releva d'un coup. L'effort soudain donna à son visage la dure expression d'un chien de combat. Il ramassa une casquette blanche qui avait chuté plus bas sur les marches. Rassuré par la présence de sa motocyclette, une BSA graisseuse plus vieille que lui dont les poignées et la selle galette en loques s'ornaient de longues franges de cuir, il alla pisser près de la roue avant sur un pied de bambou à côté d'une assiette encore pleine de débris de crevettes assaillie par de grandes fourmis transparentes. Avec l'urine, il s'amusa à déranger le repas des fourmis, non sans arroser au passage ses bottes de cuir, couvertes de la même pellicule de poussière jaunâtre que son jean et son blouson. Il enfourcha la motocyclette et la démarra à coups de pied rageurs. Puis, en tirant à plusieurs reprises sur la poignée des gaz, il fit gueuler le moteur dans le silence matinal. Sa moto faisait un bruit d'avion de chasse en piqué... Meawwwahhhh Meawwwwahhh...

Un grand sourire éclaira son visage poupin. Jingles, c'était son nom, aimait bien réveiller les gens qui dormaient, une activité qu'il trouvait sympa. Il serra la bride de sa casquette et se secoua sur la selle comme s'il voulait s'ébrouer.

Pagayant dans la poussière avec ses bottes, Jingles remit à reculons sa fourche avant dans l'axe d'un sentier improvisé qui traversait la barrière de bambous. Les feuilles frottaient contre ses genoux et ses épaules. Devant le ciel blanc, au milieu des feuilles vertes, il vit flotter un foulard rose, d'une soie légère et mousseuse. Le foulard était noué d'un nœud simple autour de la tige d'un gros bambou. Jingles s'arrêta un instant pour le défaire, puis il l'attacha au poignet de sa main droite et redémarra, le tissu flottant derrière lui comme un hennin, un geste de chevalerie millénaire qu'il reproduisait sans le savoir. Prenant de la vitesse, il déboula sur le parking dans un fracas de moteur.

À droite, juste avant la route, se trouvait une épicerie de bois peinte en rouge : le Malibu Feed Bin. La boutique n'était pas encore ouverte, mais quelqu'un avait entrouvert la porte et allumé la lumière. Jingles se dit qu'il pourrait peut-être grappiller un café et un truc à croquer. Il gara la moto près d'un gros break de surfer dont l'arrière était ouvert. À l'intérieur des planches et du matériel de camping. Au volant, un grand type en imperméable vautré sur la banquette avant regardait l'océan, une fille blonde blottie contre son épaule.

Jingles détacha le foulard rose de son poignet et l'attacha en cravate autour de son cou, arrangeant les plis moussus de la soie de manière à ce qu'ils forment une sorte de jabot ou de fleur dont les pointes s'enfonçaient sous le cuir noir de son blouson. Il vérifia le résultat dans le rétroviseur latéral de sa moto, puis il se dirigea vers la porte de la boutique. Sur son dos, le diable rouge en feutrine continuait d'avoir à l'œil les occupants du break.

Jingles et son diable n'aimaient pas les couples, sans trop savoir pourquoi.

Il dut se faufiler pour pénétrer dans le magasin parce qu'il avait les épaules larges et que l'épicier n'avait pas encore sorti les étals. Comme il avait la flemme d'aller au fond et qu'un présentoir à cartes postales tentait de s'accrocher à son foulard, Jingles se décida à beugler pour savoir si le mec était là.

— Il y a quelqu'un ?

Vu qu'il était encore saoul, sa propre voix lui fit mal au crâne. Rien ne bougea. Le type de la boutique devait être sorti par la porte de derrière. Jingles essaya de s'avancer un peu, mais le présentoir à cartes postales jouait l'obstruction et en le poussant il fit tomber une pile de journaux qui s'étalèrent près de ses bottes. Jingles ânonna les mots : « Sharon Tate ». C'était le journal de la veille. Il posa ses pieds dessus et recommença à gueuler.

— Il y a quelqu'un ?

Une voix beaucoup plus proche que prévu surgit d'un amoncellement de casiers à bouteilles.

— Tu sais mon pote, cette boutique a ouvert en 1910, depuis il y a toujours un pauvre type derrière la caisse pour servir les clients et je te garantis qu'il y aura encore quelqu'un quand toi et moi on sera au pays des tourlourous...

Jingles ne savait pas ce qu'était un tourlourou mais il supposa que ce devait être une bestiole qui vivait sous terre. Il réclama un café et un donut, le type lui répondit qu'il n'avait pas de donut et lui conseilla d'aller s'asseoir dehors en attendant qu'il lui serve son café. Puis, s'avisant que Jingles était un motard, il tendit la main pour exiger d'être payé en avance. Le jeune homme fouilla sa poche droite et parvint à en extraire quelques piécettes qu'il posa dans la main du type. La somme était insuffisante et le type resta figé, la main tendue, comme une statue de saint dans une église.

— Attention à mes cartes postales !

Jingles voyait rouge mais il résista à l'envie de tout casser pour la bonne raison qu'il avait pris du sursis trois mois plus tôt dans une histoire de marijuana. Il donna ses dernières piécettes à l'épicier et se faufila dehors.

L'air frais lui fit du bien. Une brume légère montait de l'océan et le ciel était aussi blanc que le ventre des grosses mouettes qui couraient partout sur le parking. Le break du surfer n'avait pas bougé. C'est alors que Jingles aperçut la fille.

Elle était couchée par terre non loin d'une poubelle, le corps recroquevillé sur le côté. Ses cheveux blonds traînaient dans la poussière et ses pieds nus étaient noirs de crasse. Jingles se dit qu'elle avait dû avoir un accident, qu'on l'avait balancée d'une bagnole ou qu'elle était malade, et en s'approchant il aperçut des taches sur ses vêtements, une auréole sombre sur la cuisse et une sur le t-shirt, en dessous du sein. Il fut surpris de la voir bouger car il s'était fait à l'idée qu'elle était morte. Elle tourna la tête vers lui. Elle avait un visage très large, de grosses pommettes rondes et des yeux clairs, l'air complètement parti. Ses pupilles, immenses, ressemblaient à celles d'un chien blessé, écrasé sur le bord d'une route. Sa tignasse blonde lui dessinait comme une sorte de crinière jaune-roux. Elle lui sourit, puis elle ouvrit la bouche. Elle la referma aussitôt comme si elle avait juste voulu avaler de l'air, puis elle l'ouvrit à nouveau, sourit, et sa voix finit par sortir de sa bouche.

— Je m'appelle Linda...

— Et moi c'est Jingles... Ça va ?

Linda tendit la main vers Jingles qui résista, car il ne voulait pas se coucher près d'elle. Mais elle bougea les doigts d'un mouvement impatient.

— Aide-moi à me relever, s'il te plaît.

Jingles se pencha et tira avec force comme il aurait fait pour ramasser un pote. Avec une vivacité inattendue, Linda suivit l'impulsion du motard et se retrouva debout près de lui. Elle n'essaya même pas de brosser la poussière jaune qui tachait ses vêtements, de se recoiffer, ni rien de tel. Elle se tenait là, oscillant légèrement d'une jambe sur l'autre, appuyée sur le bras de Jingle. Elle se mit à regarder l'horizon. L'océan et le ciel se confondaient dans une grande vapeur blanche.

À l'époque, cette portion de la plage de Malibu était encore encombrée de baraques en bois contruites par les Japonais et entretenues tant bien que mal par les gens du coin. Il y avait même un bateau de pêche monté sur cales. Sa peinture bleue s'écaillait. À le regarder, nul doute qu'une prochaine tempête l'emporterait. Quelques tentes improvisées avec des batiks indiens et des couvertures de poil de chèvre battaient dans le vent, et un peu partout sur le sable traînaient des sacs de couchage aux couleurs passées qu'on aurait dits déposés là par des vagues avec des gens à l'intérieur. Un mouton errait dans les paquets d'algues à la recherche de quelque chose à brouter.

Linda s'appuya sur l'épaule de Jingles. Ça faisait longtemps qu'aucune femme ne s'était tenue si près. Il était le plus jeune de la bande auquel les autres types laissaient rarement les bons morceaux, à peine de temps à autre une fille saoule que tout le monde avait déjà baisée.

Les cheveux de Linda sentaient mauvais, elle était collante comme une selle de moto qui a dormi trop longtemps près de la mer, mais la chaleur de son corps était agréable.

Elle l'entraîna vers la poubelle, chassant devant elle deux énormes mouettes qui bougèrent à peine. Jingles se baissa pour ramasser un caillou mais Linda l'en empêcha.

— Ce sont des créatures de Dieu…

Jingles la regarda sans comprendre. Elle avait fixé de nouveau ses yeux sur l'horizon et il sentit une petite main qui s'accrochait à son flanc, sous le blouson.

— On ne sait plus où finit la mer et où commence le ciel…

Le ventre de Jingles émit un gargouillement, imperceptible à cause du vent mais la petite main qui se réchauffait sur lui s'en rendit compte.

— Tu as faim ?

— Ouais mais oublie, il n'y a pas de donut à l'épicerie…

— Tu aimes les donuts ?

— Ouais.

Ça faisait très longtemps que personne ne lui avait posé cette question. Énervé par l'intrusion, Jingles essaya de se détacher de Linda. À sa surprise elle ne s'accrocha pas mais s'avança vers la poubelle.

— Je suis sûre qu'il y a quelque chose à manger là-dedans.

— Tu vas quand même pas faire les poubelles !

Le visage de Jingles s'était refermé. Linda se retourna vers lui avec un sourire bizarre.

Elle releva la tête vers son épaule.

— Je ne fais pas ça parce que je n'ai pas d'argent… Regarde…

Elle commença à fouiller dans la poche de son jean et Jingles se demanda ce qu'elle pourrait bien sortir de ce pantalon crasseux.

Son poing apparut, elle l'ouvrit avec précaution pour éviter que l'air marin n'emporte le trésor qu'il contenait, une boule de billets froissés, certains tachés d'une sorte de rouille brunâtre. On avait dû les faire tomber dans la peinture.

— Il y a soixante dollars et j'ai aussi une carte de crédit d'essence...

De l'autre côté de la route, comme par un fait exprès, l'enseigne lumineuse d'une station-service Exxon venait de se rallumer. L'employé avait dû décider que le brouillard allait durer toute la journée. Jingles regardait l'argent.

— Si je te paye l'essence et un morceau à bouffer, tu me remonteras au ranch ?

— Ouais, c'est loin ?

Linda semblait n'avoir pas entendu. Elle restait à regarder son poing qu'elle avait refermé sur l'argent.

— Tu as déjà tué quelqu'un ?

Jingles s'écarta d'elle comme si elle l'avait piqué avec une épingle.

Derrière eux, l'épicier s'était approché avec un gobelet de carton fumant. Il le tendit à Jingles et fit une blague autour des « amoureux ». L'œil vide, Linda lui demanda s'il avait quelque chose à manger. Elle entraîna Jingles vers l'épicerie. Ils tombèrent d'accord sur une boîte de crackers à 1,25 dollar.

Le vieux ne fit pas attention aux taches sur le billet de 10 dollars que lui tendit Linda, visiblement il s'en foutait. Voyant que Jingles avait repris sa tête de chien de combat, Linda lui donna quelques dollars roulés en boule. Quand il les sentit dans sa main, l'humeur du jeune homme s'améliora et sa gueule de bois diminua, ou bien était-ce le café chaud qui commençait à faire de l'effet.

Ils allèrent s'asseoir dehors, le surfer avait allumé l'autoradio. La nana de la météo annonça une dépression. Puis vint la publicité, suivie d'un flash d'actualités. Le mot « autopsie » fut un des mots que Linda entendit avant que Jingles ne lui dise :

— T'as vu les bouées, on dirait des quilles.

Linda se pencha sur l'épaule de Jingles pour voir ce qu'il voyait. Des balises de couleur dansaient sur les vagues. Il s'écarta :

— Tu aimes jouer au bowling ?

Elle le regarda, l'air de penser à quelque chose de triste et elle répondit :

— Oui, mais je n'aime pas quand les quilles tombent dans la trappe, ça me fait peur.

Jingles mâchait ses crackers avec un bruit d'animal.

— Jingles ?

Linda fouilla sa poche, sortit la boule de billets de banque et la posa sans dire un mot dans la pogne épaisse et rouge du motard.

— T'es folle ! Garde ton fric, tu vas en avoir besoin pour voyager.

— Rien n'est à moi, rien n'est à toi... L'argent n'est rien...

Jingles était heureux de sentir les billets dans la main, mais quelque chose le dérangeait. Quelque chose qui excédait son intelligence. Cette fille était bizarre. Il referma la main sur l'argent et du même geste la serra contre lui pour compenser. Elle grelottait.

— Tu veux bien me remonter au ranch ? Il faut que je dorme un peu.

— C'est où ton ranch ?

— En haut de Topanga vers Simi Valley.

— C'est le ranch de Spahn ?

— Ouais, tu connais ?

— Ben oui, je suis un Satan ! T'as pas vu mes couleurs ?

— Non, j'ai pas fait attention.

— J'ai un conseil à te donner : déménage…

L'avertissement laissa Linda indifférente. Une portière claqua, le surfer en imper sortait de sa voiture. Il s'étira comme un gros chat, son imper dégueulasse mais très chic voletait autour de ses mollets poilus. Il se dirigea vers l'arrière de son break et commença à fourrager dans des sacs militaires. Il remuait des casseroles en fer-blanc pour préparer son frichti et celui de sa copine. Elle avait monté le son de l'autoradio qui passait du classique, une symphonie ou de la musique de chambre. Le surfer commença à jouer le chef d'orchestre pour les mouettes qui cernaient la bagnole dans l'espoir de lui piquer un peu de ravitaillement.

Jingles froissa le sac de crackers et le balança vers les oiseaux mais le vent l'emporta sur le parking.

— On y va, j'en ai marre d'être là.

Linda s'était endormie sur son épaule. Il la secoua sans trop de délicatesse, elle ouvrit les yeux et le regarda. On aurait dit qu'elle ne reconnaissait plus rien ni personne. Elle était vraiment partie très loin.

— Il faut que je retrouve mon mari.

Jingles sentit monter de la colère sans trop de raison. Il avait envie de péter la gueule du grand surfer qui continuait à faire le singe avec ses casseroles.

— Tu me remontes au ranch, tu l'as promis.

— Ouais… T'es sûre que tu ne vas pas tomber de la moto ?

Linda ne répondit pas, elle s'était rendormie sur son épaule.

L'employé de la station-service recompta les billets tachés de sang. Jingles ramassa un paquet de Winston et un nouveau gobelet de café fumant sur la caisse puis il se dirigea vers la piste. Linda dormait par terre entre la moto et la pompe. Jingles la secoua et l'assit de force contre la pile en ciment qui supportait l'enseigne lumineuse. Accroupi près d'elle, il la força à boire un peu de café brûlant. Une fois qu'elle eut trempé ses lèvres dans le gobelet, Linda approcha sa bouche de la sienne pour l'embrasser sur les lèvres et la nuque de Jingles rougit, ainsi que ses pommettes. Linda l'embrassa avec plus de force puis elle s'écarta, posa la main sur sa lèvre et dit d'une voix molle :

— Aïe, tu m'as mordue. Pourquoi tu m'as mordue ?

— Mais je t'ai pas mordue !

Jingles était furieux.

Linda retira sa main et montra un peu de sang sur sa lèvre supérieure.

— Mais si, tu m'as mordue ! Pourquoi ?

— Arrête, je t'ai pas mordue, c'est toi qui calcules pas tes gestes. Tu t'es approchée trop fort.

— Pourquoi tu m'as mordue ? Moi je ne te mordrai jamais.

La voix de Linda s'éteignait, elle allait se rendormir. Jingles la força à avaler une autre gorgée de café. Elle lui sourit et du café coula le long de son menton.

Le type de la station-service était sorti de sa cabine et les regardait. Jingles laissa Linda se débrouiller avec son café et se releva pour aller prendre de l'essence. Le réservoir de la BSA fut plein en un clin d'œil, mais Linda en profita entre-temps pour lâcher le gobelet et renverser le café sur elle. Jingles alla raccrocher le pistolet de la pompe sur son support.

— Merde, merde, regarde ce que tu as fait !

Linda regardait la grande tache brune qui salissait un peu plus son jean au niveau des hanches et de l'entrejambe. Elle ne savait même plus trop à qui appartenaient ces jambes qu'elle regardait comme si elle les voyait pour la première fois.

— On arrivera jamais à remonter en bécane, tu vas te casser la gueule !

— S'il te plaît ne me laisse pas tomber. Tu m'as promis.

Jingles resta un moment à l'observer se rendormir la tête sur ses genoux. Pour la première fois, il se demanda ce qu'elle avait bien pu avaler pour se mettre dans cet état. Il pensa un instant à lui verser le contenu d'un seau d'eau savonneuse laissé à la disposition des clients de la station-service pour laver leur pare-brise. Déjà qu'elle tremblait de froid, elle allait attraper la mort. Il fut aussi tenté de partir et de la laisser par terre, mais quand il se baissa pour essayer une nouvelle fois de la réveiller, il sentit la chaleur de son flanc et le poids dense de son petit corps et il fut incapable de l'abandonner. Il regarda autour de lui, ses yeux tombèrent sur la sacoche arrière de sa moto, le fruit d'une rapine récente. Il se souvint d'avoir vu une vieille sangle à bagage à l'intérieur quand il l'avait piquée.

— Allez, lève-toi, fais un effort.

Linda se laissa relever sans se réveiller vraiment. Jingles la força à se tenir derrière la moto appuyée sur le phare arrière, lui glissa la sangle rouge derrière le dos. Une fois en selle, il n'eut plus qu'à tirer la sangle et elle vint s'asseoir derrière lui. Il tira sur la sangle et réussit sans se retourner à l'enrouler deux fois autour d'elle. Une fois la boucle serrée, Linda tenait plus ou moins en place. Il la força alors à passer ses deux mains dans la ceinture de son blouson. Puis il enserra leurs deux cous avec le foulard rose qu'il avait ramassé dans les roseaux. Ligotés comme ça, il devrait pouvoir remonter Topanga à petite vitesse, le seul risque étant qu'elle se brûle sur l'asphalte ou sur le moteur. Il s'efforça de caler ses pieds nus derrière ses bottes et démarra doucement. La piste grise de la station-service défila sous les roues de la vieille motocyclette, puis vint l'asphalte.

Linda se réveilla à la première accélération, au moment où la moto s'engageait sur la route de Topanga. Elle tourna la tête autant que le foulard le lui permettait et regarda disparaître l'océan derrière la soie rose qui la bâillonnait.

VI

L'eau coulait le long des marches de ciment avec un gargouillis rafraîchissant. Le ciel du matin, d'un bleu déjà intense sur les collines, apparaissait en fond lumineux derrière les hautes feuilles du bananier qui masquaient le chalet de bois construit à flanc de canyon. On entendait une radio branchée sur un canal commercial, un bruit inhabituel pour les voisins de Gary Hinman. C'était un choc supplémentaire après l'invasion des flics qui avait eu lieu chez le hippie professeur de musique et de sagesse indienne dix jours plus tôt, le 31 juillet.

Pendant plus d'une semaine, le cordon jaune de sécurité avait marqué l'endroit, désignant l'escalier de ciment aux yeux des rares curieux comme l'entrée du lieu du crime. La petite maison en bois, jusqu'ici paisible comme toutes les maisons de ce coin de Topanga, avait pris l'allure sinistre que lui prêtait une photographie noir et blanc parue dans la presse. Les flics avaient oublié le ruban après les investigations, ou alors ils avaient fait exprès de le laisser pour éviter que les traîne-savates, nombreux dans ce coin, viennent fouiller et voler la collection d'instruments de musique de Gary. Quelqu'un l'avait dénoué du tronc de laurier-rose, ou alors était-ce le vent, et il avait traîné par terre dans la poussière et les aiguilles de résineux jusqu'à ce qu'un fonctionnaire vienne le défaire la veille, samedi, dans l'après-midi. Presque en même temps, dans la soirée, les sœurs de Gary avaient garé en bas des marches en ciment un break Volkswagen doré immatriculé dans le Colorado.

Une fois Gary inhumé au Rosebud Cemetery de Glenwood Springs (Colorado), Carole et Barbara s'étaient rendues chez lui pour entreprendre la tâche difficile de déménager les affaires de leur frère et de nettoyer la maison. Gary avait été torturé à l'arme blanche durant deux jours. Il y avait du sang partout, dans les deux pièces principales, la cuisine et la salle de bains, des giclées brunes sur les tapis, sur la moquette mais aussi sur les murs. Le pire était que l'assassin, un autre musicien plus jeune que Gary, du nom de Bobby Beausoleil, s'était servi du sang pour écrire sur les murs. Il avait aussi trempé la main dans les blessures de Gary pour laisser sa paume imprimée en guise de signature.

Carole avait demandé si elles étaient autorisées à effacer ces inscriptions et les policiers l'avaient rassurée, les photographies prises par le photographe de l'identité judiciaire suffisaient à fonder les investigations.

Il fallait donc nettoyer, et c'était une dure besogne. Gary n'avait jamais été une fée du logis et le passage de la police faisait ressembler l'endroit à une maison pillée pendant la guerre. Il y avait un désordre invraisemblable de livres, de partitions, de vaisselle sale et de vieux vêtements. Pas seulement ceux de Gary mais toutes sortes d'oripeaux abandonnés par les gens de passage, les amis de tout genre que Gary hébergeait et secourait avec une générosité de saint ou de faible. Qui n'a pas connu cette époque ne peut savoir jusqu'où pouvait aller l'hospitalité et la gentillesse des gens naïfs que l'utopie du Summer of love avait convertis.

Avec le pécule d'un petit héritage, Gary avait acheté ce cabanon et possédait aussi deux voitures : un break Fiat blanc et un minibus Volkswagen noir qu'il prêtait volontiers au premier venu. Cette aisance relative le faisait passer pour un nanti auprès de certains de ses obligés, elle lui avait coûté la vie. On l'avait torturé et assassiné pour lui voler ses deux voitures, une cornemuse et vingt-sept dollars en liquide. Le tueur était tellement défoncé que la police de San Luis Obispo l'avait trouvé trois jours plus tard en train de dormir dans la Fiat, toujours vêtu des vêtements qu'il portait pendant la boucherie, l'arme du crime, un coutelas de chasse mexicain au manche orné d'un aigle caché sous la roue de secours. Robert Beausoleil avait prétendu avoir acheté la Fiat à des « nègres » et avait cherché à faire porter la responsabilité du meurtre sur les Black Panthers. Le défaut de ces allégations était que la paume de main sanglante laissée en guise de signature par un supposé Black Panther correspondait aux empreintes digitales du suspect. Le lieutenant Whiteley avait dit à Barbara et Carole que Beausoleil, un jeune homme arrogant qui semblait follement sûr de son impunité, avait sans doute agi avec des complices, et qu'il venait d'une communauté hippie voisine, dont le gourou, un criminel récidiviste, se faisait passer pour Jésus-Christ. Pour le moment, le suspect principal étant sous les verrous, les enquêteurs n'avaient ni le temps ni les moyens de mener des investigations supplémentaires, mais le lieutenant avait bon espoir d'intéresser l'équipe, beaucoup plus importante, qui enquêtait sur l'affaire Sharon Tate. Il devait les appeler ce dimanche en fin d'après-midi après les autopsies. D'après ce policier, l'affaire avait peut-être des liens avec le quintuple assassinat de Beverly Hills. C'étaient les inscriptions sanglantes, surtout le mot « Piggies », et les blessures faciales infligées aux victimes qui le poussaient à faire le rapprochement entre la mort horrible de Gary et celle de Sharon Tate.

Ce même dimanche, vers 17 heures, Whiteley transmit bien ces informations à la police criminelle. Bizarrement, le sergent Jess Buckles du LAPD, qui lui répondit au téléphone, ne jugerait pas utile de transmettre l'information à ses supérieurs. Vingt ans plus tard, le même Buckles se verrait inculpé dans une affaire de fausses preuves visant à impliquer un Black Panther dans un meurtre advenu au printemps

1969, trois mois avant l'affaire Tate... Bien qu'affilié au LAPD, Buckles appartenait à un service spécial créé pour déstabiliser « par tous les moyens » les groupuscules extrémistes ou pacificistes. Une coïncidence jamais relevée depuis.

Carole et Barbara devaient rentrer chez elle dans le Colorado le lundi, elles avaient donc la journée de dimanche pour tout nettoyer et déménager. Le lendemain matin, un serrurier viendrait poser un verrou et la maison de Gary retrouverait son calme jusqu'à ce que la succession ait suivi son cours et que la vente puisse se faire normalement.

Dès leur arrivée à huit heures et demie, elles avaient aussitôt ouvert les fenêtres. Le cadavre de Gary était resté plusieurs jours à se décomposer dans la canicule et une odeur épouvantable imprégnait encore les petites pièces. Carole et Barbara n'étaient pas hippies, elles n'avaient pas suivi les traces de leur grand frère qui était parti s'installer en Californie après ses études. Voilà au moins cinq ans qu'elles ne l'avaient pas vu, mais elles savaient qu'il était devenu un peu fou. Elles se doutaient de certaines de ses dérives, comme la drogue ou l'homosexualité, mais rien n'avait pu les préparer à ce qu'elles avaient trouvé dans ces trois pièces puantes, enfermées dans la végétation tropicale comme une cage d'animal sauvage.

Il y avait d'abord la trace de craie sur le sol qui marquait l'endroit où le cadavre avait été retrouvé. Ce grand garçon de 1,87 m s'était replié dans un coin de la pièce près de la porte des toilettes pour agoniser. En guise de souvenir, il avait laissé à ses sœurs de larges traces brunes à l'odeur cloacale et même quelques dépouilles d'asticots. La première corvée de Carole fut de frotter cette partie du tapis en coco synthétique avec un balai-brosse douteux trouvé dans les toilettes et un fond de bouteille de nettoyant ammoniacal parfumé à la résine de pin. Il fallait à tout prix faire disparaître cette ombre sinistre et cette odeur. La craie s'était vite dissoute et la silhouette du corps avait disparu d'abord, rendant les taches et l'odeur moins humaines, transformant ce qui rappelait encore Gary, cette silhouette, en une flaque malodorante, semblable à un résidu d'ordures qui aurait suinté sous un sac-poubelle. En hâte, Carole avait brossé, éliminant les cadavres d'asticots et les traces les plus infectes. Une fois le produit fini et la brosse rincée à l'extérieur au robinet, il avait fallu se rendre à l'évidence : il n'y avait plus rien ici pour nettoyer la maison et l'une des deux sœurs devait aller chercher des produits d'entretien pendant que l'autre s'occuperait de ranger une partie des affaires de Gary dans des cartons rapportés de Denver.

Barbara, la plus jeune, avait choisi de se charger des courses pendant que sa sœur resterait dans cet endroit à la fois délicieusement ensoleillé et sinistre.

Carole avait retrouvé sous l'évier plusieurs sacs à ordures et elle se fit un devoir de trier les objets les plus crades laissés par Gary afin d'éviter à sa sœur mineure certains spectacles.

Pour se tenir compagnie, elle avait mis la radio, puis elle avait commencé par jeter les revues porno homosexuelles que les flics ou les bourreaux de Gary avaient posées en évidence au milieu des partitions et des livres de bouddhisme. Sous le lit, elle avait trouvé un godemiché sale. Elle s'était ensuite mise à classer les affaires de Gary, à commencer par les instruments de musique et les livres qui traînaient un peu partout. Deux cartons avaient été nécessaires pour contenir les ouvrages de philosophie, de sociologie et les brochures de méditation. Elle avait rangé à part les bouquins qu'elle trouvait plus utiles : un ouvrage de cuisine, des guides touristiques, notamment consacrés au Japon, un pays que Gary avait pour projet d'explorer.

Un livre ouvert était oublié près du lit, le dernier sans doute qu'avait lu Gary, blessé déjà peut-être la nuit avant son agonie alors qu'il était sous la garde de l'homme qui l'avait assassiné. Il y avait des traces brunes sur la page. Écrit par un Japonais nommé Suzuki, il traitait de la sagesse asiatique. C'était un beau livre édité en Europe, Carole avait décidé de le garder en souvenir.

Il avait ensuite fallu remplir en vitesse un sac d'ordures avec les draps souillés, les vêtements crasseux, les débris alimentaires et les mégots qu'elle avait ramassés un à un partout sur le tapis. Les assassins de son frère s'étaient fait à manger, une soupe de céréales et de poulet ou quelque chose comme ça, qui avait moisi et dégageait une sorte de mousse verte.

Pour s'aérer, Carole avait descendu le sac jusqu'au container, en bas des escaliers de ciment. L'air délicieux, parfumé par les plantes aromatiques l'avait saisie à la gorge. Le poids et l'odeur des sacs qu'elle transportait lui rappelaient qu'il y avait quelque chose de corrompu dans ce paradis. En arrivant en bas des marches, elle entendit le bruit d'un moteur, une motocyclette passa près d'elle. Levant les yeux, elle vit que le motard transportait une jeune fille attachée à son dos. Elle semblait malade ou morte. Un spectacle à la fois beau, innocent et sinistre. La moto s'était éloignée à toute petite vitesse.

Carole avait pris le temps de discuter avec un voisin, un artiste ou un architecte qui avait bien connu Gary. Le type, un moustachu, la dévisageait, étonné de reconnaître en elle les traits de son frère sous une apparence de plouc des hautes plaines. Carole avait bien senti sa curiosité et peut-être son mépris. Le type semblait content d'être mêlé à l'affaire tout en n'étant pas à la place de Gary. L'entretien avait duré quelques minutes, puis le voisin était rentré retrouver sa nana enceinte et son perroquet.

Arrivée en haut des marches, Carole s'était retenue de respirer en passant la porte mais l'odeur lui sembla déjà atténuée.

Elle entendit un flash d'infos pendant qu'elle jetait les rares produits de toilette et les vieux bouts de savon, surprise par la présence d'un tube neuf de dentifrice qu'on avait ouvert au couteau, sur toute la longueur. Le journaliste parlait de l'autopsie de Sharon Tate mais elle n'écoutait pas ce qu'il disait, troublée par un rouleau de papier toilette gorgé de sang qui avait dû servir à panser son frère ou à tracer les inscriptions sur le mur.

Un souvenir lui revint. Le policier lui avait dit que Gary avait eu le visage lacéré d'un coup de sabre, une blessure qu'il avait supportée pendant deux jours, et qu'on avait essayé de lui recoller l'oreille avec du dentifrice alors qu'il était encore vivant. Le flic lui avait montré la photo du suspect. Robert Beausoleil était un beau garçon, très jeune, plus jeune que Gary, de son âge à elle à peu près. L'allure d'un de ces types qui traînaient un peu partout ici.

Elle entendit le bruit de pot d'échappement de la Volkswagen, Barbara était de retour. Carole jeta vite le rouleau de papier toilette et le dentifrice et ferma le lien du sac.

Plus grande, plus jolie que sa sœur, Barbara était aussi d'un naturel plus expansif, plus nerveux. La mauvaise nuit passée dans un motel de Malibu l'avait agitée. Elle trébucha en haut des marches et renversa une partie de ses sacs en arrivant dans la pièce.

— J'ai parlé avec l'épicier. Il paraît que l'actrice a été assassinée dans une orgie avec d'autres stars d'Hollywood... Tout le monde s'arme à Los Angeles... Les armuriers sont dévalisés... Steve McQueen a... Mon Dieu il y a encore plein de sang partout... Qu'est-ce que tu as fait quand je n'étais pas là ? Qu'est-ce que tu caches dans ce sac ? Vite, viens on va gratter le mur… Le sang de Gary… On ne peut pas le jeter dans les ordures comme des… Regarde j'ai acheté du Mr. Clean…

Carole ramassa un rouleau de sacs-poubelle rouge qui avait roulé doucement jusqu'à ses pieds. Dehors, le soleil éclairait les feuilles du bananier comme une lampe de cinéma.

Pour calmer Barbara, elle accepta de gratter devant elle les inscriptions que l'assassin avait écrites sur le mur. Elle dut se mettre à genoux car les lettres brunes étaient tracées au ras du sol. Elles disaient : POLITICAL PIGGY.

Si le flic ne lui avait pas lu ces mots la veille, elle ne les aurait pas compris. Gary ne s'intéressait pas à la politique et il était végétarien. Barbara avait acheté des tampons récurants qu'elle dégagea de leur enveloppe transparente. Comme ils étaient verts, il colorèrent le mur en même temps qu'elle effaçait l'inscription. Les premières lettres disparurent dans une sorte de brouillard verdâtre. Les points sur les i et la boucle d'un des p résistèrent davantage car la croûte de sang était plus épaisse.

— Il paraît qu'elle a été éventrée. J'ai entendu sa sœur à la radio qui racontait que Sharon avait eu une prémonition… le fantôme d'un petit homme sanglant lui est apparu près de son lit il y a quelques mois…

Le vent souffla, faisant remuer les feuilles du bananier. Avec un peu d'imagination, on aurait juré que le petit homme vu en rêve par Sharon Tate grattait le mur de la maison. Barbara sursauta et se leva pour aller voir, tout en continuant de parler. Carole n'écoutait plus. La paume de l'assassin tout encroûtée sur le mur résistait à la surface rugueuse du tampon. La forme de la main s'estompa par les pointes, se transformant en une patte d'animal, d'ergot de coq, qui disparut lui aussi petit à petit, laissant apparaître la forme d'une croix sur le bois nu, mouillé, verdâtre. Carole continua à frotter, seul un point subsistait. Elle arrêta son geste, dans quelques secondes il ne resterait plus rien, aucun atome matériel de son frère, du gentil garçon un peu fou qu'il avait été. De la radio lointaine, comme perdue dans un autre espace-temps, celui des années 1960, résonnait un morceau des Beach Boys : *California Girls*.

I wish they all could be California girls...
The cutest girls in the world

PLAYLIST

The Beatles – *Honey Pie, Helter Skelter*
(Lennon/McCartney) 1968

Charles Manson – *Garbage Dump, Cease To Exist, I'll Never Say Never To Always, Never Ask Why Love Never Dies*
(Charles Manson) 1968

The Mamas & The Papas – *California Dreamin'*
(John Phillipps/Michelle Phillips) 1965

The Stooges – *1969*
(The Stooges) 1969

The Beach Boys – *California Girls*
(Love/Wilson) 1965

DANS LA MÊME COLLECTION

Albertini (Antonio)	*La femme sans tête*
Authier (Christian)	*Soldat d'Allah*
Bachi (Salim)	*Moi, Khaled Kelkal*
Besson (Philippe)	*L'Enfant d'octobre*
Castillon (Claire)	*Les merveilles*
Chessex (Jacques)	*Un Juif pour l'exemple* ■ *Le Vampire de Ropraz*
Decoin (Didier)	*Est-ce ainsi que les femmes meurent ?* ■ *La pendue de Londres*
Descott (Régis)	*Vacher l'Éventreur*
Duteurtre (Benoît)	*Ballets roses*
Eudeline (Patrick)	*Rue des Martyrs*
Foenkinos (David)	*Les Cœurs autonomes*
Fontenaille (Élise)	*Les disparues de Vancouver* ■ *L'homme qui haïssait les femmes*
Gaignault (Fabrice)	*Aspen Terminus*
Harang (Jean-Baptiste)	*Bordeaux-Vintimille*
Liberati (Simon)	*Jayne Mansfield 1967 (prix Femina)*
Maillet (Géraldine)	*Le Monde à ses pieds* ■ *Splendour*
Sportès (Morgan)	*Ils ont tué Pierre Overney*

Cet ouvrage a été imprimé par
CPI
pour le compte des Éditions Grasset
en juin 2016.

Mise en pages PCA
44400 Rezé

Grasset s'engage pour
l'environnement en réduisant
l'empreinte carbone de ses livres.
Celle de cet exemplaire est de :
800 g éq. CO_2
Rendez-vous sur
www.grasset-durable.fr

N° d'édition : 19482 – N° d'impression : 3017895
Dépôt légal : août 2016
Imprimé en France